AGNÈS MARTIN-LUGAND

Après six ans d'exercice en tant que psychologue clinicienne dans la protection de l'enfance, Agnès Martin-Lugand se consacre désormais à l'écriture. Elle fait aujourd'hui partie des auteurs les plus lus en France. Son premier roman, *Les gens heureux lisent et boivent du café* (Michel Lafon, 2013), a connu un immense succès auprès du grand public. Il est suivi de *Entre mes mains le bonheur se faufile* (2014), *La vie est facile, ne t'inquiète pas* (2015), *Désolée, je suis attendue* (2016), *J'ai toujours cette musique dans la tête* (2017), *À la lumière du petit matin* (2018), *Une évidence* (2019), *Nos résiliences* (2020) et *La Datcha* (2021), toujours chez le même éditeur. Son nouveau roman, *La Déraison*, paraît en 2022 aux Éditions Michel Lafon.

Retrouvez toute l'actualité de l'auteur sur :
www.agnesmartinlugand.fr
www.facebook.com/agnes.martinlugand.auteur
www.instagram.com/agnesmartinlugand.auteur

LA DATCHA

ÉGALEMENT CHEZ POCKET

LES GENS HEUREUX LISENT ET BOIVENT DU CAFÉ

ENTRE MES MAINS LE BONHEUR SE FAUFILE

LA VIE EST FACILE, NE T'INQUIÈTE PAS

DÉSOLÉE, JE SUIS ATTENDUE

J'AI TOUJOURS CETTE MUSIQUE DANS LA TÊTE

À LA LUMIÈRE DU PETIT MATIN

UNE ÉVIDENCE

NOS RÉSILIENCES

LA DATCHA

AGNÈS MARTIN-LUGAND

LA DATCHA

Michel LAFON

MIXTE
Papier issu de sources responsables
FSC® C003309

L'éditeur de cet ouvrage s'engage dans une démarche de certification FSC® qui contribue à la préservation des forêts pour les générations futures.

Pour en savoir plus :
www.editis.com/engagement-rse/

ISBN : 978-2-266-32271-3
Dépôt légal : mars 2022

Pour Guillaume, Simon-Aderaw et Rémi-Tariku,
peu importe où je suis,
tant que vous êtes là, je suis chez moi.

Загородный дом, обычно для летнего отдыха.
Толковый словарь Ожегова

La Datcha est une maison à la campagne où l'on passe d'habitude les vacances d'été.
Dictionnaire raisonné, Sergueï Ojegov

… alors commença la féerie et je sentis naître en moi un amour qui devait durer toute ma vie.
La Gloire de mon père, Marcel Pagnol

Prologue

J'étais exténuée et frigorifiée. Encore une nuit dehors. Je ne les comptais pourtant plus depuis trois ans. À quoi m'attendais-je, aussi ? Que mes problèmes se régleraient d'un coup de baguette magique en changeant de région après avoir traversé la France en stop ? J'avais voulu y croire, me raccrochant à une miette d'espoir. Une poussière, une infime particule qui me donnerait envie de continuer à me battre, à vivre. Pourtant, j'étais loin d'être innocente et naïve. À vingt et un ans, je me sentais déjà vieille et abîmée. Pour retrouver ma mère, j'avais eu la brillante idée, à ma majorité, de disparaître des écrans radars des services sociaux. Échec total. Depuis, j'étais livrée à moi-même, me débrouillant comme je pouvais. Je recevais des coups, j'en donnais quand c'était nécessaire. C'était une presque habitude depuis ma naissance.

Pour manger et ne pas toujours dormir dehors, j'étais prête à faire n'importe quoi ; je me salissais, ayant de moins en moins de respect pour mon corps. Plus le temps passait, plus je me mettais en danger. J'étais arrivée à un stade où me mettre au vert devenait impératif, sinon, je courais à ma perte. J'espérais qu'il n'était pas déjà trop tard. Je n'étais guidée que par l'instinct de survie.

Et cet instinct me dictait d'entrer dans le premier troquet ouvert sur ma route. Je devais me réchauffer à tout prix. Les quelques pièces dans mes poches me paieraient un café. Je m'assis à une table qui me permettait d'observer la salle, commandai et attendis. J'aimais écouter les conversations dans les cafés, cela me reposait et me faisait rêver à d'autres vies que la mienne, même si, bien souvent, elles n'étaient pas plus folichonnes. L'avantage : pendant ce temps-là, je ne pensais pas à ma situation personnelle et j'avais le sentiment d'être moins seule. Je devais être à l'affût pour me tirer d'affaire. J'avais été lâchée la veille au soir devant la gare de Cavaillon. Je me félicitais de n'avoir pas été une trop mauvaise élève à l'école et de pouvoir vaguement me situer sur une carte. Mais très vite, je compris que je n'avais rien à espérer de cet endroit. J'étais tombée dans un bistrot fréquenté par des gens du coin, des gens de la campagne, et dont, à coup sûr, je ne connaissais pas le langage. Je ne côtoyais que des petites frappes qui se prenaient pour les caïds qu'ils finiraient probablement par devenir, quand ils ne l'étaient pas déjà. Ces hommes et ces quelques femmes dans leur manière d'être étaient simplement sincères ; je n'étais pas habituée. Pire, j'étais démunie face à la gentillesse. Moi qui étais méfiante en permanence. Les regards se posaient régulièrement sur ma petite personne. Eux aussi devaient s'imaginer plein d'histoires à mon sujet. Même si j'essayais d'être toujours présentable – il me restait encore un peu de dignité –, mon allure parlait d'elle-même.

J'étais emmitouflée dans mon grand manteau noir qui, à force de me servir de couverture, ne me tenait plus très chaud, mes bottes – tombées du camion des années plus tôt – affichaient fièrement leur kilométrage, mon teint pas très net, mes yeux si fatigués que le rouge grignotait le bleu des iris, mes cheveux blond foncé sales et rassemblés n'importe comment en chignon, sans oublier mon sac à dos que je tenais contre mes jambes comme mon bien le plus précieux, ce qu'il était indéniablement ; ma seule possession. Je détestais inspirer de la pitié. Mais on avait ce qu'on méritait. Pour le moment, ce dont j'avais besoin était de trouver une solution pour ne pas rester coincée ici.

Sitôt mon café avalé, mes dernières pièces à la main, je me dirigeai vers le zinc :

— Excusez-moi, vous ne connaissez pas quelqu'un qui prend la route pour Marseille, Toulon, Nice ? demandai-je à la patronne de ma voix la plus douce. N'importe laquelle, je veux juste une grande ville pour trouver du boulot.

Et un toit… Détail que je gardai pour moi.

— Tu cherches du travail ? intervint brusquement un homme d'une soixantaine d'années, à la voix rocailleuse.

— Oh, tiens, bonjour, Jo, je n'avais pas vu que tu étais là, s'exclama la femme.

Il lui répondit d'un signe de tête, sans cesser de me dévisager. Sa carrure et son visage cabossé de boxeur m'impressionnèrent, mais je me contraignis à ne rien lui montrer.

— Tu as quel âge, Gamine ?

— Vingt et un.

Il tressaillit, sans que je comprenne pourquoi.

— Tu veux vraiment bosser ? Tu n'as pas l'air bien solide, on dirait un lapin pris dans les phares d'une voiture.

Je me retins pour ne pas l'envoyer paître. Je devais rester polie.

— Ça dépend, vous proposez quoi ?

— Je cherche une femme de chambre pour mon hôtel.

Je n'avais aucune prétention. Un luxe que je ne pouvais pas me permettre. Ma priorité était de survivre. Mon instinct me soufflait que cet homme n'allait pas m'octroyer la possibilité de peser le pour et le contre. Je devais gagner du temps pour réfléchir, pour le sonder. Je n'accordais pas ma confiance d'un claquement de doigts.

— Il est où, votre hôtel ?

— Dans la campagne, à une vingtaine de kilomètres d'ici, tu ne dois pas connaître.

Il avait raison, mais l'arrogance était parfois mon dernier recours. Je redressai le menton.

— Dites toujours.

— Goult.

— Je peux dormir quelque part à Goult ?

— Tu seras logée, nourrie et blanchie chez nous.

Ses arguments pour me convaincre étaient imparables. Un lit, un lieu où je serais en sécurité, où je n'aurais pas faim, où je pourrais prendre une douche.

— Il doit bien y avoir une contrepartie, non ?

Son visage se fendit d'un rictus ironique, mais non dénué de tristesse. L'avais-je blessé en sous-entendant qu'on attendrait plus de moi ? Nous ne vivions clairement pas dans le même monde.

— Bosser correctement et ne pas compter tes heures.

— C'est tout ? Pas de plans foireux, pas de…

— Rien d'autre, rassure-toi, on te demande simplement d'être honnête et de travailler.

Un jour ou l'autre, je paierais pour cette générosité. Les gens généreux n'existent pas dans la vraie vie.

— Quand voulez-vous que je commence ?

— Demain. Tu viens avec moi maintenant, tu t'installes, tu te laves, tu dors, tu manges et après tu bosses pendant six mois. Si tu tiens le coup, évidemment…

— J'ai fait pire que du ménage.

— Je n'ai aucune difficulté à te croire.

Nous nous défiions du regard. Sa proposition était plus qu'étrange, elle aurait dû me faire peur. On ne suit pas un homme surgi de nulle part qui vous propose de travailler dans son hôtel. Tout, absolument tout était suspect. Mais je sentais au plus profond de moi que je pouvais, ou plutôt que je devais, lui faire confiance. Il dégageait un je-ne-sais-quoi de rassurant, malgré son visage buriné, son regard d'une rare dureté. Dieu sait que j'en avais déjà rencontré.

— Je vous suis.

Je crus voir un éclair de soulagement, mais il fut si bref que je ne pouvais en être certaine. Avant même que j'aie le temps de réagir, encore moins de réaliser ce que je venais d'accepter, il frappa dans ses mains pour lancer le signal de départ et s'empara de mon sac à dos comme s'il ne pesait rien. Il salua le patron derrière son bar et prit la direction de la sortie.

— File, me dit la femme, Jo n'est pas très patient.

Je courus après cet inconnu qui m'emmenait dans un endroit tout aussi inconnu. Il traversa la rue sans chercher à vérifier que j'étais derrière lui. En même temps, il détenait ma vie et devait bien se douter que je le suivais à la trace. D'ailleurs, il balança sans ménagement ma vie à l'arrière d'un immense 4 × 4 poussiéreux. Il y monta, toujours sans se préoccuper de moi. Arrivée près du véhicule, je marquai un temps d'hésitation. Il me restait une dernière possibilité d'attraper mon sac et de partir à toutes jambes.

— Ce n'est pas un piège, me dit-il sans m'accorder un regard, les deux mains sur son volant.

— Je ne vous connais pas.

Il m'observa douloureusement.

— Viens, et si tu ne te sens pas bien chez nous, je te promets que je te déposerai où tu veux. Mais où vas-tu aller dans ces grandes villes dont tu parles ? Je mettrais ma main au feu que tu n'y as jamais mis les pieds. As-tu quelqu'un qui t'attend ? As-tu un lit où dormir ? Je ne suis pas plus un inconnu que ceux sur qui tu tomberas une fois là-bas.

— On arrive.

Je m'étais assoupie à force de silence et d'épuisement. Quelle heure pouvait-il être ? Il m'avait trimballée d'un endroit à l'autre toute la journée, me demandant de ne pas bouger quand il sortait de la voiture. L'unique fois où il m'avait adressé la parole, cela avait été pour me tendre un sandwich et m'expliquer que l'hôtel n'était pas encore ouvert pour la saison – le printemps débutait à peine –, et qu'il fallait le remettre en état avant le retour des clients dans moins d'une semaine. Le soleil était déjà bas, il filtrait entre les branches des arbres encore nues. Il quitta la départementale. Quelques propriétés étaient disséminées dans la campagne à perte de vue. C'était bien ce que je craignais. J'allais être isolée de tout. Pour preuve, le hameau délabré que l'on traversa. La voiture bifurqua sur un petit chemin assez cahoteux. Si je n'avais pas aperçu au loin une immense bâtisse, j'aurais pu croire qu'il m'emmenait au fin fond d'une forêt pour me découper en morceaux.

— On est en montagne ! m'exclamai-je sans même m'en rendre compte, en paniquant à la découverte du reste du paysage.

Il partit d'un rire franc, sincère.

— Tu ne sais vraiment pas où tu es, Gamine ! Au nord, là, me dit-il en désignant au loin le sommet blanc et nu, c'est le Géant de Provence, le Ventoux, et les monts du Vaucluse. Et au sud, tu as le Luberon. Je te montrerai un jour.

Mes connaissances en géographie étaient finalement assez limitées. Je retins simplement que je me trouvais au cœur de la Provence. Il ne se préoccupa plus de moi et retourna à sa route. Il emprunta une allée bordée de cyprès et roula au pas, regardant droit devant lui, subitement absorbé par ses pensées. De part et d'autre du chemin, encore des champs, des lavandes, des oliviers, des vignes. J'étais stupéfaite. Je n'aurais jamais pu imaginer que ce soit si beau, si apaisant. J'aurais plutôt eu tendance à penser que c'était angoissant, alors qu'en cet instant, j'aurais voulu qu'il arrête la voiture pour me permettre de m'en approcher et de marcher au milieu de cette nature qui m'était étrangère. Nous longeâmes un mur en pierres sèches, un vieux panneau indiquait la direction à suivre. Cet homme ne m'avait pas menti. Il était bien propriétaire d'un hôtel, et pas d'un petit, si je me fiais à l'allée monumentale qui s'ouvrait devant nous. Nous franchîmes un immense portail en fer forgé. À mesure que nous approchions arrivaient en sens inverse des camionnettes d'artisans et de jardiniers. Il baissa sa vitre et s'arrêta pour saluer chacun d'eux et leur demander s'ils seraient dans les temps. Tous lui parlaient avec une gouaille respectueuse, lui lançant des « pas de problème, à demain patron ». Quelques minutes plus tard, il se gara sur le parking et sauta de son véhicule. J'en fis autant, sans attendre son autorisation. Mes jambes étaient engourdies à force d'être restées dans la même position pendant des heures.

— Attends ici, je vais essayer de trouver ma femme, c'est elle qui va s'occuper de toi.

Je ne m'étais même pas rendu compte qu'il avait récupéré mon sac que, déjà, il traversait la cour. Il pénétra dans l'hôtel par une grande porte en bois et disparut. J'observai autour de moi. Et brusquement, je fus comme hypnotisée, ne sachant pas si j'étais en grand danger ou en totale sécurité. Cela ne m'arrivait pas souvent, mais j'étais impressionnée. Par cet homme déjà, je devais le reconnaître, mais aussi par l'hôtel. J'étais plutôt habituée aux immeubles délabrés et aux marchands de sommeil qui allaient avec. L'homme venait de me déposer dans un décor de rêve, qui n'existait pas dans ma vie, dont je n'aurais même pas soupçonné l'existence. L'hôtel en lui-même était imposant, majestueux ; les pierres, les grands volets, les immenses platanes tout autour de la cour, la fontaine couverte de mousse qui lui conférait un aspect féerique. Je ne tiendrais pas deux jours, je n'étais pas à ma place. Devais-je fuir immédiatement, retrouver ma vie d'errance dont je connaissais les codes, où je savais comment survivre, ou bien rester et tenter ma chance dans ce monde inconnu, étranger, mais qui exerçait sur moi une attraction aussi soudaine qu'incontrôlable ?

— Gamine ! m'interpella-t-il. Approche.

Je lui obéis.

— Va à la réception. Ma femme va te rejoindre dans quelques minutes. J'ai monté ton sac dans ta chambre.

Il ne me laissait aucune possibilité de m'échapper. Il commença à s'éloigner.

— Attendez !

Pourquoi le retenais-je ? Il me fit face, interloqué, et attendit patiemment que j'ouvre la bouche.

— Merci, finis-je par lâcher, surprise par ma sincérité.

Il hocha la tête, amusé, et poursuivit son chemin. Je ne le quittai pas du regard, il marcha vers le restaurant, installé dans ce qui avait dû être une grange, bien longtemps auparavant. Il longea la terrasse et disparut sur le côté. Je me retournai vers l'hôtel et soufflai pour me donner du courage.

Comme on sauterait dans le vide, je traversai la grande cour, montai les quelques marches du perron encadrées par des lauriers fleurs, et pénétrai – enfin – à l'intérieur.

La réception était immense. Je remarquai immédiatement une vieille lampe avec son abat-jour à franges posée sur un comptoir en bois clair patiné par le temps. Mon regard fut ensuite aimanté par le doré des clés des chambres suspendues à leur tableau. J'étais bien dans un hôtel, un hôtel qui n'avait rien de commun avec ce que j'avais pu connaître. Un escalier en pierre montait vers les étages. Un coin salon devait accueillir les clients, tout dans ses fauteuils et ses canapés appelait au repos et à la détente, j'aurais rêvé m'y allonger. Vu ma dégaine, on ne risquait pas de me le proposer. D'où j'étais, j'apercevais une salle à manger dont les grandes baies vitrées s'ouvraient sur un jardin qui semblait ne pas avoir de fin.

— J'arrive ! J'arrive ! entendis-je au loin.

Je me tournai de tous les côtés, ne sachant d'où venait la voix. Et puis une femme, vêtue d'une élégante robe bleu marine, arriva d'un couloir que je n'avais pas encore remarqué. Elle était d'une beauté froide, assez saisissante, ses cheveux noirs rassemblés en chignon étaient barrés d'une remarquable mèche blanche sur le front. Son visage très pâle était dévoré par d'immenses yeux vert-doré. La mélancolie qu'elle dégageait était bouleversante. Le décalage entre cette femme, son hôtel et moi me percuta. Je n'avais pas l'habitude de côtoyer ce genre de personne. Le contraste entre son mari ancien boxeur – pure supposition – bourru et elle était spectaculaire. Au bout du compte, je me sentais plus proche de lui. Nous n'avions pourtant pas échangé plus de trois mots. Avec elle, je n'étais pas à la hauteur et je ne le serais jamais. Pourtant, une force me poussa à avancer. Peut-être parce qu'elle m'observait sans jugement, sans me donner l'impression d'être une bête curieuse jurant avec son monde.

— Je suis Macha, la femme de Jo.

Sa voix douce et déterminée était teintée d'un accent indéfinissable.

— Bonjour, lui répondis-je timidement, ce qui ne me ressemblait pas.

Je me défendais toujours en voulant paraître plus forte, plus vieille que je ne l'étais. Mais là, impossible.

— Jo n'a même pas été capable de me dire comment tu t'appelles, alors que tu vas travailler avec nous.

Avec nous ? Et pas pour nous ?

— Hermine.

— Quel beau prénom, et rare…

Un rire ironique m'échappa. Le naturel revenait vite au galop.

— Il n'a pas été choisi parce qu'il était beau. Ma mère manquait d'idées, alors elle a regardé le calendrier. Je suis née le jour de la Sainte-Hermine.

Elle pencha la tête de côté, circonspecte. J'en avais trop dit. Je me barricadai à nouveau à l'intérieur de moi-même. Elle n'insista pas, se contentant d'arborer un sourire d'une extrême douceur, auquel je répondis, bien malgré moi.

— Bienvenue à La Datcha.

– 1 –

Vingt ans plus tard.

« Tu es fière, Gamine… » Absolument pas, aurais-je pu répondre à Jo, tandis que je fixais mon reflet dans le miroir de l'entrée. Je ne me reconnaissais pas dans cette tenue ; cette robe noire, achetée dans l'urgence. À La Datcha, on ne portait pas de noir. À La Datcha, on portait du blanc, du jaune paille, du rose, du vert, du bleu. À La Datcha, on portait les couleurs de la joie. J'aurais voulu être courageuse, m'afficher avec une robe en lin colorée. Mais le chagrin m'empêchait de faire un coup d'éclat. Me le pardonnerait-il ? Se moquerait-il de moi ? Comprendrait-il ma colère ? Je l'espérais, il avait la même que moi, tapie au fond de lui. Je glissai dans mon sac le brouillon de mon texte. J'en voulais à la Terre entière d'avoir dû faire ça, d'avoir dû me faire du mal en écrivant ces mots, ces phrases pour retracer sa vie. Je ne voulais pas entendre l'écho de ma voix les prononcer dans quelques heures. Et pourtant, j'allais le faire. Pour lui. Pour elle. Pour eux. Pour l'existence que je menais et que je leur devais.

Je claquai la porte du moulin et me dirigeai vers la cour, saturée de voitures. C'est à peine si je distinguais la fontaine. En temps ordinaire, j'aurais été folle de joie ; l'hôtel était plein. Mais pas pour les bonnes raisons. Enfin si… Le contraire m'aurait fait entrer dans une rage dévastatrice. Chacun avait une bonne raison d'être présent. Les clients avaient débarqué des quatre coins du pays. Les premiers avaient pris les dernières chambres libres – la saison débutait simplement en ce milieu de printemps –, les suivants avaient été gracieusement logés dans les hôtels et les chambres d'hôtes voisins. J'ignorais comment la nouvelle s'était propagée. Personne n'avait pris le temps de s'en charger. À croire que des pigeons voyageurs s'étaient envolés pour les avertir…

En m'approchant du cœur de La Datcha, je me contentai d'un salut de la main à ceux que je croisais. Personne n'osa m'approcher, ma mine sombre dut les en dissuader. Ce n'était pas encore le moment. Il me restait à vérifier que tout soit prêt pour après, même si je n'en doutais pas. C'était une excuse, je devais gagner encore un peu de temps. Le reculer. L'arrêter. Je disparus par le passage secret – l'entrée des artistes – entre La Datcha et le restaurant. Je poussai la lourde porte et m'enfonçai dans les cuisines. Charles, notre chef, ne perçut pas ma présence, du moins il n'en laissa rien paraître. Il avait dû cuisiner toute la nuit sans fermer l'œil ni rentrer chez lui. Amélie, sa femme, l'avait certainement attendu, sans dormir non plus. Je m'approchai de lui, posai ma main sur la sienne, tremblante.

— Charly, lui dis-je doucement, je crois qu'on va avoir ce qu'il faut... Il va falloir que tu te changes.

— Je sais...

Il lâcha sa poêle et éteignit le feu. Il m'attrapa par les épaules, nous soupirâmes profondément d'un même mouvement. Nous nous connaissions depuis vingt ans. Malgré nos différences spectaculaires, à l'époque, nous avions fait nos armes ensemble à La Datcha, en nous soutenant, en nous secouant mutuellement, en nous enthousiasmant. Plus besoin de mots entre nous. Nous restâmes de longues minutes l'un contre l'autre, je puisai dans cette étreinte une dose de courage pour poursuivre mon chemin.

— À tout à l'heure, murmurai-je en me détachant de lui.

Au moment où j'allais franchir la porte d'entrée de La Datcha, des voix dans mon dos apaisèrent les battements de mon cœur.

— Maman !

Je me retournai et dévalai le perron pour accueillir Alexandre et Romy dans mes bras. Mon fils de douze ans se nicha contre moi comme un petit enfant. À se demander si en quelques jours il n'avait pas régressé à l'âge de huit ans, comme sa sœur. Je croisai le regard inquiet de Samuel, leur père, qui s'occupait d'eux en ce moment. Il nous rejoignit et déposa naturellement un baiser dans mes cheveux. Malgré notre séparation, nous avions réussi à conserver tendresse et complicité. Sans lâcher mes enfants, je lissai un pli imaginaire sur sa veste de costume, le voir ainsi habillé m'amusa, malgré le contexte.

— Tu es beau, lui glissai-je.

Il rit et glissa derrière mon oreille une mèche de cheveux rebelle.

— Je ne pensais pas dire ça un jour, mais j'aurais préféré me passer de ce compliment.

J'embrassai sa joue fraîchement rasée.

— On y va ? lui proposai-je.

Cela faisait longtemps que nous n'avions pas fait bloc tous les quatre. Je remerciai intérieurement Samuel d'être arrivé au bon moment. J'allais peut-être réussir à être fière. La réception grouillait d'amis, de clients, de voisins, de gens du village. L'absence était pourtant omniprésente. Il y eut des étreintes, des mots de réconfort murmurés, des pleurs discrets, des éclats de rire tristes. Certains voulaient savoir l'heure à laquelle le cortège partait. Tout le monde attendait mon feu vert, malgré moi, on m'attribuait le rôle de chef d'orchestre de la journée.

— Où est Macha ? me demanda Samuel en m'entraînant à l'écart.

— Dans la bibliothèque.

Je jetai un coup d'œil à la pendule, il était temps. J'embrassai les enfants en leur demandant d'être sages et de rester avec Samuel. Les grands yeux noirs de ma fille – les mêmes que son père – se remplirent de larmes, je caressai sa joue, tiraillée entre l'envie de la consoler, de la prendre dans mes bras pour nous enfuir et mon devoir.

— J'ai peur, maman.

— Je sais, moi aussi.

— Viens, Romy, lui dit son frère.

D'autorité, il l'embarqua. Je les fixai jusqu'à ce qu'ils disparaissent au milieu des invités que, pour la plupart, ils connaissaient. Ici, ils n'étaient pas perdus, ils trouveraient toujours quelqu'un pour s'occuper d'eux. Même si, désormais, ils ne vivaient plus à La Datcha qu'une semaine sur deux, ils y avaient grandi.

— Je te laisse.

— Hermine, me retint Samuel en m'attrapant par la main.

Je le regardai par-dessus mon épaule, il avait toujours ce sourire tendre au visage.

— Tu vas tenir le coup ?

— Bien sûr, tu me connais… Je te fais signe.

Il acquiesça.

J'inspirai profondément devant la porte fermée de la bibliothèque. Je connaissais chaque recoin de cette pièce. J'y avais lu tellement de livres grâce à Macha, la littérature russe surtout, si chère à son cœur. Combien de fois Jo m'y avait-il trouvée endormie sur le canapé au petit matin ? Le grincement des gonds signala mon arrivée, sans susciter la moindre réaction. J'avançai silencieusement, irrésistiblement attirée par eux, bouleversée par leur dernier tête-à-tête. Macha, assise sur une chaise peu confortable à côté de son Jo, caressait tendrement le cercueil. Elle lui chantait à voix basse des mots d'amour en russe, lui susurrant encore et encore *Doucha moya*, mon âme. Quand elle me l'avait traduit une vingtaine d'années auparavant, j'en avais eu les larmes aux yeux, j'avais pourtant le cuir dur à l'époque. Je ne connaissais rien de l'amour, je n'y croyais pas. *Doucha moya* m'avait frappée en plein cœur.

J'étais convaincue qu'elle était là depuis l'aube. Elle avait dû se réveiller à son heure habituelle,

5 h 30. Elle s'était habillée de sa robe portefeuille bleu marine, sa robe de deuil. Elle s'était rendue dans sa cuisine de La Datcha, s'était fait son café, elle avait dû se forcer à avaler son petit déjeuner. Puis elle était allée rejoindre son mari, comme elle l'avait fait chaque jour de ces cinquante-cinq dernières années. Du jardin, elle était passée à la bibliothèque. Macha avait vieilli d'une décennie en quelques heures. Ses cheveux – toujours rassemblés en chignon sur la nuque –, qui jusque-là étaient encore garnis de traces brunes, étaient désormais blancs. Sa mèche blanche, qui m'avait tant impressionnée quand je l'avais rencontrée, avait tout contaminé en une nuit. Il avait fallu que Jo la laisse pour que la vieillesse l'envahisse. Trop de chagrin. Trop de larmes. Une solitude qui pour elle serait impossible à combler.

— *Goloubka*, approche, chuchota-t-elle en tendant la main vers moi.

Quand elle m'avait appelée *ma colombe* dans sa langue maternelle pour la première fois, j'avais compris que je faisais partie d'elle, qu'elle m'offrait son cœur et son affection. Son amour. Avec Macha et Jo, j'avais découvert l'amour. L'amour qui fait du bien, qui soigne, qui répare, qui fait grandir. J'embrassai sa paume, sans cesser de fixer Jo. Ma main libre se posa sur le bois. Comment pouvais-je briser davantage le cœur de cette femme que j'aimais plus que tout ? Je m'accrochai au cercueil et serrai sa main si fragile et si forte dans la mienne. Je me perdais dans cette étreinte entre ces deux êtres qui m'avaient permis de devenir la femme que j'étais, tentant de maîtriser les tremblements de mon corps et retenant les larmes qui montaient.

— C'est l'heure ? me demanda-t-elle d'une petite voix qui n'était pas la sienne.

— Pardonne-moi, Macha.

Sa respiration douloureuse broya mon cœur déjà mal en point. Elle embrassa le creux de mon poignet pour me signifier son pardon.

— Jo va quitter La Datcha. Sa Datcha… J'aurais dû partir la première… Va les chercher, *Goloubka*.

C'est en titubant que je quittai la bibliothèque. À peine avais-je ouvert la porte que Samuel se matérialisa sous mes yeux.

— Où sont les enfants ?

— Avec Amélie, ne t'inquiète pas.

— Peux-tu aller chercher les autres ?

Il ferma les yeux quelques secondes, sa mâchoire tressaillit. Cinq minutes plus tard, il revenait accompagné de Charly, de Gaby – notre historique et légendaire chef –, et d'un employé des pompes funèbres puisqu'il manquait le quatrième porteur de cœur. Nous pénétrâmes dans la pièce en silence. Macha enlaçait Jo, son unique amour, une dernière fois. Nous patientâmes sans dire un mot. Puis elle se releva, recula de quelques pas. C'était le signal. Avant que les hommes ne s'acquittent de leur triste devoir, je saisis le bras de Samuel et l'encourageai du regard. Il secoua la tête, submergé. La mort de Jo l'atteignait beaucoup plus que je ne l'aurais imaginé. À l'exception du croque-mort, tous déposèrent un baiser respectueux sur la joue de Macha. Ils se positionnèrent après avoir reçu les consignes et, d'un même élan, soulevèrent le cercueil de Jo. Je fixai leurs mains portant, pour les plus jeunes, un parrain de substitution et, pour Gaby, le compagnon de toujours. Ce dernier sanglotait, inconsolable.

Ils avancèrent d'un pas solennel, presque militaire. Les regards de Samuel et de Charles braqués droit devant eux, noirs de chagrin, ne voyaient rien. Je m'écartai à leur passage. Macha, d'une dignité bouleversante, fermait la marche. Elle ralentit son pas et me sourit.

— Suis-moi, *Goloubka*, et prends tes petits avec toi, m'ordonna-t-elle.

L'espace d'un instant, je la revis vingt ans plus tôt, déterminée, douce et autoritaire à la fois, mais toujours fière. Jo suivi de sa femme traversa La Datcha une dernière fois, au milieu d'une haie d'honneur, sous les yeux de ses amis, des villageois, de ses clients, de ses anciens saisonniers. De quiconque passé par La Datcha. Macha s'arrêta sur le perron, je restai à sa droite, Alexandre et Romy accrochés à ma main gauche. Ses yeux vert-doré remplis d'eau ne cessaient de fixer Jo.

— C'est fini, Jo est parti.

Le cimetière était bondé ; tout le monde avait voulu accompagner Jo jusqu'au bout, certains s'étaient glissés entre les tombes, des parents avaient hissé leurs enfants sur les murs de l'enceinte. Tout le monde le connaissait à des kilomètres à la ronde. Le curé du village égraina ses prières, bénit son corps, et ne put s'empêcher d'ajouter quelques mots. Jo ne mettait pas les pieds dans une église, jamais, il avait peur que la foudre lui tombe sur la tête, mais il avait le respect du sacré datant d'une autre époque, la crainte de Dieu, et aimait discuter, parlementer avec Son représentant. Le curé nous raconta leurs conversations sans fin autour d'un pastis au Café de la Poste de Goult qui se poursuivaient avec la dégustation de l'aïoli les jours de marché. Il nous apprit que Jo pensait ne pas réussir à se faire pardonner tous ses péchés, mais qu'il le disait toujours en riant et en commandant une nouvelle tournée. Il n'en était plus à un près, précisait-il. Des rires s'élevèrent dans l'assistance, même Macha ne put se retenir.

— Mon ami, ne t'inquiète pas, le bon Dieu pardonne tout à des hommes comme toi.

Après quelques minutes de silence, il me fit signe. J'embrassai tendrement la joue de Macha et avançai.

— Jo, j'avais préparé un discours, mais tu détestes ça, alors il va rester au fond de ma poche. Je ne suis pas là pour raconter ta vie, toi qui aimais si peu en parler. Tu as la pudeur de ceux qui ont grandi seuls, je ne te mettrai pas mal à l'aise, j'ai la même que toi. Tu m'as appris à en être fière, à l'assumer. Je voudrais que tu voies tous ces gens qui t'aiment autour de toi, autour de Macha. La Datcha est bondée, Jo, elle vit pour toi, elle vivra toujours pour toi. Dans quelques heures, elle sera bruyante de cette musique tzigane que tu aimais, nous boirons, nous danserons, nous vivrons comme tu l'as toujours fait. Fais-nous confiance pour que les traditions soient respectées. On a tous un souvenir avec toi, un pan de vie pour les plus chanceux. Je laisse chacun se plonger dans sa mémoire et chérir le temps passé à tes côtés. Le mien, le nôtre à toi et à moi, m'a changée à jamais, il a fait de moi la femme que je suis. Tu m'as ouvert la porte de ta maison, sans me connaître, sans me juger, tu m'as tendu la main. Tu m'as appris l'espoir, le travail, la famille… je suis forte et fière de tout ce que tu m'as offert, sans jamais rien attendre en retour. Je te croyais éternel, Jo, je me suis trompée. Je t'en veux, tu sais. Horriblement. Pour la première fois depuis que je te connais, je suis prête à braver ma trouille de t'affronter et te gueuler dessus, gueuler plus fort que toi. Ça te donne un aperçu de ma colère. Tu n'avais pas le droit de nous quitter si vite, en quelques heures, sans nous laisser le temps de nous préparer à ton absence…

J'eus besoin de quelques secondes de pause, je soufflai doucement avant de reprendre.

— Et pourtant, je suis heureuse de la manière dont tu nous as quittés, sur la terrasse de ton restaurant, au milieu de tes clients, après avoir servi une dernière rincette de ce rouge fort avec lequel tu raffolais nous soûler. Tu as rejoint votre ange. Dis-lui que j'aurais aimé la connaître, que j'en aurais été honorée. Ne vous inquiétez pas, elle et toi, je reste là pour Macha, je veille sur elle, pour toujours.

J'osai lever les yeux vers Macha, elle me sourit, je repris à nouveau ma respiration.

— Jo… merci de ne jamais avoir prononcé mon prénom. Merci de m'avoir toujours appelée Gamine… Cela signifie tant pour moi et nous n'en avons jamais parlé… Notre réserve commune m'a empêchée de te dire… j'espère que tu sais…

Je lui envoyai un baiser sur le bout de mes doigts avant de caresser une dernière fois le bois du cercueil. La tête basse, je rejoignis ma place, luttant contre les larmes. Macha saisit mon visage entre ses mains, embrassa mon front et plongea ses yeux dans les miens.

— *Goloubka*, sois rassurée, il sait. Jo sait…

La Datcha vibrait. La soirée se tiendrait uniquement dans la maison principale. L'origine. Le restaurant était fermé. Les enfants – les miens, ceux de Charles et Amélie, et tous les autres – couraient dans le jardin, le verger, autour de la piscine, ils slalomaient entre les invités, ils riaient, passant de l'extérieur à l'intérieur pour chiper des petits-fours et des brochettes. Ils faisaient rire. Les braseros et les flambeaux étaient allumés, les guirlandes guinguettes éclairaient la pergola, les tziganes – amis de toujours de Jo – jouaient leur musique mélancolique, entraînante et envoûtante. Sur un canapé, Macha recevait les condoléances avec patience, gentillesse, douceur, indulgence. Tout en gardant un œil sur elle, je passais de la salle à manger à la terrasse, en faisant des détours par la réception, je m'assurais que personne ne manque de rien, je discutais avec le maximum de gens, je voulais que personne ne se sente à l'écart. Nous pleurions Jo, mais ce devait être une fête. Ceux qui avaient travaillé à La Datcha, ne serait-ce qu'une journée pour dépanner, mettaient la main à la pâte pour le service. J'aperçus Samuel et Macha échanger à voix basse. Il eut un sourire en coin triste. Quelques minutes plus tard, il arrivait dans mon dos.

— De la part de Macha.

Il fit passer un verre de vodka par-dessus mon épaule. Je refusai d'un mouvement de tête. Elle ne l'entendait pas de cette façon, de l'autre côté de la terrasse, son regard hypnotisant m'ordonna de boire.

— Relâche la pression, Hermine, s'il te plaît, chuchota Samuel à mon oreille. Jo n'aurait pas rêvé mieux.

Je fermai les yeux et avalai cul sec. Brûlure. Décharge électrique.

— Merci, lui dis-je en lui redonnant le verre.

Puis je retournai à mes obligations. Qui n'en étaient pas, contrairement à ce que Samuel avait l'air de penser. Je le faisais parce que j'en avais envie. Je voulais que, malgré le chagrin et la raison de cette réunion, tout le monde soit heureux. Je voulais que Macha se dise que son Jo était parti à l'image de sa vie, en convivialité, en musique. Le bonheur de ses clients, de ses amis et de sa famille était tout ce qui lui importait, ce qui le faisait encore se lever avant le soleil à plus de quatre-vingts ans. Et je devais reconnaître que me perdre dans cette agitation m'aidait à tenir. La vie de La Datcha me permettait d'affronter, de garder la tête haute. D'être fière. Comme ils me l'avaient appris.

J'étais en proie à des hallucinations bienvenues ; je voyais Jo partout, j'entendais son rire franc et puissant, le son des baisers qu'il déposait sur les joues de sa femme quand il pensait que personne ne le regardait, le clac de son Zippo quand il allumait ses Café Crème en fin de soirée. La nuit était totalement tombée ; la musique était plus forte, des couples de danseurs avaient investi une piste improvisée sur la terrasse, devant les musiciens. Les plus anciens emmenés par Gaby, l'ami d'enfance, s'étaient regroupés autour d'une table et d'une partie de cartes, se remémorant les entourloupes de leur copain. J'en aurais presque souri. Samuel vint me chercher, Macha souhaitait me parler. J'abandonnai ce que je faisais et la rejoignis au plus vite. Son visage commençait à accuser les traces de la fatigue.

— Comment te sens-tu ?

— Ne t'inquiète pas, je vais bien. Tout le monde est aux petits soins avec moi, on m'apporte à manger, on m'apporte à boire. Jo est heureux de voir une telle fête.

Pour Macha, Jo se conjuguerait au présent pour l'éternité.

— À une petite exception… poursuivit-elle.

— Dis-moi.

Elle attrapa ma main et me sourit tendrement.

— *Goloubka*, danse.

Je cherchai à me dégager, mais elle avait une poigne de fer étonnante.

— Non, tu ne peux pas me demander… je ne peux pas… je vais…

— Depuis que tu as mis le pied ici, tu as toujours dansé aux fêtes de La Datcha. Souviens-toi de ta première fête ici… Ce soir, ce doit être la plus belle, n'est-ce pas ?

J'étais incapable de lui répondre.

— Je ne te ferai pas l'affront de te demander de le faire pour lui. Il n'aurait pas aimé que je te fasse du chantage, et il aurait eu raison. Je veux que tu le fasses pour toi. Ne te laisse pas dévorer par ton chagrin… Ressens-le et vis-le ce soir, après, il sera trop tard, crois-moi. C'est un ordre.

— Très bien, capitulai-je.

Elle sourit, satisfaite et triste. Puis elle attrapa la bouteille de vodka sur la table devant elle, en servit deux verres, m'en tendit un.

— Que l'âme de Jo reste à jamais à La Datcha, peu importe l'avenir. Peu importe ma propre mort. Nous vivrons toujours dans ces murs. Que ce qu'il a transmis ne disparaisse pas.

Du haut de ses quatre-vingts ans, elle avala son verre d'un trait, sans la moindre difficulté. Sans la quitter des yeux, je l'imitai.

— Va, *Goloubka*. Va, et danse.

Je l'embrassai et partis rejoindre la piste. Au passage, je trouvai Alexandre et Romy, je les attrapai contre moi et les embarquai dans mon étourdissement. Ils savaient danser depuis tout petits ; dès l'âge du biberon, ils avaient participé aux soirées de l'hôtel. Ils s'en donnèrent à cœur joie. Voir leur sourire me déchargea d'une partie de la tension qui m'habitait. Mais ce n'était pas suffisant. Je le sentais. Macha avait enclenché un processus que je devais mener à son terme.

— Papa ! cria joyeusement Romy.

Il se joignait à nous. Il prit sa fille dans les bras et la fit tourner. Très vite, elle lui demanda d'arrêter et s'échappa. Alexandre me fit un bisou sur la joue.

— Je peux te laisser, maman ?

— File, mon trésor.

Il partit en courant et je ne bougeai plus. Samuel était tout aussi stoïque que moi.

— Je sais qu'on ne devrait pas, lui déclarai-je. Mais pour nos souvenirs d'ici, nos souvenirs de Jo, nos instants de bonheur, parce qu'il y en a eu, pour croire que ça va aller, l'espérer, fais-moi danser, Samuel. Ne t'arrête pas, surtout pas.

Il ne me répondit pas, mais entrelaça nos mains et nous dirigea au centre de la piste. On nous fit place et nos musiciens se lancèrent dans un morceau que je connaissais par cœur, ils le savaient. Je suspectais Macha de leur avoir demandé d'attendre le bon moment pour le jouer. Je chantai à m'en époumoner, je chantai les mots d'une langue qui n'était pas la mienne, mais que Macha m'avait traduits. Je chantai des mots qui racontaient l'histoire d'un peuple qui n'était pas le mien. Je chantai des mots de souffrance, d'espoir. Après, je ne touchai plus terre, Samuel me fit perdre pied ; son endurance à me faire danser n'avait pas de limites. Vite, très vite, les larmes déferlèrent sur mes joues, je n'arrêtai pas de danser pour autant, Samuel ne ralentit pas la cadence. M'étourdir. Évacuer. Vivre. Je noyai mon chagrin en m'épuisant dans les bras du père de mes enfants, de cet homme que j'avais aimé, je pleurais dans les larmes, la sueur, les rires, les vapeurs d'alcool, ma tristesse d'avoir perdu le père que je n'avais pas eu. Samuel m'observait, guettant le moment où je dirais stop. Il n'était pas près d'arriver.

Effectivement, je fus incapable de demander grâce. J'étais encore consciente, mais dans un état brumeux. J'étais ivre de larmes, de chagrin, de fatigue. Il ne restait que les plus proches. Samuel devait me soutenir pour que je ne m'écroule pas. Il me guida jusqu'à Macha.

— Je suis fière de toi, me dit-elle. Tout ira mieux demain. Va dormir.

Elle me prit dans ses bras.

— Macha, je… je…

Elle desserra son étreinte et, sans me laisser le temps de finir ma phrase, elle s'éclipsa en direction de sa chambre, digne jusqu'au bout de cette journée.

Quelques minutes plus tard, Samuel et moi quittions La Datcha. Nous restâmes silencieux jusqu'au moulin, rattrapés par la réalité. Devant la porte de chez moi, après avoir rassemblé mes idées, je me décidai à ouvrir la bouche :

— Pardonne-moi pour ce soir.

— J'en avais besoin aussi. Et… ça faisait longtemps qu'on n'avait pas dansé tous les deux.

Je hochai la tête, émue. Un silence chargé de souvenirs se glissa entre nous. Samuel devait revivre toutes nos soirées à La Datcha, moi, je repensais à ma première évoquée par Macha, où il n'était pas.

— Je peux te laisser ? reprit-il. Les enfants ne tiennent plus debout, je dois les ramener chez moi.

Je l'attirai dans mes bras, mon visage se nicha dans son cou.

— Merci. Bonne nuit, Samuel.

Il embrassa mes cheveux et tourna les talons.

Dix minutes plus tard, je m'écroulai sur mon lit. Le mal de crâne serait diabolique demain. Jo aurait jubilé de me voir dans un état pareil. Nous l'avions fêté à hauteur de sa démesure, avec honneur et panache. Les paroles du toast de Macha qui avaient déclenché mon lâcher-prise furent mes dernières pensées avant de sombrer. « Que l'âme de Jo reste à jamais à La Datcha, peu importe l'avenir. Peu importe ma propre mort. Nous vivrons toujours dans ces murs. Que ce qu'il a transmis ne disparaisse pas. »

Elle pouvait me faire confiance.

– 2 –

La migraine me vrillait le crâne. J'ouvris les yeux avec une lenteur exagérée. Les rideaux étaient restés ouverts toute la nuit, c'était bien. Malgré la douleur lancinante, j'admirai le jour qui commençait à se lever, la lumière douce du petit matin qui pénétrait dans ma chambre et éclairait le champ d'oliviers sur lequel je donnais. Un matin comme les autres. Comme tant d'autres. Tout avait changé. Rien n'avait changé. La parenthèse irréelle et terrible des derniers jours devait se refermer. Bien sûr, la plaie resterait ouverte, mais la réalité reprenait ses droits. Le travail m'attendait. La douche acheva de me réveiller. Avant d'affronter cette journée, je pris le temps d'avaler un café serré en déambulant dans le moulin. J'avais le luxe d'avoir mon refuge dans un havre de paix.

Jo et Macha m'avaient proposé d'y habiter un peu plus de deux ans après mon arrivée. Jusque-là, je vivais dans une petite chambre au dernier étage de La Datcha. Tout au fond du couloir, une porte dérobée conduisait au quartier des saisonniers qui n'existait plus aujourd'hui, nous en avions fait une grande chambre familiale qui remportait un franc succès auprès des clients. Charly et moi avions été les derniers à y loger. Lui avait très rapidement élu domicile dans une maison de village après avoir su qu'il resterait définitivement travailler là. De mon côté, j'avais fait de la résistance. J'aimais cette petite chambre où il faisait un froid de canard l'hiver et une chaleur de four l'été. Elle symbolisait l'endroit où j'avais pu me reposer pour la première fois de ma vie. Après deux ans d'une forme de convalescence, j'avais commencé à m'ouvrir, à sortir, même si on ne pouvait pas dire que les nuits étaient folles et dévergondées dans notre coin de campagne provençale. Juste ce qu'il me fallait. Je découvrais une jeunesse classique, avec des amis avec qui je m'amusais simplement. Nous riions, nous dansions, nous vivions.

Jo, malgré les fous rires que cela provoquait chez lui, ne supportait plus de me voir rentrer à 6 heures du matin, au volant de la Méhari plus que bruyante. Il fallait me voir débarquer penaude, le mascara dégoulinant, sous l'œil goguenard du patron qui jouait faussement les chaperons. Non pas parce que j'étais en retard pour commencer ma journée de travail, mais plutôt parce que les pétarades de la voiture risquaient de réveiller les clients. C'était l'excuse que Jo et Macha m'avaient fournie, mais j'avais compris le sous-entendu ; ils m'encourageaient à avancer. Jo n'avait pu s'empêcher de marmonner : « On se doute que tu finiras bien par nous ramener un hurluberlu, et je préfère que tu fasses tes petites affaires ailleurs que sous mon toit. » Macha s'était offusquée et lui avait donné une tape complice sur le bras, j'avais piqué le plus grand fard de toute ma vie… Ils m'avaient alors proposé d'habiter le moulin.

Il s'agissait d'une dépendance de La Datcha qui, à l'époque où elle était encore une ferme, s'enorgueillissait d'accueillir le moulin à olives. Ils l'avaient restaurée pour que la grange ne se dégrade pas avec le temps. Le moulin avait été occupé quelques années. Mon prédécesseur était parti peu de temps après mon arrivée et n'avait pas prévu de revenir. J'avais accepté leur proposition avec émotion et une forme de peur ; d'une certaine manière, je m'émancipais d'eux. Situé à une centaine de mètres de l'hôtel, le moulin avait un accès direct sur la route. Je pouvais désormais mener ma vie – quand je ne travaillais pas – sans qu'ils le sachent. Comme si je leur faisais des cachotteries ! Ils n'avaient rien voulu entendre, refusant en bloc que je paie quoi que ce soit de plus. La seule contrepartie était l'entretien des lieux : il m'incombait logiquement. Et si je voulais engager des travaux, l'installer à mon goût et pour mon confort, j'avais carte blanche, mais à mes frais et à condition de ne pas dénaturer le lieu. Quand j'avais pour la première fois mis la clé dans la serrure – c'était la première fois que j'avais un trousseau à moi –, j'avais eu le sentiment de m'ancrer davantage encore à La Datcha, comme si les racines, qui m'avaient fait défaut jusque-là, se ramifiaient un peu plus profondément dans cette terre provençale. Le moulin avait changé au gré de ma vie. Les premiers temps, je m'étais contentée d'aménager la pièce principale et une chambre. Puis Samuel était entré dans mon existence. Après avoir longuement rechigné, il avait accepté d'y déposer ses valises. Plus tard, nous avions rénové deux nouvelles chambres, celle d'Alexandre, puis celle de Romy. Aujourd'hui, j'y vivais une semaine seule, une semaine avec les enfants, et j'y étais bien. Heureuse, pourrais-je dire. Dix-huit ans que j'habitais au moulin, si l'on omettait les quelques mois où Samuel avait tenté de me faire vivre ailleurs. Mais je refusais de penser à cette partie de l'histoire…

À 6 h 30, je franchis le seuil de La Datcha et laissai ouverte la grande porte en bois. Il fallait que l'air entre. Une habitude, un rituel dès que le temps le permettait. Garder toujours la porte ouverte pour le voyageur qui passe. Les petits déjeuners étaient servis dans la salle à manger ou sur la terrasse de la piscine, jamais au restaurant de Charles. Ils étaient préparés dans la cuisine de Jo et Macha, depuis toujours.

Aujourd'hui, un matin comme les autres… Les cafetières coulaient déjà. Sans surprise, je découvris Macha, habillée de bleu marine, le chignon impeccable sur la nuque, s'activant autour de la grande table en bois.

— Le boulanger n'est toujours pas arrivé, *Goloubka*.

— Que fais-tu, là ? Tu aurais dû te reposer ce matin.

J'avançai vers elle et nouai mes bras par-dessus ses épaules, elle caressa mes mains.

— Quand on s'est réveillé toute sa vie à 5 h 30, il est difficile de changer.

Macha avait toujours mis un point d'honneur à préparer les petits déjeuners et les plateaux montés en chambre jusqu'à 10 heures, tout en s'occupant du reste. Des départs aux aurores, des réclamations, des retards de son personnel, des compositions florales à disposer ici et là, des demandes de réservation. Elle m'avait appris à jongler, le sourire aux lèvres, entre tous les postes de l'hôtel, quelle que soit l'heure.

— Je comprends, mais je veux que tu fasses attention à toi.

Elle embrassa ma joue et fit un signe impatient de la main d'un air de dire que je devais sortir de la cuisine, et régler le problème du boulanger. Moins de deux minutes plus tard, dans le petit bureau attenant à la réception, je tombai au téléphone sur le pauvre homme. Il avait de bonnes intentions et croyait qu'avec « les circonstances »… Le mot de trop.

— L'hôtel est plein ! vociférai-je. Alors, dépêchez-vous !

Je m'en voulus immédiatement.

— Désolée, je n'aurais pas dû vous hurler dessus.

— Pas de problème, Hermine, je te connais.

Je raccrochai et filai dans la salle à manger. Je tombai nez à nez avec Amélie, la femme de Charly, notre gouvernante tout-terrain, qui semblait dans la même disposition que moi. Être au travail. Faire comme si…

— Salut, lui dis-je en la prenant dans mes bras. Merci d'être venue si tôt.

— Tu as dormi ?

— Ce qu'il fallait pour tenir jusqu'à ce soir.

— Ils viennent d'où, ceux-là ? me demanda-t-elle en me désignant deux petits jeunes qui remettaient les tables en place.

— Je les ai embauchés en extra aujourd'hui. Ils sont arrivés à l'heure, j'ai dû être persuasive !

— Tu as pensé à tout…

— La qualité de notre accueil s'est un peu relâchée, ces derniers jours. Et je ne suis pas certaine que nos clients continuent à être peu regardants…

— Tu crois ?

— J'exagère, mais… je préfère ne pas leur donner l'idée du moindre signe de laisser-aller.

Elle fronça les sourcils, suspicieuse.

— Quelque chose t'inquiète, Hermine ?

— Non ! Tout va bien… je te promets.

Elle me connaissait assez pour ne pas croire un mot de mes belles paroles. Je partis inspecter la terrasse pour éviter qu'elle ne m'interroge davantage.

La mort de Jo, si je l'affrontais froidement, en faisant abstraction du chagrin et de notre amour à tous pour lui, signait la fin d'une époque. La fin d'un cycle à La Datcha. Pas n'importe lequel. LE cycle. Jo était l'âme de cet endroit de villégiature, de fêtes, de repos, de légèreté. J'y travaillais depuis vingt ans, j'avais observé, appris, je connaissais les clients, les habitués. Ils venaient certes pour la beauté du cadre, la qualité de l'accueil, la région, le climat, la douceur de vivre. Mais beaucoup venaient aussi pour Jo et Macha. Pour le couple – digne d'un couple mythique de cinéma – qu'ils formaient. Ce couple qui grâce au flair de Jo s'était installé avant tous les autres hôteliers dans ce coin de France, bien décidé à le faire aimer de tous. Ce couple venait d'être blessé à mort. Il n'existait plus. Nos habitués continueraient-ils à venir passer leurs vacances et leurs week-ends prolongés à La Datcha ? La disparition de Jo risquait-elle de leur faire penser qu'ils ne retrouveraient plus ce qu'ils venaient chercher à La Datcha ? Malgré notre travail à tous dans le respect de ce que « nos patrons » étaient et avaient créé. Même si, depuis plusieurs années, Jo et Macha ne s'investissaient plus avec le même acharnement qu'avant, même s'ils m'avaient délégué la presque totalité de leurs responsabilités, ils n'en étaient pas moins éternels dans l'esprit des clients. Les patrons légendaires de La Datcha rôdaient toujours ; Jo passait chaque soir au restaurant, offrait le digestif, Macha prenait toujours le temps de discuter avec les clients, de leur ouvrir les portes de sa bibliothèque, de charmer les hommes en dépit de son âge, pour le plus grand plaisir de son mari qui la regardait toujours avec le même fier instinct de propriété. Cela faisait partie du folklore de cet hôtel. Tout ceci venait de s'interrompre violemment, irrémédiablement… Je n'y avais jamais pensé jusque-là, moi aussi je croyais La Datcha, Jo et Macha immortels. J'en avais pris conscience en voyant tout le monde débarquer avec une amitié sincère, impossible à mettre en doute. Je n'avais pu m'empêcher de songer qu'ils étaient venus vivre le point final de leur histoire avec cet endroit.

En début d'après-midi, je profitai du calme relatif de l'hôtel, ceux qui devaient reprendre leur vie étaient partis, nos prochains clients – des inconnus – étaient attendus pour la fin de la journée. Installée dans le bureau, je faisais le point sur les demandes de séjour tombées pendant cette dernière semaine. C'était bien la première fois depuis que cette charge m'incombait que je ne les avais pas traitées dans les temps. Ne pas répondre assez rapidement à une demande signifiait perte de clients, manque de considération pour eux : l'une des premières leçons reçues et retenues.

J'avais presque rattrapé mon retard quand Samuel s'encadra dans la porte. Il avait laissé tomber le costume pour sa tenue de travail.

— Qu'est-ce qui t'amène ? Ce n'était pas prévu que tu interviennes aujourd'hui.

— Il y a eu pas mal de monde dans le jardin, je me suis dit qu'un coup de propre ne ferait pas de mal.

Samuel était paysagiste, à la tête de son entreprise d'une quinzaine de jardiniers. Quand nous nous étions rencontrés, il venait d'être embauché dans la boîte qui avait en charge le domaine de La Datcha. À force de travail, de talent indéniable et d'économies, il avait pu racheter l'intégralité des parts de son patron quand ce dernier était parti en retraite, cinq ans auparavant. Il ne s'était pas contenté de ce travail à plein temps, il s'était également lancé dans l'oléiculture, avait acheté plusieurs hectares, bichonnant ses arbres afin de produire sa propre huile. Samuel aimait la terre, il aimait en prendre soin et la faire fructifier dans le respect des traditions. Malgré nos conflits, nous arrivions parfaitement à nous entendre dans le travail. Dans ce cadre, pour Samuel, je n'étais pas Hermine, la femme qu'il avait aimée, la mère de ses enfants de qui il était séparé. Pour moi, il n'était pas l'homme que j'avais aimé, le père de mes enfants, il était le responsable de l'entretien des extérieurs de l'hôtel.

— Merci beaucoup, lui répondis-je en me laissant aller dans le fond de mon fauteuil. S'il y a bien un truc auquel je n'ai pas pensé, c'est le jardin… Tu as dû prendre un tel retard, ces derniers jours, je suis désolée que tu te sentes obligé de venir ici…

Il balaya mes excuses d'un geste du bras.

— Où est Macha ? Je voudrais l'embrasser avant d'attaquer.

— Au jardin, je crois, allons voir.

En arrivant sur la terrasse, on aperçut au loin sa silhouette sur sa balancelle, enroulée dans un châle. Chétive, si fragile. La veille, elle était forte, fière, fidèle à elle-même, telle que je l'avais toujours connue, malgré le deuil. Elle avait gardé la tête haute toute la matinée encore, raccompagnant chaque client, les remerciant chaleureusement de s'être déplacés pour dire au revoir à Jo, sans jamais dévoiler l'ampleur de sa douleur. Le silence qui pesait dans son hôtel, orphelin de la voix rocailleuse de Jo, l'avait subitement rattrapée. Le quotidien reprenait très vite et chaque minute lui rappelait qu'il n'était plus là. La mort de Jo n'était-elle pas l'épreuve de trop ? Celle dont Macha ne se relèverait pas. Elle qui avait déjà eu à subir la pire, la plus effroyable pour une mère.

Quelques mois avant mon arrivée, Jo et Macha avaient perdu leur fille, Emma. Emma était née avec une malformation cardiaque. Ils avaient toujours su que le risque était immense qu'elle n'ait pas une longue et paisible vie. Malheureusement pour eux, la réalité leur avait donné raison, leur fille s'était éteinte à l'âge de vingt et un ans. Leur ange, comme l'avait appelée Macha le jour où j'avais appris son existence. Il m'avait fallu un long moment pour vaincre ma timidité et lui demander qui était la jeune fille présente sur de nombreuses photos de famille. Ce fut l'une des rares fois où elle évoqua Emma.

Lorsque Macha m'avait parlé de sa fille, elle m'avait dit : « Nous avons eu la chance de l'avoir dans notre vie, elle nous a comblés de sa force et de son sourire, jusqu'au bout. » Emma était le portrait de Macha, mais autant Macha était mélancolique, autant Emma était espiègle, lumineuse. Sur chaque photo, sa joie de vivre était palpable, à croire qu'elle voulait profiter, toujours profiter, encore profiter du temps qui lui était offert. En la voyant, on avait envie de l'aimer et qu'elle nous embarque dans sa douceur souriante. À l'époque, je n'avais pas mesuré la douleur charnelle que Macha devait endurer au quotidien d'avoir perdu un enfant. Depuis qu'Alex était né, je la comprenais au plus profond de mon être, je n'osais imaginer ce qu'elle avait dû ressentir, ce qu'elle ressentait encore aujourd'hui, à l'idée de ne plus avoir sa fille. Désormais, c'était Jo qu'elle n'avait plus…

— Ça va, toi ? me demanda Samuel, alors que j'étais incapable d'avancer, saisie par la solitude et le chagrin de Macha.

— Je n'ai pas le temps d'y songer… Comment allaient les enfants, ce matin ? Je ne les ai pas appelés… je…

Il soupira profondément, soucieux, je m'interrompis immédiatement, sentant que nous reprenions nos casquettes de parents séparés…

— Ils ont voulu retourner à l'école, je te laisse imaginer la tête qu'ils avaient en se réveillant… J'étais pourtant prêt à les garder avec moi… mais ça faisait trop pour eux… Ils veulent reprendre une vie normale, retrouver leurs copains. En revanche, il faut que je te prévienne et que tu te prépares, ils ont peur de revenir ici ce week-end.

— Pourquoi ?

Depuis quand mes enfants avaient-ils peur de La Datcha ?

— Réfléchis, Hermine, ils t'ont à peine vue, ils ont enchaîné deux semaines avec moi, tu leur as très peu téléphoné, tu leur as quasiment interdit de venir ici jusqu'à l'enterrement. Pour eux, tu avais disparu.

Immédiatement sur la défensive, je levai la main pour l'interrompre.

— J'ai fait ce que j'ai pu.

Je m'étais laissé submerger par tout le reste, parce que je les savais en sécurité et choyés par leur père, ce n'était pas suffisant et j'en avais conscience. Mais cela ne lui donnait pas le droit de m'attaquer. Samuel avait souvent tendance à me donner des leçons, voire à m'infantiliser. Certes, il avait dû faire face à mes angoisses, les gérer, m'apprivoiser, mais il en jouait trop régulièrement à mon goût. Il se permettait de douter de mes capacités pour se rendre indispensable, pour me prouver qu'il avait raison sur toute la ligne et que je ne mettais pas les priorités au bon endroit. Ça me rendait folle, mais la mort de Jo ne pouvait être une source de conflit entre nous. Il n'aurait pas aimé. Je le fuis du regard pour me contenir, pour ne pas le remettre à sa place et ne pas exploser. Surtout que lui conservait un calme olympien.

— Je ne dis pas le contraire. Sache juste qu'ils sont très tristes. Eux aussi, ils ont perdu Jo, je ne vais rien t'apprendre en te disant qu'il était comme un grand-père pour eux…

Sa voix flancha. Depuis quand versait-il dans le sentiment ?

— Non, effectivement, tu ne m'apprends rien, lui rétorquai-je d'un ton vibrant de colère et de chagrin rentrés.

Sans que je m'y attende, Samuel m'attrapa dans ses bras et caressa doucement mes cheveux. Maintenant, il cherchait à se faire pardonner.

— Hermine, je ne te reproche rien. Pas là, crois-moi, simplement, il faut que tu saches qu'Alex et Romy s'inquiètent pour toi, ils t'ont vue, hier, lutter et craquer… Ils s'inquiètent aussi pour Macha, ils appréhendent de la revoir…

Il croyait peut-être que je n'y avais pas pensé, que l'idée de la peine de mes enfants ne m'avait pas réveillée en sursaut au milieu de la nuit, ces derniers jours ? Samuel ne vivait plus à La Datcha depuis près de trois ans maintenant, il ne voyait plus Alex et Romy grandir et s'épanouir aux côtés de Jo et Macha. Il n'avait pas idée de l'attachement profond qui les unissait, de toute manière il ne voulait pas le voir, il ne voulait pas en prendre conscience. Comment osait-il jouer aujourd'hui avec cette corde sensible ? Et raviver cette peur que j'avais au fond du ventre ? Ces démons qui pouvaient ressurgir à tout moment.

— Je sais ce que j'ai à faire, Samuel.

Il prit une profonde inspiration, me serra un peu plus fort contre lui.

— Pardon, je n'aurais pas dû te mettre la pression.

Paradoxalement, je profitai de son étreinte, même si elle était désormais déplacée, j'avais besoin qu'on me serre, qu'on me touche. Mon regard se leva et je croisai au loin celui de Macha.

— Viens, elle nous a vus, annonçai-je à Samuel.

On traversa la grande pelouse, et le visage de Macha se couvrit d'un sourire triste. Elle tendit ses mains à Samuel qui les attrapa.

— Mon petit Samuel, je suis contente de te voir.

— Moi aussi, Macha.

Ils s'embrassèrent affectueusement.

— Tu m'accompagnes pour faire le tour du verger ? Je t'offre mon bras.

Comment lui en vouloir alors qu'il allait prendre sur son temps de travail pour s'occuper d'une vieille dame qui venait de perdre son mari ? Leurs rapports avaient toujours été respectueux, bienveillants. Mais il y avait entre eux une distance que je ne m'étais jamais expliquée.

— Avec plaisir, tu me donneras des nouvelles de vos petits, ils doivent être bien tristes. Je n'ai pas pu leur parler hier, je le regrette.

Elle se leva sans trop de difficulté, mais ne refusa pas l'aide de Samuel. Je faisais confiance à ce dernier pour lui parler des inquiétudes des enfants. Je la connaissais assez pour savoir qu'elle saurait les apaiser, qu'elle les rassurerait. Et elle y trouverait du réconfort, du moins l'espérais-je. Si mes enfants considéraient Jo et Macha comme leurs grands-parents, Jo et Macha avaient offert la place des petits-enfants qu'ils n'avaient pas à Alex et Romy.

Macha s'éteignait comme une bougie. Je devais essayer de raviver sa flamme, ne serait-ce qu'un peu. Pour son bien, celui de l'hôtel et le mien, la bibliothèque devait rouvrir. La porte avait été fermée par les pompes funèbres après le départ du cortège. Personne ne l'avait rouverte depuis. Personne n'y était entré depuis que Jo l'avait quittée. Je pénétrai dans la pièce et refermai derrière moi. Les yeux clos, je m'adossai au bois pour me préparer, me convaincre que les derniers jours pouvaient s'effacer. J'ouvris les yeux. Le vide. L'absence. En plein milieu de la pièce. Dans l'urgence, le canapé et la méridienne propices à la lecture avaient été relégués contre les murs et les livres. La grande table basse en bois avait disparu dans un angle, le tapis en laine blanche était roulé dans un coin. Je ne voyais que l'espace aménagé pour accueillir les derniers instants de Jo à La Datcha et la chaise sur laquelle Macha avait passé des heures. Pourtant, ce n'était pas l'endroit qui lui ressemblait le plus. Il aurait pu passer ces jours en plein milieu du jardin, sur la terrasse, au restaurant même. Inconcevable. Indécent. Macha avait immédiatement proposé la bibliothèque – sa bibliothèque –, j'avais essayé de l'en dissuader, convaincue qu'elle aurait les plus grandes difficultés à y revenir. Elle n'avait rien voulu entendre. La raison était simple ; c'était l'œuvre de Jo, il en avait construit les immenses étagères qui couraient du sol au plafond, rien que pour elle, pour ses livres ; pour sa littérature russe dans le texte, et leur version française. Je convoquai mes souvenirs pour renouer avec le pouvoir de cette pièce. Ma vie avait réellement débuté dans la bibliothèque vingt ans auparavant.

Les six mois promis par Jo, quand il m'avait trouvée dans le café à Cavaillon, touchaient à leur terme. L'hôtel n'était plus que très peu fréquenté fin octobre, et La Datcha s'endormait tranquillement pour l'hiver. J'allais devoir la quitter alors que je commençais à l'aimer et que je m'y sentais en sécurité. Pour la première fois de ma vie, j'avais envie de rester quelque part. Je m'en voulais d'avoir baissé la garde, de m'être laissée aller, d'avoir oublié de préparer l'après. Seule consolation, je n'avais rien dépensé de l'argent gagné, je ne me retrouverais pas immédiatement dans les ennuis. Mais je ne savais que faire ni où aller, je n'avais pas voulu y penser, continuant à vivre au jour le jour. J'étais terrifiée à l'idée de retourner dans une grande ville, ma vigilance permanente s'était envolée, j'avais pris goût au calme de la campagne, au confort d'un lit, d'une douche, de repas qui me rassasiaient, et de l'impression diffuse de la chaleur d'un foyer. Si je croisais Jo et Macha dans l'hôtel, je rasais les murs de peur que le couperet tombe et qu'ils m'annoncent que je vivais mon dernier jour. Cela finit pourtant par arriver.

C'était un lundi après-midi, juste après la fin des vacances scolaires de la Toussaint. Je venais de terminer de mettre en sommeil plusieurs chambres dont je ne verrais pas la réouverture, lorsque Macha était venue me chercher et m'avait demandé de la suivre. J'avais obéi, le cœur gros en réalisant que la peine était presque une sensation inconnue tant je m'étais blindée contre les coups. Je m'étais toujours appliquée à m'interdire de m'attacher, érigeant des barrières tout autour de moi. Trop dangereux. Je ne prenais jamais le risque de souffrir. La magie de cet endroit m'avait rendue vulnérable. Ces six mois à La Datcha m'avaient adoucie, mais m'avaient aussi fragilisée. J'allais le payer très cher.

Elle m'avait entraînée jusqu'à la bibliothèque où je n'entrais que pour faire le ménage, même si elle était ouverte à tous, clients et employés confondus. Cette pièce m'attirait comme un aimant tout en me terrifiant, comme l'hôtel à mon arrivée. Je rêvais d'y passer des heures pour apprendre, pour lire, ce qui ne m'était jamais arrivé auparavant, mais je ne me sentais pas à la hauteur, ce n'était pas pour moi, ce ne le serait jamais. Macha m'avait invitée à m'asseoir sur la méridienne. Je l'avais fait du bout des fesses, et j'avais remarqué le sourire tendre qui s'était dessiné sur son visage. Par sa seule présence, elle m'élevait et m'offrait de l'affection. Quand elle me souriait, j'avais l'impression d'être emmaillotée dans une couverture douce, chaude et rassurante. Elle m'avait demandé si j'étais heureuse de travailler à La Datcha, si la vie dans un hôtel, être au service de personnes en vacances me plaisait, ne me dérangeait pas. J'avais eu beaucoup de mal à refréner mon enthousiasme. Car même si je n'y connaissais rien, j'avais immédiatement aimé l'atmosphère de l'hôtellerie, faire plaisir aux clients, les rendre heureux avec un accueil de qualité, et pourtant, à l'époque, je n'étais chargée que du ménage. J'avais été tellement abasourdie la première fois que l'on m'avait chaleureusement remerciée pour l'état des chambres après mon passage, et que l'on m'avait offert un pourboire. J'avais découvert que je pouvais participer au bien-être de quelqu'un, contribuer à des vacances réussies, moi qui ne savais pas ce que c'était, moi qui n'avais pas fait d'études, qui n'avais pas été éduquée contrairement à toutes ces personnes. Ce travail était gratifiant pour la jeune fille abîmée que j'étais. Je m'étais sentie respectée. La seule fois où un client s'était permis de mal se comporter, on avait vertement pris ma défense.

Macha n'avait pas cherché à savoir quels étaient mes projets après. Elle m'avait simplement annoncé qu'avec Jo, ils aimeraient que je reste pour les aider. Ils étaient prêts à me former, à m'apprendre les ficelles du métier. Elle m'avait prévenue qu'il me faudrait beaucoup travailler, m'impliquer, et que plusieurs années seraient nécessaires. J'avais acquiescé de la tête, incapable de prononcer un mot, me refusant d'y croire. Face à mon mutisme, elle m'avait précisé :

— Nous serions vraiment très heureux de te garder avec nous, le temps que tu voudras.

Je la fixais, et puis elle avait disparu derrière un rideau de larmes. Quelqu'un voulait de moi, quelqu'un me voulait à ses côtés, était prêt à m'ouvrir sa maison et à me garder. Macha s'était levée, avait fait le tour de la table pour venir s'asseoir à côté de moi, elle m'avait prise dans ses bras pour la première fois, et m'avait bercée contre elle. Durant de longues minutes, j'avais sangloté de soulagement, de bonheur auquel je ne croyais pas avoir droit. J'avais pleuré comme je ne l'avais plus fait depuis mes huit ans. Tout était sorti. Un raz-de-marée de chagrin enfoui, de coups encaissés, de colères, de déceptions, d'espoirs déçus, d'incrédulité face à la générosité et la gentillesse infinies de Jo et Macha. Ils me tendaient la main, ils m'attrapaient contre eux, ils me protégeaient comme personne ne m'avait protégée jusque-là. Ils m'offraient le repos. Ils m'accueillaient sans réserve, sans jugement, telle que j'étais.

La bibliothèque de La Datcha était depuis devenue un refuge, un lieu de paix, un lieu d'émotions, un lieu d'amour. Je me devais de lui redonner son pouvoir et son magnétisme, elle devait ressortir magnifiée d'avoir été la dernière demeure pour Jo.

Agir finit de me délester de la tension accumulée. Je reprenais possession de La Datcha, je ne subissais plus les événements. Je passai le reste de l'après-midi à repositionner les meubles, j'ouvris les fenêtres en grand pour que l'air et le soleil y entrent. Je passai l'encaustique sur le bois des moulures, comme me l'avait appris Macha, je ne l'avais plus fait depuis si longtemps. Je rangeai les étagères, chaque objet devant être à sa place. Je marquai un temps d'arrêt. L'Opinel de Jo manquait à l'appel. Il lui servait à couper une tranche de pain, une tranche de saucisson, à faire céder une ficelle, à cueillir une figue fraîche, à sculpter un petit animal avec un morceau de bois et l'offrir à Alex et Romy quand ils étaient petits. Bref, Jo ne le quittait jamais, et ce depuis toujours aux dires de Macha. Avec Charly, nous avions récupéré le contenu de ses poches au moment de son malaise ; son Zippo, ses Café Crème et son Opinel. Nous avions religieusement déposé ces objets qui lui appartenaient sur le guéridon de Macha, à côté d'un magnifique portrait de lui, bien en évidence pour que tous ceux qui venaient lui faire leurs adieux les voient. Je passai la pièce en revue, j'en vérifiai chaque recoin, je me mis à quatre pattes pour m'assurer qu'il n'avait pas pu tomber ou glisser quelque part. Impossible de remettre la main dessus. Je me souvenais parfaitement de l'avoir vu quand j'avais veillé Jo en début de nuit, je l'avais même pris entre mes mains avant de le reposer à côté de la photo. En revanche, trou noir sur le jour de l'enterrement. Prise dans l'émotion du dernier instant, je n'y avais plus songé. J'avais eu d'autres priorités. Impossible de savoir s'il était encore là. J'avais été la dernière à passer dans la pièce le soir, et Macha avait été la première à y pénétrer le matin de l'enterrement ; elle n'en était pas ressortie avant le départ du cortège. Elle avait dû le récupérer. Je rangeai le Zippo et les cigarillos dans le tiroir du guéridon.

Il était temps pour le cadre de retrouver le mur des souvenirs. Jo et Macha avaient immortalisé sur papier glacé l'histoire de La Datcha, indissociable de celle de leur famille. Je ne me rappelais plus la dernière fois où je m'y étais arrêtée. Je mesurais la chance et le privilège que j'avais de les connaître tous les deux, qu'ils fassent partie de ma vie… et qu'ils m'aient confié leur histoire. Ce genre d'histoire qu'on vous raconte sans réussir à concevoir que ces personnes existent vraiment.

Cette histoire dont ils ne tiraient aucune gloire, aucune fierté, alors même que leur réussite imposait le respect et suscitait une admiration sans bornes. Ils avaient le triomphe modeste, malgré leurs origines, leurs premiers pas dans la vie, faits pour l'un comme pour l'autre dans la douleur et la pauvreté.

– 3 –

Macha était née en 1944 en Allemagne. Sa mère, une jeune fille biélorusse, avait été embarquée de force de son village pour servir de main-d'œuvre telle une esclave. Dans le camp de travail où elle était emprisonnée, elle avait rencontré un ingénieur de Kiev, que son savoir avait sauvé d'une mort certaine. Et au milieu de l'horreur, ils s'étaient aimés ; Macha était le fruit de cet amour. Ses parents, qui réussirent à ne pas être séparés jusqu'à la fin de la guerre, renoncèrent pour leur sécurité à rentrer en Union soviétique, et trouvèrent refuge, après bien des péripéties et des kilomètres engloutis à pied, dans le sud de la France. Macha fut élevée dans une morale stricte, le respect des traditions russes et de la culture de ses parents, qu'ils ne voulaient sous aucun prétexte oublier et plus que tout lui transmettre. Elle apprit à lire et écrire le russe dès son plus jeune âge. Durant ses premières années, Macha n'entendit et ne parla que sa langue maternelle, ses parents ne vivant qu'avec la communauté soviétique regroupée dans la région. Elle ne commença véritablement à apprendre le français qu'à l'âge de dix ans, d'où son accent dont elle n'eut jamais envie de se défaire. Elle en était fière, le revendiquant haut et fort.

Jo, lui, était né en 1940, sans père, sans nom. Jo, il était simplement Jo. La femme qui le mit au monde le confia à des voisins qui le mirent à la porte dès qu'il fut en âge de courir et de voler. Il grandit sur le port de Marseille, au milieu de gamins plus ou moins âgés, dans la même situation que lui. Il ne mangea pas souvent à sa faim, il se fit cogner, il dormit dehors, connut le froid et la peur. Être né et avoir grandi dans ces conditions fit de lui un jeune homme dur, débrouillard, roublard, qui, si nécessaire, savait jouer des poings pour s'en sortir. C'était une tête brûlée au verbe haut, qui n'avait peur de rien ni de personne, qui séduisait comme il respirait pour mieux cacher ses douleurs, le manque d'amour, et aspirant à réussir, à faire un pied de nez à la vie.

Macha, malgré son amour et son respect pour ses parents, était une âme rebelle. Elle, à qui on avait appris à être discrète, à ne pas faire de bruit, bouillonnait. Macha était belle, en avait parfaitement conscience, elle voulait vivre sa vie, réussir, rencontrer du monde, briller. Elle faisait le mur pour retrouver ses amies et cherchait par tous les moyens à s'amuser. Lorsqu'elle croisa, pour la première fois, ce grand brun séducteur et nonchalant, à la peau tannée, aux traits taillés à la serpe, elle le voulut jusqu'aux tréfonds de son âme. Et Jo, lorsqu'il croisa le regard vert-doré de Macha pour la première fois, fut cloué sur place, il en perdit sa gouaille légendaire, ce qui lui valut les moqueries des lascars avec qui il traînait.

Ce ne fut que passager. Il se reprit en main et ne perdit plus contenance lorsqu'il la rencontrait. Car c'était décidé, elle serait sa femme. Sauf que sa future femme ne comptait pas se laisser attraper si facilement, elle le voulait rampant à ses pieds. Elle était fière et orgueilleuse, elle ne voulait pas être désirée et aimée à moitié. Elle y réussit. Elle l'ignora superbement durant un temps, puis lui accorda une vague considération hautaine. Tout en continuant à jouer les gros bras sur le port, Jo devint doux comme un agneau en présence de sa belle, jusqu'au jour où, n'y tenant plus, il l'embrassa fougueusement en pleine rue. Elle ne résista plus. Tout aurait été parfait si le père de Macha n'avait eu vent des fréquentations de sa fille. Jo n'avait pas le profil du gendre idéal pour cet homme cultivé qui avait connu la guerre, les privations et rêvait du meilleur pour sa fille unique. Macha se retrouva barricadée à double tour dans l'appartement familial. Le quartier où elle habitait vécut des jours durant sous les hurlements et les imprécations proférées en russe par une Macha transformée en lionne féroce. Jo, prêt à tout, chercha à s'acheter une conduite, il commença par investir dans un costume neuf – un peu trop clinquant –, puis il trouva un travail qui pouvait passer pour convenable si on n'en grattait pas trop la surface. En vain, le père de Macha restait sourd à leurs suppliques, Jo était une petite frappe et resterait toujours une petite frappe indigne de confiance et surtout de sa fille.

Jo ne s'avoua pas vaincu, bien au contraire – hors de question de renoncer à Macha –, il se mit en quête d'un refuge pour leur amour. Il s'enfonça dans la campagne provençale où, quelque temps plus tôt, il était allé se faire oublier après une sale histoire. Ne supportant pas l'inactivité, il s'était essayé, sans succès, au travail agricole, mais il avait aussi fait des rencontres. Parmi lesquelles un vieux paysan – célibataire et sans enfants – à qui il avait rendu service. Jo savait tout faire : réparer une toiture, un tracteur, lever le coude et surtout faire fuir les voleurs. Le vieil homme lui avait promis de lui rendre la pareille si un jour Jo avait besoin d'aide. Jo se présenta chez lui et ouvrit son cœur de fripouille amoureux au vieux qui lui proposa un accord : sa ferme était à lui et *sa poulette*, s'ils le laissaient « crever » chez lui. Jo et Macha pouvaient bien faire ce qu'il voulait de sa ferme, à condition de ne pas la détruire, que la *donzelle* russe accepte de lui faire à manger, et qu'après sa mort ils l'enterrent au fond du jardin. Jo ne se démonta pas à l'idée de se mettre totalement à l'ombre, et ne douta pas un seul instant que Macha accepterait, il scella ce pacte d'un coup de gnôle et repartit à Marseille. Il fit appel à ses amis tziganes pour l'aider à enlever Macha. Ce fut la dernière entourloupe de Jo. Mais quelle entourloupe !

Quand ils débarquèrent à la ferme, le vieux ne perdit pas de temps et les embarqua chez le notaire pour que tout soit mis noir sur blanc. Jo s'entêtait à dire qu'il n'avait pas de nom de famille. Il voulait que soit utilisé celui de sa femme. Blasphème pour l'époque. Il n'en démordait pas. Les papiers furent trafiqués grâce à ses connaissances, Jo et Macha se marièrent et le marié se retrouva avec un patronyme russe. Jo, n'ayant toujours aucune envie d'être paysan, se creusa la tête pour trouver ce que Macha et lui pourraient faire de cette ferme. Il arpentait jour et nuit les dix hectares, passait des heures dans le corps de ferme principal et dans les nombreuses granges. Il cherchait « l'idée », celle qui ferait briller les yeux de Macha, il voulait le plus beau, le plus spectaculaire, pour elle. Il voulait être admiré, réussir, être quelqu'un et un jour se présenter devant son beau-père et lui annoncer : « Vous voyez que je valais plus que ce que vous ne pensiez. »

Une nuit d'été, alors que, désespérant de trouver, il broyait du noir assis sur les marches du perron, Macha, vêtue de sa seule chemise de nuit avec dans l'idée de le faire venir au lit, vint s'asseoir à côté de lui, renversa son visage en arrière et contempla les étoiles, sourire aux lèvres. Elle lui murmura qu'ils avaient beaucoup de chance d'être dans un paradis pareil, que c'était triste de ne le partager avec personne. Jo lui répondit que des gens seraient prêts à payer pour y passer du temps. La nuit fut blanche.

L'hôtellerie, malgré l'installation dans la région d'artistes, de peintres, d'écrivains, n'était pas encore très développée. Jo venait de trouver son idée. Mais l'état de la ferme, probablement magnifique à une autre époque, était déplorable. Il fallait de l'argent pour entreprendre les travaux. Qu'à cela ne tienne ; Jo décida de louer les terres agricoles aux paysans du coin et de rameuter quelques anciens compagnons d'embrouilles. Macha se retroussa les manches, se mit à la peinture, à la couture, au bricolage. Les journées étaient plus longues que vingt-quatre heures. Ils aménagèrent trois chambres pour commencer. Jo sillonna les routes, retourna à Marseille, se transforma en commercial, pour faire connaître son hôtel. Il décréta que pour un établissement digne de ce nom, il lui fallait un restaurant – la folie des grandeurs n'avait aucune limite pour Jo –, aussi retrouva-t-il la trace de son ami d'enfance, Gaby. Jo avait appris qu'il était devenu cuisinier dans une brasserie de seconde zone. Il lui proposa d'embarquer femme et enfants et de s'installer avec eux. En moins de temps qu'il en fallut pour le dire, la décision de Gaby avait été prise, il rendit son tablier et partit lui aussi tenter l'aventure dans le Luberon.

Mais pour poursuivre, il fallait un nom. Un vrai. Un beau. Jo se creusa à nouveau la tête, sans rien en dire. Macha s'était évertuée à lui apprendre quelques mots de russe. Il en avait retenu un et il le choisit. Un soir, Jo vint chercher Macha qui préparait le dîner pour eux et le vieux paysan, il l'attrapa par la main, et l'entraîna à l'extérieur, il lui fit remonter toute l'allée, lui mit les mains sur les yeux et la positionna face au panneau qu'il avait fait forger en secret par un ferronnier du coin. Quand Macha recouvra la vue, elle lut « La Datcha ». Macha avait sa maison, dans sa langue maternelle, dans sa culture. La Datcha pouvait être la maison de tous ceux qui se présenteraient à sa porte.

Le vieux mourut peu de temps après l'arrivée des premiers clients, il fut enterré, selon son souhait, au fond du verger. Jo et Macha travaillèrent comme des forçats les années suivantes. Il leur fallut une décennie pour parvenir au résultat dont ils rêvaient. Macha régnait sur l'intérieur, Jo sur le jardin. La Datcha était devenue un hôtel de dix-huit chambres qui commençait à se faire un nom grâce à l'accueil, la courtoisie et le charme de Macha, à une piscine – construite à la force des bras de Jo et des copains –, à la cuisine du terroir de Gaby, et aux musiciens tziganes qui assuraient l'ambiance.

Et puis, parce que le temps passait, qu'ils en avaient conscience et qu'ils ne voulaient pas avoir construit leur rêve pour rien ni personne, Jo et Macha ne firent plus attention, et le ventre de Macha s'arrondit très rapidement. Alors, Jo fit monter dans la voiture sa femme et « mon fils, parce que ce ne peut être qu'un garçon », il prit la route de Marseille, et se présenta chez les parents de Macha. La pauvre Macha faillit défaillir en découvrant combien ses parents avaient vieilli, il y eut des pleurs, des cris de joie, des embrassades, sous les yeux d'un Jo qui ne comprenait pas un traître mot de ce russe parlé à toute vitesse. Quand il réussit à ouvrir la bouche et surtout à se faire entendre, Jo décocha sa dernière cartouche pour asseoir davantage encore son statut de mari et de père qui assumait son rôle en subvenant aux besoins de sa famille, il expliqua qu'il avait renoncé à son nom pour assurer une descendance à sa belle-famille russe. Le petit-fils ferait perdurer leur nom. Jo devint un héros national, après un certain nombre de verres de vodka.

Quelque temps plus tard, tandis que Macha donnait encore le sein, un événement finit d'achever l'avènement de La Datcha. Une voiture de sport italienne rata son virage près de l'allée menant à l'hôtel. Jo donna un coup de main, tout en se payant intérieurement la tête du conducteur, « encore un qui a voulu jouer au plus malin en sortant de la nationale 7 pour prendre un raccourci ». Naturellement, il proposa une chambre dans son hôtel. Quand il débarqua à la réception avec ce nouveau client – qui n'avait pas trop eu le choix –, il ne comprit pas immédiatement pourquoi sa femme fut à deux doigts de tourner de l'œil. Contrairement à lui, Macha avait reconnu une vedette du moment. Cela devint le plus grand secret de La Datcha. Aujourd'hui que Jo était mort, seuls Macha et Gaby connaissaient son identité. Ils ne trahiraient personne, c'était certain. Et de fait Jo et Macha préservèrent cet hôte de marque, et seules les personnes présentes cette semaine-là eurent vent de sa présence. Rien ne fut ébruité, car Jo les menaça des pires représailles. Et quand Jo menaçait, on obéissait. En revanche, la célébrité n'oublia pas son séjour, qu'elle prolongea de quelques jours supplémentaires, et vanta les louanges de La Datcha, de ses propriétaires magnifiques – la splendide Russe mystérieuse, son mari séducteur dans l'âme et ancien boxeur, la légende de Jo et Macha était née –, leurs soirées à la belle étoile au son de la musique tzigane ; les réservations n'arrêtèrent plus de pleuvoir, les coupés hors de prix envahirent de plus en plus souvent la cour. L'adresse de La Datcha se transmettait comme une adresse privée, sélecte, à croire qu'il fallait un mot de passe et montrer patte blanche pour pouvoir y séjourner en toute discrétion. Jo et Macha trouvèrent l'équilibre entre clients prestigieux, clients plus simples et moins fortunés, car tout le monde pouvait venir à La Datcha. Les chambres étaient accessibles à toutes les bourses et tous étaient accueillis avec le même respect chaleureux. Jo et Macha n'avaient pas oublié d'où ils venaient ni comment ils s'étaient faits, ils n'embauchaient que les gens du coin et tendaient la main à ceux qui en avaient besoin. Ils n'avaient pas leur pareil pour organiser des soirées d'anthologie où tout le monde se mêlait, dansait, buvait et fumait, forcément un peu trop.

L'hymne de Jo était *La Belle Vie*… il fredonnait encore la chanson de Sacha Distel au crépuscule de sa vie, se remémorant les grandes années de La Datcha. Même si, aujourd'hui, elles étaient révolues, malgré les chagrins, les drames, il avait réussi, il était quelqu'un, lui, le garçon du port, il avait fait briller sa femme que les hommes lui enviaient encore, elle était à lui et ils vivaient dans leur paradis, leur maison. Leur Datcha.

– 4 –

Le vendredi soir suivant, déjà une semaine que Jo nous avait quittés, et je retrouvai enfin Alex et Romy. Aller les chercher à la sortie de l'école m'ancra définitivement dans la réalité. Les voir courir vers moi me régénéra et m'offrit un sourire grand et sincère. Le premier depuis huit jours.

Comment avais-je pu douter de mon sentiment maternel au point d'avoir refusé si longtemps d'avoir des enfants ? À l'époque, j'avais tant de difficulté à ouvrir mon cœur… Je me sentais incapable d'ouvrir la porte à des enfants, alors que je n'avais jamais eu moi-même le sentiment d'être aimée lorsque j'étais petite. La frayeur de reproduire ce que j'avais vécu annihilait tout désir de maternité. Quand Samuel avait suggéré que nous en ayons, j'avais catégoriquement refusé. Lui hurlant mon enfance à la figure, j'avais perdu pied, terrifiée à l'idée d'être une mauvaise mère et de faire souffrir un petit être qui n'avait pas demandé à venir au monde. Samuel ne s'était pas braqué ; il m'avait apprivoisée, c'était toute l'histoire de notre couple, il m'avait rassurée, fait parler, évacuer. À force de patience, il avait réussi à me donner confiance en moi, et puis, il serait là, à mes côtés, il m'aiderait. Malgré les difficultés, les angoisses, il avait eu raison. J'étais devenue mère, et mes enfants étaient heureux, du moins, c'était ce qu'ils me laissaient entrevoir. Il me suffisait de les regarder pour découvrir leur joie de vivre enfantine, cette même joie de vivre que mon visage de petite fille n'avait jamais exprimée.

Comme bien souvent, dès que les beaux jours arrivaient, je prenais la vieille Méhari de Macha avec laquelle j'avais appris à conduire, Jo m'avait donné des leçons de son cru avant de m'envoyer passer mon permis. Pour lui, si on savait conduire une Méhari, on savait tout conduire. Il n'avait pas complètement tort, quand il m'avait tendu les clés de son 4 × 4 Toyota, je ne m'en étais pas trop mal sortie ! Macha ne conduisait presque plus, ou rarement, quand l'envie était trop forte. Mais elle adorait, tout comme Jo, me voir à son volant. Ils revivaient leur jeunesse quand ils nous regardaient partir en vadrouille. Les enfants étaient bien évidemment fous de cette voiture vert pomme qui faisait un bruit de tondeuse, et qu'on décapotait dès qu'on le pouvait, au mépris du froid ! C'était leur maison roulante dont ils connaissaient chaque recoin, ils en avaient fait des tours avec Macha, qui, l'été, les emmenait chaque jeudi matin au marché.

Après avoir récupéré Romy à l'école de Goult, elle applaudit et Alex murmura un « Yes ! » en découvrant que je prenais la direction du bourg. Je voulais que l'on honore l'un de nos rituels. Je garai la voiture place de l'église et les observai, pour être certaine d'avoir visé juste. Leurs sourires furent un baume pour mon cœur de maman. Nous remontâmes tout le village, non sans que l'on nous arrête toutes les deux minutes ; chaque fois, on nous embrassait comme du bon pain, on nous demandait des nouvelles de Macha, on répétait « quelle tristesse, si soudainement... ». J'avais beau tous les connaître, tous les apprécier pour ne pas dire les aimer, j'abrégeais le plus rapidement possible. Hors de question que les enfants subissent chaque fois un quart d'heure de condoléances, je tenais à leur montrer que la vie continuait envers et contre tout, que *notre* vie – telle que nous l'avions construite – existait toujours, malgré le départ de Jo. Les ruelles sinuaient jusqu'en haut du village. Je les arpentais pourtant depuis vingt ans, mais ça tirait toujours autant dans les jambes. Nous fîmes le tour du château pour nous assurer que les gamelles pour les chats errants étaient bien remplies.

Une fois le sommet du village atteint, après un échange de regards complices, mais sans un mot, on enjamba le muret qui longeait le Moulin de Jérusalem ; nous étions chez nous. J'avais commencé à venir ici goûter avec Alex quand il avait quatre ans, nous n'avions jamais arrêté de le faire depuis, même quand Romy était bébé. J'aimais être là, bercée par le roucoulement des tourterelles nichées dans le moulin, face au Petit et au Grand Luberon, au-dessus de ce village qui m'avait adoptée par l'entremise de Jo et Macha. J'aimais croire que, même sans jumelles, je distinguais La Datcha au loin. Comme toujours, j'étais au centre, je tendis un pain au chocolat d'un côté, un pain aux raisins de l'autre et me servis dans le paquet de navettes. On mangea tranquillement face à cette vue dont je ne me lasserais jamais. Alex soupirait régulièrement de contentement pendant que sa sœur babillait comme la pipelette qu'elle était, nous racontant ses grandes aventures vécues dans la journée. Quand il put en placer une, il interrogea Romy, comme chaque fois que nous étions là, au sujet du panorama. Alex estimait qu'à son âge elle devait savoir nommer tous les villages que l'on voyait et les directions. Mon fils était plus chauvin de son lieu de naissance que son père et Jo réunis. Il faudrait une catastrophe pour le faire monter au nord du Ventoux et descendre au sud de la Durance. Après le neuf sur dix de Romy – comme chaque fois, elle avait interverti Saignon et Apt –, je décidai de mettre les pieds dans le plat. Je les sentais capables d'une parade pour éviter de parler de Jo et de Macha. J'attrapai leurs mains dans les miennes et les rassemblai sur mes cuisses. Ils se turent immédiatement. Romy piqua du nez, Alex se tendit comme un arc.

— J'ai proposé à Macha de venir dîner avec nous, ce soir. Ça lui ferait plaisir de vous voir. Vous en dites quoi ?

Mes yeux passaient de l'un à l'autre, le chagrin se lisait sur leurs traits.

— J'ai conscience que c'est dur pour vous. Il paraît que vous ne voulez pas retourner à La Datcha ?

— Mais si ! s'énerva Alex. Pourquoi il t'a raconté ça ! C'est pas ce qu'on a dit, maman, en fait…

Il secoua la tête, comme s'il ne pouvait pas aller jusqu'au bout. Il chercha à récupérer sa main, je ne cédai pas. Je ne voulais pas qu'il m'échappe, qu'il s'éloigne. Je comprenais à quel point, ces derniers jours, le contact physique avec eux m'avait manqué. Après avoir eu peur de les toucher à leur naissance – surtout Alex, pour Romy, j'avais mûri –, j'éprouvais un besoin viscéral de caresser leur peau, de sentir leur odeur, j'aurais pu m'enivrer de leurs corps de bébé et d'enfant.

— Je ne sais pas quoi lui dire, m'avoua mon fils. J'ai peur de la rendre triste… et puis, ses yeux, l'autre jour, m'ont fait peur, elle était pas là, maman… j'ai eu l'impression qu'elle était morte aussi…

Je me penchai et l'embrassai fortement sur la tempe. Lui aussi l'avait senti…

— Elle est là, ne t'inquiète pas… et tu la connais, elle ne t'en voudra de rien… Elle t'aime trop. Essaie d'être comme avant avec elle…

Il abandonna son visage contre mon épaule, je l'embrassai à nouveau. J'aurais tellement voulu par ce baiser, par mes lèvres lui donner la force nécessaire pour grandir et être fort. Malheureusement pour lui, ce n'était que le début des épreuves qu'il aurait à endurer dans sa vie.

— Et toi, ma poupée ? demandai-je à Romy, toujours mutique.

Elle lançait rapidement ses jambes dans le vide, prenant un élan imaginaire comme sur une balançoire.

— Je vais pleurer, me lâcha-t-elle soudainement. Et puis, Jo, je veux qu'il vienne ce soir aussi au moulin, comme avant…

Avec ma joue, je caressai délicatement ses cheveux, pour l'apaiser. Au fur et à mesure, ses jambes ralentirent leur mouvement, puis s'immobilisèrent. Elle était donc prête à m'écouter :

— Tu peux lui dire, tu sais, elle comprendra… et n'aie pas peur de pleurer avec Macha… tu as le droit et elle le sait, je te promets. Je suis certaine qu'elle a envie de te faire un câlin.

Avant que la nuit tombe, Alex se proposa pour aller chercher Macha à La Datcha. Comme j'étais fière de mon fils en cet instant ! Pendant son absence, Romy finit de mettre la table, en ajoutant des paillettes, des fleurs en papier crépon de couleur qu'elle avait découpées en l'honneur de Macha. Elle insista pour mettre le couvert de Jo, je la laissai faire. De mon côté, comme la soirée était fraîche, je préparai un feu dans le poêle à bois. En craquant l'allumette, j'entendis la voix de Jo quand il avait découvert ce qu'était devenu le moulin, « Je vais te mettre à la porte et l'ouvrir aux clients ». J'avais éprouvé une telle fierté, je l'éprouvais encore. Jo avait raison, on aurait pu le proposer à un prix d'or ! C'était notre petit secret, comme il me l'avait dit ce soir-là avant de me souhaiter de beaux rêves.

Dès mon arrivée, je m'étais attelée à décaper les vieilles tomettes au sol de leur épaisse couche de crasse et de poussières incrustées, je voulais leur rendre leur beauté, j'avais réussi. Un mur en pierre avait été conservé, les autres étaient blancs. Ils avaient été gris à une époque, j'avais tout repeint quand j'étais revenue après ma séparation avec Samuel, tout comme je m'étais débarrassée des meubles, pour en changer, pour démarrer une nouvelle vie sans lui. En revanche, j'avais gardé la pièce maîtresse du salon, un vieux bar de bistrot déniché à L'Isle-sur-la-Sorgue, qui m'appartenait et que Samuel détestait. Il séparait la cuisine ouverte du reste du séjour. Les matins de janvier, quand l'hôtel était fermé, j'adorais allumer le feu, me hisser sur un tabouret en bois, et déguster mon café chaud en regardant la brume se dissiper sur la nature.

La porte du salon s'ouvrit sur Macha et Alex bras dessus bras dessous. Il l'avait dépassée quelques mois plus tôt. Il ressemblait de plus en plus à son père. En remarquant ses yeux rougis par les larmes, j'eus un élan vers lui. Macha me fit un signe de tête d'un air de dire de ne pas m'inquiéter, de le laisser, et chuchota des mots à l'oreille de mon fils qui l'embrassa affectueusement sur la joue.

— Macha ! Macha ! chantonna Romy en courant vers elle.

— *Solnychko*, comme je suis heureuse de te voir !

Romy aussi avait droit à son petit nom d'amour en russe, elle était son petit soleil.

— Viens, poursuivit ma fille en la tirant par la main. Je n'ai pas oublié le couvert de Jo.

Macha eut un magnifique sourire malgré l'eau dans ses yeux, elle accompagna Romy jusqu'à la table et s'extasia sur sa production artistique, sans oublier de lui préciser que Jo était très heureux d'être présent parmi nous. La glace était brisée entre eux. Jusque bien au-delà de l'heure de coucher habituelle, Alex et Romy profitèrent de leur grand-mère de cœur. Je les observais émue, heureuse, apaisée aussi. Chaque instant partagé ensemble pour eux valait désormais de l'or. Une petite voix dans ma tête me soufflait qu'ils ne dureraient pas.

Je dus sonner l'extinction des feux quand Romy se mit à se plaindre pour un rien.

— Pendant que vous vous brossez les dents et que vous vous mettez au lit, je raccompagne Macha, je viens vous dire bonne nuit en rentrant. Je n'en ai pas pour longtemps.

— *Goloubka*, je peux rentrer toute seule.

— Non, Macha, maman te raccompagne, et bientôt ce sera moi, lui déclara Alex.

Elle le fuit du regard. J'avais raison, Macha avait perdu le goût de vivre. Elle se ressaisit, les attira contre elle en leur proposant de reprendre leurs leçons de russe la semaine suivante. Finalement, je me trompais peut-être. J'enfilai une grosse veste en laine et attrapai la lampe de poche qu'on m'avait donnée vingt ans auparavant pour me diriger dans la nuit noire de La Datcha. C'était une de ces vieilles lampes de poche des années 1980 en métal coloré – la mienne était orange – avec la grosse ampoule qui, lorsqu'elle fonctionnait, pouvait vous rendre aveugle plusieurs minutes si vous preniez son faisceau dans les yeux. Je la tenais toujours par sa poignée métallique qui se rabattait à l'arrière, et même si je me faisais toujours aussi mal en m'énervant avec l'interrupteur sur le côté, pour rien au monde je n'en aurais changé. On me l'avait confiée lors de ma première soirée ici. J'étais prête à avaler des kilomètres pour la faire réparer.

Éclairées par cette lumière jaune, nous fîmes le trajet qui séparait le moulin de La Datcha à petits pas et en silence, Macha agrippée à mon bras.

— Tu as passé une bonne soirée ? lui demandai-je une fois à la réception.

Elle tapota ma main.

— *Goloubka*, tes enfants et toi me faites beaucoup de bien.

Déjà, nous étions devant la porte de leur aile. Jo et Macha s'étaient gardé une chambre avec un petit salon au rez-de-chaussée. On y accédait par la cuisine.

— Ce week-end, ne change pas tes habitudes, je vais très bien m'en sortir toute seule.

Les samedis et dimanches où j'avais les enfants, je ne travaillais pas, ou uniquement en cas d'urgence et en pleine saison. Après ma séparation avec leur père, j'avais dû adapter mon emploi du temps, je ne pouvais plus me rendre disponible vingt-quatre heures sur vingt-quatre pour l'hôtel. Avec l'accord de Jo et Macha, j'avais embauché un extra pour les week-ends et certaines soirées. Je n'avais eu d'autre choix – avec la plus grande difficulté – que de lâcher une partie de mon territoire pour m'éviter des discussions tendues et sans fin avec Samuel, mais surtout pour rattraper le temps perdu avec Alex et Romy… De fait, j'essayais de ne pas entrer une seule fois à La Datcha durant ces moments en famille. Le problème était que mes enfants exigeaient d'y aller !

Macha serra fort mes mains dans les siennes. Son regard était déterminé, mais tellement triste. Elle semblait aux abois, presque en panique.

— *Goloubka*, fais-moi une promesse.

Sa voix était pressante.

— Tout ce que tu veux.

— Tes petits grandissent, ne laisse pas le temps te les voler… On ne sait jamais ce qui peut arriver… Ils finissent toujours par partir, faire leur vie ou…

J'aurais dû me douter que le souvenir d'Emma rejaillirait, plus douloureux encore. Que restait-il de la famille que Jo et Macha avaient construite ?

— Je te le promets, Macha.

Comme toujours, elle attrapa mon visage entre ses mains et embrassa tendrement mon front.

— Essaie de dormir, lui murmurai-je.

La sonnerie du téléphone de leur salon nous interrompit. Ma crispation ne passa pas inaperçue. Cela avait été plus fort que moi, pourtant :

— Vas-y, Macha, ne rate pas son appel.

Je savais parfaitement qui cherchait à la joindre à une heure pareille. Ses fantômes se donnaient le mot…

— Il est patient, me rassura-t-elle. Il va insister jusqu'à ce que je décroche.

Je la fuis du regard, bouche pincée. Macha caressa ma joue pour m'attirer à elle, je craquai, elle me souriait tendrement.

— Je t'ai expliqué, *Goloubka*, ce n'est pas sa faute, il a simplement obéi à sa mère…

— Pardon, c'est juste que…

— Je ne le voulais pas auprès de moi seulement pour deux jours, j'aurais été encore plus effondrée de le voir repartir, et malheureusement, il ne pouvait pas rester plus longtemps… Jo n'aurait pas aimé qu'il abandonne son travail à cause de lui.

Son regard me suppliait de l'excuser, de lui pardonner.

— Je sais, lui dis-je avec un petit sourire. Ne le fais pas attendre, il doit avoir envie de t'entendre.

Elle m'offrit un dernier baiser et disparut chez elle. Je collai mon oreille à la porte, les sonneries du téléphone cessèrent, Macha parla en russe au dernier grand absent de sa vie. Son fils aîné, Vassily.

Vassily, ou devrais-je plutôt dire « l'énigme Vassily ». Jusque-là, je n'avais aucune raison de lui en vouloir de quoi que ce soit. Mais depuis qu'il avait brillé par son absence cette semaine, mon point de vue sur lui avait changé. Je ne le connaissais pas, ou si peu. Il avait quitté La Datcha trois mois après mon arrivée. En vingt ans, il n'était jamais revenu ici, ni même en France. Je n'avais jamais su pourquoi. Jo et Macha étaient très discrets en ce qui le concernait. Durant la fermeture de l'hôtel, l'hiver, ils allaient passer deux mois chez lui. Ils en avaient vu, du pays, grâce à leur fils qui, pour son travail, déménageait tous les cinq ans, *a minima*. Actuellement, il était basé à Singapour. Quand ils rentraient de leur voyage, je prenais de ses nouvelles, ils me répondaient qu'ils avaient bien profité de lui, qu'il était en pleine forme, toujours débordé, entre deux projets, Jo et Macha étaient extrêmement fiers de lui. Il appelait ses parents très souvent, ils avaient, semble-t-il, un lien fort malgré la distance. En deux décennies, nous nous étions parlé quelques fois au téléphone, lorsqu'il finissait par appeler directement à la réception s'il n'arrivait pas à les joindre. La dernière fois, je m'en serais bien passée.

Le soir où Jo était mort, Macha avait tenté des dizaines de fois de le joindre, il n'avait pas décroché, elle ne cessait de répéter qu'il devait déjà être au travail. Elle était épuisée, ne tenait quasiment plus debout ; j'avais insisté pour qu'elle s'allonge, elle avait fini par s'assoupir sur le canapé de leur salon, j'étais restée auprès d'elle. En plein milieu de la nuit, le téléphone avait sonné, elle n'avait pas réagi, alors j'avais pris mon courage à deux mains et décroché.

— Allô, avais-je dit d'une voix peu assurée.

— Hermine ? s'était-il étonné.

— Vassily… je ne sais pas comment…

Le silence s'était imposé, j'avais entendu sa respiration hachée dans le combiné. Il avait compris la gravité de la situation.

— C'est mon père ?

— Oui…

Encore un silence interminable que j'avais fini par rompre.

— Macha s'est endormie tout à l'heure, je vais la réveiller.

— Oui, s'il te plaît, m'avait-il répondu dans un souffle de voix.

J'avais caressé doucement la main de Macha.

— *Goloubka* ? avait-elle murmuré.

— Vassily veut te parler.

Elle avait voulu se relever, je l'avais aidée avant de lui donner le téléphone. Puis je les avais laissés en tête à tête.

J'étais convaincue qu'il sauterait dans un avion pour venir le plus rapidement possible à La Datcha. Je me trompais lourdement. Malgré les explications de Macha pour justifier son absence, j'étais incapable de l'accepter. À quarante-cinq ans, il était assez grand pour désobéir à sa mère, venir à l'enterrement de son père et rester pour la soutenir. Elle n'avait jamais eu autant besoin de lui. Vassily était le dernier membre de sa famille qui lui restait. Peu importait son travail, ou que savais-je encore.

– 5 –

Les trois semaines suivantes se déroulèrent dans le calme et la routine, les touristes commençaient à arriver tranquillement dans la région. Ce n'était pas encore l'affluence de la pleine saison, mais nous en prenions le chemin. J'en profitai pour finaliser le recrutement de nos saisonniers, en plus des permanents ; deux femmes de ménage pour soutenir Amélie et deux serveurs pour le restaurant. L'équipe était donc au complet. Sans consulter Macha, je pris la décision de réserver les amis musiciens de Jo pour plusieurs soirées, il était inconcevable de ne pas respecter la tradition. J'allai même jusqu'à lancer l'organisation de la grande fête de l'été. Malgré mes inquiétudes, la saison se présentait plutôt bien ; comme je l'avais anticipé, nous avions dû faire face à des annulations d'habitués, ce dont j'avais préservé Macha, mais la chance nous souriait, de nouveaux clients avaient comblé les blancs sur le calendrier des réservations. Durant plusieurs semaines, l'hôtel afficherait complet. La saison était sauve. Une de plus.

Je dois être honnête, quand Alex et Romy étaient avec Samuel, je me noyais dans le travail pour oublier. Pour autant, je ne passais pas une journée sans ressentir un pincement au cœur, sans chercher Jo pour lui dire telle ou telle chose. Quand je ne prenais pas carrément la direction de son atelier-garage pour aller lui raconter une blague ou la demande hallucinante d'un client. Le moment que je redoutais le plus était le milieu de matinée lorsque j'étais à la réception. Jo venait toujours rôder autour du comptoir vers 11 heures, il déposait devant moi une tasse de café, ronchonnait pour rien, en réalité pour le plaisir, je lui tendais une feuille sur laquelle, quelques minutes avant son arrivée, je lui avais fait un point précis des départs et arrivées de la journée et des chambres qui seraient occupées le soir même. Il me rendait le papier quelques minutes plus tard, me disait « Très bien, Gamine » et repartait comme il était venu, en sifflotant.

Dès que je le pouvais, je tenais compagnie à Macha ; je débarquais dans la bibliothèque où elle passait une grande partie de ses journées ou dans sa cuisine pour lui demander de me préparer un de ses thés russes forts – elle mettait tellement d'application à les faire infuser que je n'avais jamais osé lui avouer que je détestais cela. Si je ne la trouvais pas là, elle était au jardin. Avant la disparition de Jo, elle trottinait dans tout le domaine, elle allait au verger surveiller ses arbres fruitiers, toujours armée de son sécateur, prête à tailler une branche, arracher une mauvaise herbe ou encore remonter les bretelles d'un jardinier, qui, selon elle, saccageait ses lauriers fleurs. Désormais, elle restait assise sur la balancelle, les yeux dans le vague, enveloppée dans un châle coloré qui rehaussait d'un éclat sa robe bleu marine. Bien souvent, je m'approchais d'elle sans qu'elle s'en rende compte, elle parlait seule dans sa langue maternelle. Il n'était pas bien difficile de deviner à qui elle s'adressait en songe. Bien que Jo n'ait que quelques notions de russe, il était fréquent qu'elle s'adresse à lui dans sa langue. Il la laissait faire jusqu'au moment où elle se rendait compte de son erreur. Quand je m'asseyais à côté d'elle, elle souriait délicatement, attrapait ma main dans la sienne.

— *Goloubka*, tu es là…

Elle soupirait et repartait dans son monde intérieur peuplé de souvenirs. Macha n'était plus que l'ombre d'elle-même.

Ce soir-là, j'étais dans le bureau pour mettre à jour le site de l'hôtel. Je le connaissais par cœur ; j'avais forcé la main à Jo et Macha quand il avait été évident qu'Internet envahissait notre vie au milieu des années 2000. Ils étaient totalement dépassés, Jo m'avait laissé carte blanche en me disant « Je te laisse t'amuser avec cet engin de malheur ». Quelque temps plus tard, Macha s'était piquée au jeu, Jo avait fini par s'en approcher ; Internet passa d'engin de malheur à machinerie diabolique pour appâter le client.

Des coups retentirent à la porte, je levai le nez de l'écran. Charly, sans son tablier, me fixait d'un air goguenard.

— Le service est déjà fini ?

— Hermine, tu as vu l'heure qu'il est ?

— Euh… non…

Il rit.

— Il est 23 h 30… tout le monde est au lit. Sauf…

— Nous, l'interrompis-je en riant à mon tour.

— Éteins ton truc et viens, on va se boire un godet en cuisine.

Je ne cherchai pas à parlementer, je le suivis avec plaisir. Nous n'avions pas pris le temps de discuter, tous les deux. Je ne savais pas véritablement comment il tenait le coup. Je voyais plus souvent Amélie que Charles, qui, depuis la mort de Jo, avait une fâcheuse tendance à s'enfermer dans son restaurant. En pénétrant dans la cuisine, je fus envahie par le souvenir de la première fois où j'y avais mangé, le soir de mon arrivée, vingt ans plus tôt.

Après m'avoir accueillie à la réception, Macha m'avait montré ma chambre au dernier étage, elle avait allumé le chauffage, m'avait donné des draps et des serviettes de toilette. Puis elle m'avait laissée seule en m'annonçant que je pourrais dîner au restaurant, même si, tout comme l'hôtel, il était encore fermé. J'étais restée un temps infini au milieu de la pièce, me demandant si je n'étais pas tombée dans un rêve qui se transformerait fatalement en cauchemar. Trop fatiguée pour réfléchir, j'avais savouré faire mon lit ; le linge sentait bon, sentait le frais, il était doux, je l'avais même caressé, ébahie. Ensuite, j'avais pris le temps de me doucher. L'eau chaude, le savon parfumé avaient bien failli me faire pleurer, mais j'étais trop dure à l'époque pour céder à un quelconque sentimentalisme. Je prenais ce qui m'était offert. Pour le moment, cela ne me coûtait rien. Mais je n'avais que trop conscience que l'addition finirait un jour ou l'autre par arriver, je devrais payer de ma personne. Profitant de la situation, j'avais lavé certains de mes vêtements, enfilé ceux qui me semblaient les plus corrects. Quand j'étais redescendue, tout était éteint ; la réception, les lumières extérieures, et il n'y avait pas âme qui vive dehors, le restaurant était plongé lui aussi dans l'obscurité. La sensation que tout ceci, cet hôtel, ces gens étaient louches m'avait à nouveau assaillie. Je n'étais pas tranquille, la nuit noire et le silence étaient beaucoup plus angoissants qu'une jungle citadine. Alors que j'étais prête à rentrer pour remonter dans ma chambre – sauter des repas n'était malheureusement pas un problème –, un garçon un peu plus âgé que moi était sorti de l'hôtel et m'avait demandé si j'étais la nouvelle saisonnière. Il m'avait escortée jusqu'à la cuisine. J'avais appris le lendemain qu'il s'agissait du fils de Jo et Macha, Vassily. Il m'avait laissée en compagnie de Gaby, après avoir décliné sa proposition de rester dîner. Je ne m'étais pas davantage attardée sur son cas. Gaby m'avait prise d'autorité par les épaules et entraînée vers une table de bistrot.

— Je vais te remplumer !

Il paraissait fou de joie à l'idée de me nourrir. Son bonheur était communicatif, même pour une fille blasée et fatiguée comme moi. Il s'était demandé tout haut ce qu'il allait me faire de bon, je lui avais répondu de « ne pas se casser la tête ».

— Tu m'as vu ? m'avait-il rétorqué en se tapotant le ventre. La cuisine est mon royaume, j'aime les bonnes choses, certains me disent que c'est trop gras, trop riche, je les envoie au diable. J'aime manger et faire manger les autres. Ma gourmandise n'a pas de limites. Alors, sache que chez Gaby, on ne mange pas n'importe quoi !

Sur cette dernière phrase, il était parti d'un rire tonitruant. Ensuite, j'avais observé autour de moi et découvert la cuisine. Bien plus tard, j'avais appris les détails de sa conception. Jo avait voulu le plus beau, le plus grand et le meilleur pour Gaby. À peu de chose près, on se serait cru dans la cuisine d'un étoilé au Guide Michelin. Des pianos de cuisson, des batteries de casseroles en cuivre, comme si l'on servait plus de cent couverts par soir, une chambre froide où l'on pouvait stocker des provisions pour une année entière. Gaby m'avait servi la plus belle omelette qu'il m'ait été donné de voir, accompagnée d'une épaisse tranche de pain de campagne et d'un verre de vin rouge. Je n'avais jamais rien mangé d'aussi bon, d'aussi raffiné, d'aussi parfumé. Il avait bien failli s'étouffer quand j'avais cherché à savoir ce qu'il avait mis dedans.

— De la truffe, ma p'tite. On est dans le pays !

— Je vais paraître bête, mais c'est quoi ?

Il avait eu un grand sourire indulgent.

— Je vais avoir du boulot, avec toi... Mange. Et bois un coup !

Il s'était servi un verre et l'avait levé vers moi.

— Bienvenue à La Datcha !

Gaby ne s'était pas contenté de me forcer à finir mon assiette, j'avais eu le droit à son nouveau fondant au chocolat pour la carte de la nouvelle saison. Il voulait mon avis, je m'étais retenue de lui rire au nez. Comme si, à cette époque, j'avais des connaissances culinaires ! Il m'avait ensuite ordonné d'aller me coucher, j'avais l'air fatiguée. J'éprouvais encore aujourd'hui cet épuisement, mais je ressentais aussi le bien-être que ce repas m'avait procuré. J'avais le sentiment de ne jamais avoir été enveloppée de tant de douceur. Ce qui était vrai, je n'en avais jamais reçu. J'avais voulu le remercier, à ma façon.

— Je vais vous aider à ranger, d'abord. Après tout, je suis là pour ça. Et puis, c'est la moindre des choses, vous avez fait des heures sup' pour me nourrir.

Il m'avait lancé un regard ému.

— Tu es une brave fille.

Venant de n'importe qui, le *brave fille* m'aurait fait ruer dans les brancards. Venant de Gaby, cet homme gentil, généreux et enrobé, j'avais été touchée. Et depuis, j'avais toujours aimé aller mettre mon nez en cuisine. D'autant plus qu'aujourd'hui, Charly en était le maître des lieux.

Instinctivement, nous prîmes place à la petite table bistrot de Jo, il adorait manger en cuisine. Je m'écroulai sur la chaise en bois pendant que mon meilleur ami allait nous chercher deux verres et une côte-du-ventoux. Il déboucha la bouteille, nous servit et repartit aussi sec. Il revint quelques minutes plus tard avec une assiette et des couverts. J'allais encore avoir droit à sa cassolette de ravioles au pesto servi avec du jambon de pays, je haussai un sourcil gentiment moqueur vers lui. Il ronchonna.

— Un jour, je finirai par changer ma carte ! Tu n'as pas dîné, je me trompe ?

— Non…

Nous nous connaissions si bien. Charles, que j'avais très vite appelé Charly, était arrivé quelques jours après moi. Jo l'avait embauché comme commis, sans avertir Gaby. Autant Gaby était bon vivant, « il n'y a qu'à voir mon ventre, pour le savoir », avait-il coutume de répéter quand il venait rôder dans la cuisine pour s'assurer que son successeur s'acquittait de la relève avec dignité, autant Charles était tout maigre et pâlichon. Du moins quand il avait débarqué ici. Depuis, il avait pris du poil de la bête ; il faut dire que son chef ne lui avait pas laissé le choix et avait tôt fait de lui faire passer l'envie de cuisine moléculaire et son régime crudité. En réalité, le stress et la mauvaise estime de lui étaient responsables de la maigreur de Charly. Nos raisons étaient bien différentes, mais il avait eu tout autant besoin que moi à l'époque de trouver un refuge.

Charles avait grandi dans une famille stricte, traditionnelle, qui n'avait pas vu d'un très bon œil le souhait de leur fils aîné de devenir cuisinier alors qu'il était destiné à une carrière militaire. Lui qui n'était pas dégourdi pour un sou vivait l'enfer à l'armée. L'imaginer là-bas relevait du plus grand film tragicomique. Comme il avait dû souffrir... Dans le dos de ses parents, il avait cherché du travail dans la restauration, et avait répondu à l'annonce de Jo, avec sincérité. Plutôt qu'une lettre de motivation, il avait écrit des tartines sur sa vie. Jo lui avait offert sa chance, excité à l'idée d'accueillir un déserteur à La Datcha. Charly, à vingt-deux ans, avait quitté l'armée, s'était fait déshériter pour atterrir ici avec son allure « d'aristo », comme je l'appelais à l'époque. Nous nous étions aidés, nous nous étions fait grandir l'un l'autre. Jamais je n'avais rencontré de *Charles* avant lui, et lui savait à peine que des filles comme moi existaient. Il m'avait avoué que je lui faisais peur au début. J'étais « légèrement » hargneuse et sur la défensive, alors qu'il n'était que timidité et maladresse. Aujourd'hui, Charly était mon meilleur ami, le frère que j'aurais aimé avoir.

Et je m'inquiétais pour lui, justement. Je l'observais tout en finissant de manger. Plongé dans ses pensées, il sirotait son vin, l'air triste.

— Comment tu vas ? lui demandai-je.

— Et toi ?

— Ça suffit ! Tu ne vas pas me faire le même coup que ta femme ! Y en a pas un pour me répondre franchement.

— Tu n'es pas gonflée, miss courant d'air dès qu'on lui demande de ses nouvelles !

Je ris et lui donnai un coup de coude.

— C'est bon ! Toi d'abord !

Il poussa un soupir à réveiller les morts.

— C'est l'horreur, lâcha-t-il. La cuisine est triste, silencieuse, je n'ai plus envie de rien, je me sens seul sans ses visites. Tu te rends compte ? En vingt ans, il n'y a pas eu un jour où je ne l'ai pas vu s'asseoir sur cette chaise. Le matin pour son café, le midi pour son apéro, et rebelote le soir. Il trouvait toujours le moyen d'échapper à la vigilance de Macha et venir grignoter ou boire un verre ici quand elle le mettait au régime.

Je ris encore, mais cette fois avec des larmes plein les yeux. J'avais des visions très nettes de Jo se cachant pour s'autoriser des petits plaisirs gourmands et de Macha s'énervant faussement après lui.

— Je n'ose imaginer ce que toi, tu vis, Hermine, poursuivit-il. Mais Amélie est complètement déboussolée. Macha ne lui donne plus aucun conseil ménager, plus de consignes, plus rien. Elle me dit tous les soirs qu'elle donnerait n'importe quoi pour l'avoir constamment sur son dos, comme avant.

Combien de fois avais-je récupéré Amélie prête à rendre son tablier parce qu'elle n'en pouvait plus que Macha, après plus de quinze ans, veuille encore lui apprendre son métier ? Où était donc passée Macha, la maîtresse femme à la main de fer dans un gant de velours ?

— Elle aurait pu m'en parler…

— Hermine, tu crois que tu as une meilleure tête que nous ? me fit-il remarquer en riant. Allez, passe à table.

Je me lançai sans hésitation. À quoi bon tourner autour du pot !

— Je suis perdue, Charly. Je fais mon travail, comme avant… Hors de question que La Datcha s'effondre… Je suis comme toi, Jo me manque atrocement, je pense tout le temps à lui… mais… Macha me manque aussi… Je la vois tout le temps, elle continue les cours de russe avec Alex et Romy, elle vient dîner au moulin avec nous, je la retrouve dans la cuisine pour le café le matin… mais elle ne parle plus, elle a toujours le regard au loin, son corps est là, pas son esprit, comme s'il était parti avec Jo… j'ai l'impression qu'elle se laisse…

Impossible de finir ma phrase.

— Que lui reste-t-il, sans son Jo ?

Il remplit à nouveau nos verres et s'enfonça dans sa chaise.

— On est dans la merde, soupira-t-il.

Contrairement à lui, je me redressai vivement. J'avais besoin d'une dose de légèreté.

— Charles, voyons, lui dis-je en prenant un accent précieux. C'est inconvenant ! Les grossièretés sont interdites dans cette demeure.

C'était une blague entre nous depuis toujours. Je m'étais tellement moquée de son langage ampoulé. Là aussi, nous avions fait un échange de bons procédés, je l'avais décoincé, et il m'avait appris à faire des phrases sans jurons.

On rit quelques minutes, puis la tristesse s'abattit à nouveau sur nous.

— Que peut-on faire, Hermine ?

— Si seulement je le savais…

— C'est toi qui la connais le mieux…

Merci, Charly, de me renvoyer dans les dents mon impuissance…

— La saison va véritablement démarrer… Voir du monde, des clients, des touristes heureux lui fera du bien… Entre nous, je me dis que c'est notre seule chance de la retrouver…

– 6 –

Deux jours plus tard, Amélie débarqua dans le bureau.

— Macha veut te voir !

Déjà j'étais debout, prête à accourir.

— Il y a un problème ? Où est-elle ?

Amélie m'attrapa par les épaules et planta ses billes malicieuses dans mes yeux.

— Non, non, ne t'inquiète pas. Elle est dans la bibliothèque. Elle a l'air d'aller mieux, elle m'a demandé si j'avais fait laver les rideaux de la chambre familiale !

On échangea un sourire soulagé.

— Ne la fais pas attendre. Ça a l'air important, elle a exigé que vous ne soyez dérangées sous aucun prétexte.

Je claquai un baiser sur sa joue, traversai la réception en courant. Je marquai un temps d'arrêt devant la double porte, respirai profondément, et croisai les doigts pour que ce ne soient pas de faux espoirs.

Je frappai deux coups légers et entrai. Elle était debout devant le mur des photos. Je m'approchai d'elle, je crus distinguer un sourire, je l'enlaçai et reposai mon visage sur son épaule.

— Tu n'as pas tardé à venir, murmura-t-elle.

— Tu m'appelles, je viens.

— Allons nous asseoir sur le canapé.

Quand nous fûmes confortablement installées, elle attrapa ma main dans la sienne, et la caressa distraitement. Je savourai cet instant, je n'osais pas parler de peur d'en briser la magie. C'était comme si rien n'avait changé, que nous prenions simplement un moment toutes les deux pour bavarder, cela arrivait si souvent quand Jo était encore là. J'avais oublié, ou plutôt, je ne voulais pas penser à quel point cela me manquait. Ces intermèdes dans le travail ne duraient jamais longtemps, mais n'avaient pas leur pareil pour m'apaiser, pour me recentrer.

— *Goloubka*, je veux que tu me parles de cette saison qui a débuté. Où en sommes-nous ?

Je me retins de lui sauter au cou. Elle était là, son regard n'était pas vide, elle m'accordait toute son attention. Durant l'heure suivante, je lui expliquai tout : les annulations, les réservations, les embauches, les commandes de fournitures, les dates d'intervention des équipes de Samuel, l'ouverture de la piscine, les soirées musicales au restaurant, la grande fête de l'été, les entreprises qui avaient privatisé La Datcha pour leur séminaire en septembre. Elle hochait fréquemment la tête en signe d'assentiment, elle m'interrompit à quelques reprises pour obtenir une précision, que je fus toujours en mesure de lui donner.

— Qu'en penses-tu ? lui demandai-je une fois que j'eus fait le tour.

— C'est parfait, *Goloubka*, comme toujours.

Quel bonheur ! Quel soulagement ! Je lui lançai un grand sourire, comme je n'avais plus osé lui en adresser depuis la mort de Jo.

— Quel chemin tu as parcouru depuis que tu es arrivée ici ! Te souviens-tu quand tu as fait ta première chambre ?

— Ce n'était pas terrible ! répondis-je en riant.

— C'est vrai que tu avais laissé de la poussière un peu partout, en revanche, nous n'avions jamais eu une chambre qui sentait la Javel à ce point !

Nous échangeâmes un sourire complice.

— Tu as tellement travaillé. Tu as tellement appris. Tu ne t'es jamais laissé abattre ni décourager. Tu as voulu tout savoir, tout comprendre. Tu t'es tellement impliquée… Jo était si fier de ce que tu es devenue. Il n'a jamais oublié votre rencontre, moi non plus d'ailleurs, tu es arrivée ici avec ta détresse, mais la rage de t'en tirer.

Pourquoi me parlait-elle de cette époque ? Où voulait-elle en venir ? À mesure que mon enthousiasme s'amenuisait, ses yeux se voilaient. La tournure que prenait la conversation m'angoissa soudainement.

— Il t'aimait tellement, et moi, je t'aime tant… Tu vas merveilleusement t'en sortir cet été, ajouta-t-elle en caressant ma joue.

La peur s'empara définitivement de moi. Alors que je cherchais à me dégager, elle me retint.

— Que veux-tu dire, Macha ? Je ne comprends pas, nous allons tous nous en sortir cet été. Nous allons honorer Jo tous ensemble, avec toi. Tu as l'air de…

— *Goloubka*… Je vais aller passer quelque temps avec Vassily.

Non…

— Comment ça, quelque temps ? Pas maintenant ! Tu iras chez lui à la prochaine fermeture, comme tous les ans.

Elle secoua la tête.

— Je pars dans quatre jours.

— Quoi ? Ce n'est pas possible !

Je récupérai certainement un peu trop violemment ma main et me levai.

— Tu ne peux pas nous laisser ! Tu ne peux pas me…

Ma voix se brisa. Je lui tournai le dos, je ne pouvais plus la regarder.

— *Goloubka*, s'il te plaît… reviens près de moi.

J'aperçus sa main se tendre dans ma direction. J'ouvris en grand les yeux pour faire disparaître les larmes qui avaient débarqué sans crier gare. Une douleur au fond de mon ventre, une douleur enfouie si profondément. Une douleur animale. La douleur qui avait conditionné ma vie. Pourtant, je me rassis docilement à côté d'elle, parce qu'elle était encore là. J'avais froid, je tremblais, je tordais mes mains l'une contre l'autre.

— Regarde-moi, insista-t-elle.

Je lui obéis, encore une fois. Les traits de son visage étaient tristes, mais sereins. Sa décision était prise.

— Pourquoi ? chuchotai-je.

— J'ai besoin de voir mon fils.

— Je le comprends, mais il ne peut vraiment pas se déplacer ?

— Si je le lui demandais, il viendrait malgré tout ce que cela impliquerait pour lui. Je peux te l'assurer.

— Alors, demande-lui… s'il te plaît… je t'en prie…

— Non. C'est trop dur d'être à La Datcha sans mon Jo. Je sais que tu t'inquiètes pour moi, que tout le monde s'inquiète, je n'ai jamais été un poids, je refuse de le devenir.

— Ne dis pas une chose pareille ! Et puis, je ne vais pas y arriver sans toi, Macha, j'ai besoin que tu sois là.

— Non, *Goloubka*, tu te trompes. Tu te charges de tout ici depuis déjà plusieurs années, sans notre aide. Jo et moi ne faisions plus que de la figuration, et tu le sais, tout le monde le sait.

— Vous étiez là.

— La Datcha, c'est nous, ne l'oublie pas. Et à La Datcha, tu es chez toi.

Les quatre jours suivants s'échappèrent sans que je trouve de solution. À croire que le temps me jouait un sale tour. Macha parla longuement avec chacun pour expliquer les raisons de son départ, assurer que tout se passerait bien, que j'étais là à leurs côtés, qu'ils pouvaient compter sur moi, qu'elle était fière d'eux, qu'elle savait La Datcha entre de bonnes mains, nos mains à tous. Dès que quelqu'un sortait de son entrevue avec elle dans la bibliothèque, il débarquait en furie dans mon bureau, pour savoir s'il n'y avait vraiment rien à tenter, mon silence équivalait à une réponse, alors, les épaules basses, il me disait : « Tu vas très bien t'en sortir, on croit en toi. »

La veille de son départ, elle passa à la réception et récupéra les clés de la Méhari.

— *Goloubka*, ne t'inquiète pas, me coupa-t-elle avant que je réussisse à ouvrir la bouche. Je vais rendre visite à Emma et Jo, je reviens dans une heure.

Sans bouger du comptoir, je la regardai partir, son sac à main accroché élégamment à son poignet, le pas étrangement sûr. Tout, depuis la décision qu'elle avait prise, était déterminé chez elle. Elle préparait son départ méticuleusement, jusqu'à ses adieux au cimetière.

Le soir même, Charly fit dresser une table au restaurant pour tout le monde, ses enfants, les miens, et Samuel qui était de la *fête*. Je suspectais notre chef d'avoir annulé les réservations et fortement encouragé les clients de l'hôtel à aller manger ailleurs. Il n'y avait que nous dans le restaurant ce soir-là. On s'occupait chacun à notre tour du service, Charly, lui, faisait des allers-retours entre sa cuisine et la salle. Macha présidait cette grande et belle tablée. Malgré la tristesse latente, il y eut des rires, des anecdotes, des blagues, Jo était là, son souvenir planait au-dessus de nous. Je devais être la plus silencieuse, j'avais les yeux rivés sur Macha. Je ne voyais qu'elle, je cherchais encore un moyen de la retenir, de l'empêcher de retrouver ce fils absent, ce fils qui n'était plus là depuis vingt ans, alors que moi… Ma respiration s'emballa, mes yeux s'embuèrent, mes poings se serrèrent. Samuel, assis à côté de moi, attrapa ma main dans la sienne par-dessus la table, il la caressa avec son pouce, je mis tout en œuvre pour me concentrer sur lui, sur la rugosité de sa peau. Il se pencha vers moi pour me parler à l'oreille :

— Chut, Hermine… ça va aller…

J'acquiesçai de la tête. Samuel connaissait tous mes démons, toutes mes faiblesses. Je déglutis péniblement, me forçant à combattre, puis me tournai vers lui et fixai ses yeux. Je m'étais si souvent accrochée à eux comme une naufragée. Ils étaient ma bouée de sauvetage. Et je souris, avant de reprendre ma place à table.

— Et quand je suis entrée dans la chambre de clients que je croyais repartis, et que je les ai surpris en pleine action ! Vous vous en souvenez ?

Un grand éclat de rire secoua la table, je croisai le regard mélancolique de Macha.

La soirée s'éternisa, nous ne voulions pas qu'elle s'arrête. Et pourtant, Macha finit par quitter sa chaise :

— Les enfants, continuez à vous amuser, je vais aller me coucher.

— On va te raccompagner, lui dis-je.

— Laisse-moi rentrer seule. Je pourrais le faire les yeux fermés.

Elle embrassa chacun d'entre nous, elle étreignit les enfants. Elle échangea avec Alex et Romy des souhaits de bonne nuit en russe. Elle termina son tour de table par moi. Elle déposa un baiser sur mon front.

— À demain, *Goloubka*.

Tout le monde se leva. Comme un seul homme, nous avançâmes derrière elle jusqu'à la terrasse. Samuel arriva dans mon dos et m'enlaça, je serrai ses bras contre moi. Elle traversa la cour tranquillement. Elle monta les marches du perron, les redescendit pour arracher une fleur fanée d'un laurier de l'entrée, puis disparut dans l'obscurité de la réception. Soudain, une lumière. Macha avait allumé la veilleuse du comptoir, comme chaque soir depuis plus de cinquante ans. Sur la terrasse du restaurant, on aurait pu entendre une mouche voler.

— Vous m'aidez à ranger ? nous demanda Charles d'une voix rauque.

J'eus à peine le temps de me retourner qu'il partait en courant dans sa cuisine. J'échangeai un regard attristé avec Amélie. Elle le suivit. Pas un mot ne fut prononcé pendant que nous rangions le restaurant, seulement des tapes amicales et réconfortantes dans le dos. On se souhaita de beaux rêves, sans y croire.

Samuel nous raccompagna, les enfants et moi, jusqu'au moulin. Il me proposa de rester passer la nuit.

— Sur le canapé, précisa-t-il.

On réussit à rire. Il posa par terre Romy qu'il avait dû porter dans ses bras durant le court trajet.

— Allez vous coucher, les enfants, leur dis-je.

Ils ne demandèrent pas leur reste.

— Bonne nuit, papa.

Je les suivis du regard quelques secondes avant de me retourner vers Samuel. Je m'approchai de lui, posai ma main sur son torse et me hissai sur la pointe des pieds.

— Non, il ne vaut mieux pas, lui répondis-je en effleurant sa joue d'un baiser.

Il ricana.

— Je serai là demain matin pour embrasser Macha, et pour toi.

— Ça lui fera plaisir… Merci d'être là, Samuel.

Le lendemain matin, je tremblai en mettant le contact dans la voiture de Jo, elle n'était pas ressortie du garage depuis qu'il l'avait garée pour la dernière fois quelques heures avant sa mort. Malgré mes genoux qui s'entrechoquaient, je réussis à la conduire jusqu'au milieu de la cour. Je devais me ressaisir, nous avions une heure et demie de route jusqu'à l'aéroport. Samuel arriva, me suivit à la réception, il attrapa la petite valise en cuir de Macha pour la déposer dans le coffre. Elle emmenait bien peu de choses pour aller voir son fils durant de longs mois. Je n'aimais pas ça. Macha caressa le comptoir de la réception, remit quelques papiers en place. En fixant mes pieds, je franchis la cour pour patienter près de la voiture. Les uns et les autres commencèrent à sortir. Les clients présents ne réalisaient pas ce qui était en train de se passer. Puis elle arriva. C'était magnifique et effrayant de voir cette haie d'honneur sur les marches du perron de La Datcha. La dernière était bien trop récente. La différence était que Macha était vivante, et que seule la garde rapprochée était présente pour la saluer avant son départ. Comme la veille au soir, elle eut un mot tendre pour chacun. J'étais soulagée que les enfants soient à l'école, je n'aurais pas eu envie qu'ils revivent cette scène. Un sourire lointain aux lèvres, elle traversa la cour en prenant son temps, son regard s'attarda sur l'atelier de Jo, sur le restaurant. Elle poursuivit son chemin. Elle se retourna une dernière fois ; elle détailla la façade, chaque fenêtre, elle connaissait les recoins des chambres cachées derrière les vitres, puis elle offrit son visage au ciel, vers la cime des arbres, ces grands micocouliers de Provence qui donnaient de l'ombre durant les chaudes journées d'été et qu'elle aimait tant. Elle enregistrait les détails, les contours, les lumières, les rayons du soleil. Je détournai les yeux, je ne pouvais supporter ses « au revoir » à La Datcha. En réalité, pas des « au revoir », mais plutôt un adieu.

— Mon petit Samuel, l'entendis-je dire.

J'affrontai la réalité. Elle lui souriait tendrement.

— Ne t'inquiète de rien, lui dit-il. Reviens-nous en forme.

Les mots de Samuel sonnaient faux. Non pas qu'il n'était pas sincère dans ses vœux, mais lui non plus n'y croyait pas. Nous n'en avions pas parlé tous les deux. Voulait-il me préserver de son pressentiment ? Ne pas conforter le mien ? À mon grand étonnement – les effusions entre eux étaient plus que rares –, ils se serrèrent longuement dans les bras l'un de l'autre, Macha lui murmura quelques phrases impossibles à entendre d'où j'étais. Les yeux de Samuel se posèrent brièvement sur moi, il avait mal. Mal de quoi ? Impossible à savoir. Tant de sentiments, tant d'émotions se mêlaient.

— *Goloubka*, il est temps.

Elle fit un dernier signe de la main et grimpa dans la voiture soutenue par Samuel. Je montai à mon tour, mis le contact et attendis.

— Tu veux vraiment partir ? murmurai-je.

— Roule, s'il te plaît.

Sa voix était douce et fatiguée. Elle fixait droit devant elle, ses grands yeux remplis de larmes. Mon rôle, à cet instant, était d'abréger ce départ. Je démarrai et remontai l'allée plus rapidement que d'habitude. Dans le rétroviseur, j'aperçus Charly et Amélie qui s'étreignaient.

Durant tout le trajet qui nous séparait de l'aéroport, je respectai le silence qu'elle nous imposa. Son visage était tourné vers l'extérieur. Que regardait-elle ? Le paysage, ces routes qu'elle connaissait par cœur, qu'elle avait sillonnées tant de fois à bord de sa Méhari, ou bien était-elle déjà loin ? À quoi pouvait-elle penser ? Parcourait-elle toute sa vie ? Je prenais la mesure de son âge. Macha était devenue vieille sans que personne le réalise. Pourtant, elle était toujours aussi belle, la vieillesse lui rendait hommage. Son élégance était intacte, le deuil la rendait plus impressionnante encore. Ses rides portaient ses joies et ses peines, ses nombreuses peines, ses terribles chagrins. Comment allais-je réussir à vivre sans elle ? Une question que je ne m'étais jamais posée. Une question à laquelle je n'avais jamais pensé. Mon esprit, mon cœur s'y étaient refusés. J'aurais pourtant dû m'y préparer depuis la mort de Jo.

Une fois garée sur le parking, sans me laisser le temps de réagir, elle ouvrit la portière. Je la suivis sans attendre, et cette fois, c'est moi qui ne lui laissai pas le choix, je lui pris sa valise des mains. Elle fuit mon regard, mais accepta le bras que je lui tendais. Elle noua fortement ses mains dessus. Sans réfléchir à mon geste, j'abandonnai mon visage contre le sien, pour la sentir encore un peu. Les larmes dévalaient mes joues pour s'écraser sur sa peau. Je repensai à toutes ces fois où je les avais déposés elle et Jo quand ils partaient pour leur grand voyage d'hiver vers leur fils. Jamais je n'avais pleuré. Jamais ces trajets n'avaient été silencieux. Jo prenait le volant à l'aller. Je me chargeais du retour. Nous étions tous les trois gais, joyeux, il y avait des éclats de rire. J'étais à l'arrière, comme la *Gamine* que j'étais pour eux. C'était les vacances, le temps du repos. Je ne m'inquiétais pas pour eux. Je faisais confiance à Vassily pour bien s'occuper de ses parents. Et de toute manière, deux mois plus tard, je viendrais les chercher, les récupérer pour les avoir tout à moi. Tout à moi. C'était fini. Jo était parti, loin, très loin. Et Macha partait elle aussi. Elle partait sans vol de retour prévu. La terreur de sa réponse m'avait retenue de lui poser la question. Personne ne la lui avait posée.

Une fois débarrassée de sa petite valise, elle me tendit la main, je l'attrapai comme si ma vie en dépendait. J'étais une petite fille perdue, qu'on abandonnait… Ce sentiment de déjà-vu, de déjà vécu me rendait muette. J'avais trop peur de parler, trop peur de crier ma douleur.

— *Goloubka*, je n'aime pas les séparations qui s'éternisent, tu le sais. Et je ne veux pas qu'on se fasse du mal toutes les deux…

Je hochai la tête. Elle m'entraîna vers les contrôles de sécurité avec une force dont je l'ignorais capable. Elle se tint face à moi, me lâcha pour fouiller dans son sac. Elle en ressortit son poing fermé.

— Tends ta paume.

Je lui obéis. Sa main se positionna au-dessus de la mienne, elle riva ses yeux embués aux miens et me sourit. Puis elle fit tomber son trousseau. Instinctivement, je refermai mes doigts dessus.

— Je te confie mes clés de La Datcha.

Je secouai la tête frénétiquement de droite à gauche.

— Je n'en veux pas, Macha, reprends-les.

Je tentai de lui redonner de force. En vain. Elle m'ouvrit alors ses bras, je me jetai contre elle, et elle me serra fort, si fort, s'accrochant à moi, elle m'entourait comme pour m'absorber en elle.

— *Goloubka*… sois courageuse… comme tu l'as toujours été…

— Reviens, Macha… Promets-moi de revenir… S'il te plaît…

J'attendis sa réponse de longues secondes. En vain. Je l'étreignis plus fort encore. Je respirais son parfum, je m'enivrais de lui, voulant en garder une trace jusqu'à la fin de mes jours. M'en souvenir pour m'apaiser, pour me rassurer. Le parfum de Macha était celui de la douceur maternelle que je n'avais pas connue, mon corps devait s'en souvenir, devait en être imprégné.

— Merci, *Goloubka*, d'avoir suivi Jo ce jour-là, merci de lui avoir fait confiance alors que tu n'avais aucune raison de le faire… Tu nous as redonné le goût de vivre, tu nous as sauvés.

— Non, c'est vous qui m'avez sauvée.

— Tu as été notre soleil… Je t'aimerai toujours. *Ya otchen liubliu tieba dotchen'ka*… Ne l'oublie pas. Mon départ ne change rien à l'amour infini que je te porte.

— Macha, je… je…

— Je sais… ne t'inquiète pas, je sais les mots que tu ne peux pas dire.

Elle respira profondément, puis desserra lentement son étreinte. Elle attrapa une dernière fois mon visage et déposa un baiser sur mon front. J'essuyai ses larmes et embrassai ses mains l'une après l'autre.

— Va, *Goloubka*, rentre à La Datcha, elle t'attend.

Ses premiers pas qui l'éloignaient de moi furent incertains, puis elle se ressaisit et tendit ses papiers. Je ne la quittai pas du regard jusqu'à ce qu'elle disparaisse. Elle ne se retourna pas une seule fois. Macha était partie.

Macha était partie, comme une autre avant elle.

– 7 –

Sur le chemin du retour, je tremblais de manière incontrôlable, je voyais à peine la route, impossible de me concentrer, de me ressaisir. Aussi décidai-je de m'arrêter sur le bas-côté pour me calmer, pour étouffer ce qui remontait à la surface. Quatre jours que je luttais contre ces souvenirs. L'annonce du départ de Macha les avait violemment ravivés. Ils m'envahissaient, déferlants, puissants, sans que je puisse lutter contre. Telle une gifle cinglante qui vous prend par surprise, qui vous pétrifie, dont on garde la brûlure sur la joue, et qui, même lorsque la douleur s'est dissipée, laisse une empreinte indélébile. Pourtant, je les avais toujours contrôlés, gardés à distance. Ils appartenaient à une autre, certainement plus à moi. Ils étaient ceux d'une petite fille de huit ans que j'avais enterrée, enfouie le plus profondément possible. Je ne voulais plus jamais entendre sa voix dans ma tête, elle me faisait trop mal, elle m'arrachait le cœur, la peau, la chair.

Cette petite fille de huit ans voulait se croire comme les autres, elle rêvait souvent de l'être, s'inventant des histoires. Bien loin des contes de fées, elle n'en demandait pas autant, elle voulait juste avoir une maman heureuse, gentille tout le temps, qui ne l'oubliait jamais, qui ne la laissait pas toute seule dans le noir, qui lui brossait les cheveux, qui lui faisait des gâteaux, comme les mères de ses copines de l'école. Souvent, le soir, à la fin de la garderie, elle voyait ces belles dames qui venaient chercher leurs enfants, et qui, parfois en retard, arrivaient en courant, sourire aux lèvres, s'excusaient et faisaient des bisous. Bien sûr, elles pouvaient être énervées, fatiguées, mais il y avait de l'amour dans leurs yeux. La petite fille les observait, cachée dans un coin ; des fois, elle avait envie qu'elles l'emmènent, pour rentrer dans leurs maisons où il devait faire chaud, mais juste après, elle se disait que non, elle voulait que ce soit sa maman qui arrive, parce que sa maman, cette petite fille l'aimait très fort, elle ne connaissait qu'elle, elle se disait qu'on n'avait qu'une maman et qu'il fallait bien s'en occuper. Car sa maman ne ressemblait pas à celle de ses copines. Sa maman, quand elle finissait par venir la chercher, il était très tard, elle attendait sur le trottoir avec la maîtresse qui râlait et qui disait que, si ça continuait, elle allait appeler la police. Sa maman arrivait en criant fort, et elle tirait sur le bras de sa fille pour l'entraîner, en envoyant des gros mots à la Terre entière.

Sa maman, elle était comme ça, des fois, elle riait trop fort, et puis après elle pleurait des heures, elle lui hurlait dessus, même quand elle n'avait pas fait de bêtises. D'ailleurs, cette petite fille ne faisait pas de bêtises, elle avait trop peur de faire du bruit, de déranger, surtout quand sa maman avait trop bu ou quand elle la laissait des nuits entières toute seule chez elles. La petite fille se roulait en boule sous sa couverture pour se cacher, pour essayer d'avoir moins peur, mais rien à faire, même les amis imaginaires qu'elle s'inventait n'arrivaient pas à la rassurer. Des fois, sa maman rentrait avec un monsieur, jamais le même, et enfermait la petite fille à clé dans une pièce en lui disant « Je veux pas t'entendre, sinon tu t'en prends une ». Alors la petite fille se bouchait les oreilles, pour ne pas entendre les drôles de bruits ou les cris.

Un jour, des gens étaient venus chez la petite fille et sa maman, ils avaient posé des questions, une dame avait voulu jouer avec elle, elle semblait gentille, elle avait une voix douce, elle voulait savoir comment sa maman s'occupait d'elle. Mais sa maman ne l'avait pas laissée parler, elle l'avait encore tirée par le bras et lui avait dit « Tu te la boucles, ils sont méchants, ils veulent que tu me laisses toute seule ». La petite fille avait eu très peur, elle avait pleuré sans faire de bruit, comme d'habitude. Les gens étaient revenus de plus en plus souvent. Sa maman avait arrêté de leur crier dessus, elle les écoutait en boudant, elle ne regardait plus la petite fille quand la dame lui posait des questions. Mais la petite fille se souvenait très bien de ce que sa maman lui avait dit, elle ne voulait pas s'en aller, elle voulait rester avec sa maman, alors elle se taisait, fermait les yeux et se bouchait les oreilles.

Quelque temps après, sa maman avait préparé un petit sac avec des affaires pour la petite fille en lui disant qu'elles allaient partir en voyage. La petite fille n'en croyait pas ses yeux, elle était heureuse de partir avec maman, elles allaient être toutes les deux, s'amuser, il n'y aurait plus de méchants messieurs ni de gens qui voulaient leur faire du mal. La petite fille souriait dans le bus qui les emmenait en voyage. Elles étaient descendues à un arrêt, elles avaient marché dans des rues que la petite fille ne connaissait pas. Elles étaient rentrées dans une grande maison, la petite fille avait entendu des cris d'enfants au loin, elle se demandait où elle était. Et puis, elle avait vu les gens qui venaient chez elle, elle avait regardé sa maman qui ne voulait pas la regarder, la petite fille avait tiré sur le bras de sa maman, s'était accrochée à elle, rien à faire, sa maman ne lui répondait pas. La petite fille avait eu très peur d'un coup. Les gens les avaient emmenées dans une pièce, il y avait une grande vitre qui donnait sur un couloir, les murs étaient peints en vert, la petite fille détesta cette couleur, il y avait des canapés, des fauteuils, des étagères avec des livres, et des caisses de jouets. Elle restait collée à sa maman. Elle avait écouté les gens parler à sa maman qui leur avait dit qu'elle partait en voyage et qu'elle ne pouvait pas l'emmener, qu'elle leur laissait puisque c'était ce qu'ils voulaient. Ils n'auraient qu'à le dire au juge, qu'elle n'en voulait plus, qu'elle ne voulait plus s'occuper d'elle, qu'elle avait mieux à faire. Elle ne voulait plus d'emmerdes. Sa maman s'était levée, la petite fille s'était agrippée à elle encore plus fort. Sa maman avait dit « Lâche-moi, c'est bon maintenant, je pars ! ». Sa maman était plus forte, alors elle avait réussi à se dégager, elle avait ouvert la porte de la pièce aux murs verts, et était partie sans se retourner. La petite fille avait hurlé, avant elle ne connaissait pas le son de sa voix. Elle appelait sa maman fort, si fort qu'elle en avait mal à la gorge, elle avait l'impression que sa tête allait exploser tellement elle criait, tellement elle pleurait. Les gens l'avaient attrapée dans leurs bras pour la contenir, la petite fille se débattait de toutes ses forces, elle donnait des coups de pied, des coups de poing, elle mordait, elle griffait. Elle voulait qu'on la lâche, qu'on la laisse courir vers sa maman. Sa maman ne voulait pas qu'elles soient séparées, elle allait revenir, la reprendre. La petite fille, après des heures à crier et à taper, s'était écroulée par terre, barbouillée de larmes et de morve. Alors les gens lui avaient dit qu'ils allaient lui montrer sa chambre et lui présenter les autres petites filles avec qui elle allait dormir. La petite fille s'en moquait, elle avait décidé que sa maman reviendrait vite, très vite, qu'elle avait dû se tromper. Elle s'était assise sur un lit, on lui avait dit que c'était le sien, elle n'avait pas voulu parler aux autres, ce n'étaient pas ses copines de l'école, elle n'en voulait pas de nouvelles. On l'avait forcée à se laver, à mettre des vêtements qu'elle ne connaissait pas. Elle avait entendu les adultes parler en découvrant le sac que sa maman avait laissé, ils avaient dit « tout est bon à jeter ».

La petite fille avait passé les semaines suivantes à attendre que sa maman revienne, guettant derrière une fenêtre pour être sûre de ne pas la rater. Elle savait que les autres voyaient leurs parents dans la salle aux murs verts, elle aussi un jour verrait sa maman dans la salle aux murs verts. Mais sa maman ne revint jamais dans la salle aux murs verts. La gentille dame qui était venue chez elles, avant que sa maman s'en aille, était revenue pour lui parler. Elle lui avait dit « Hermine, arrête d'attendre, on te dira si elle vient ».

La petite fille était devenue Hermine.

Jamais ma mère ne m'appelait par mon prénom. Je n'avais jamais cessé de l'attendre. Je l'avais cherchée après avoir quitté le foyer à mes dix-huit ans, elle avait disparu dans la nature, elle s'était évaporée, comme si elle n'avait jamais existé. En revanche, la petite fille, elle, n'avait jamais disparu, elle restait bien cachée au fond de moi. L'adolescente, puis la femme que j'étais devenue, avait scellé un pacte avec la petite fille pour qu'elle reste silencieuse. Le départ de Macha me prouvait qu'elle ne se tairait jamais, qu'elle me rappellerait toujours que ma mère était partie, m'avait laissée seule sans elle. Mais depuis j'avais grandi, j'avais eu d'autres déceptions, j'avais encore reçu des coups et, malgré tout, j'avais été capable de m'en sortir. Macha n'était pas ma mère, Macha m'avait dit qu'elle m'aimait. Ma mère ne me l'avait jamais dit, elle n'avait jamais répondu aux miens. C'est pour cette raison que je ne le disais jamais. Ces mots ne pouvaient sortir de ma bouche que pour mes enfants. Depuis le silence de ma mère, je n'avais plus jamais dit « je t'aime » à un adulte, même à ceux qui me l'avaient dit, j'avais trop peur de le dire et qu'on ne me réponde pas. Samuel n'y avait jamais eu droit. J'utilisais des moyens détournés, il avait fini par l'accepter.

Le « je t'aime » de Macha était mon bien le plus précieux. Et Macha ne m'avait pas laissée dans un endroit inconnu avec des étrangers qui cherchaient à me faire parler. Non, Macha m'avait laissée à La Datcha, sa maison, elle m'avait dit que j'y étais chez moi. Un « je t'aime » et un « tu es chez toi » apaisèrent un peu la petite fille de huit ans. Elle criait un peu moins fort. Je la voyais presque s'illuminer pour la première fois. Je l'entendais me supplier d'y croire pour nous deux. Pour elle et moi, je le ferais, je relèverais la tête pour nous deux, je ferais face. Je remis le contact de la voiture de Jo et poursuivis ma route vers La Datcha.

– 8 –

Mi-juin. La Datcha ouvrait le bal de l'été. Pas de place au laisser-aller. Macha ne pouvait choisir meilleur moment pour nous éviter de nous appesantir sur son absence, alors même que nous ne nous étions toujours pas résignés au vide laissé par la mort de Jo. J'avais toujours aimé cette période où la machine s'ébranlait, incontrôlable. Le calme ne serait de retour que dans de nombreuses semaines, quand les feuilles sèches tomberaient prématurément après la chaleur écrasante de l'été.

Je ne l'aurais jamais avoué à personne pour ne pas être prise pour une folle mystique, mais parfois j'avais la sensation que les murs de La Datcha vibraient d'excitation à l'approche du plein de vie de la saison. Le cœur aussi impatient que le mien. Cette maison vivait quand il y avait du monde, se nourrissant du passage incessant des gens qui arrivaient, repartaient, se baignaient, mangeaient, s'amusaient, se détendaient, se reposaient. Et nous, qui prenions soin de cette noble dame, nous devions aussi prendre soin de nos clients, les accueillir, sans faiblir, un sourire permanent aux lèvres. J'aimais ce défi qui se renouvelait chaque année. Comme une éternelle première fois. Même si La Datcha était ouverte dix mois sur douze, tout se jouait durant quatre petits et longs mois. Non pas que nous relâchions nos efforts et la qualité de notre accueil quand des clients se présentaient au cœur de l'automne ou en début de printemps, mais nous ne vivions pas sous tension permanente. Pour ma part, j'aimais ne pas avoir le temps, courir en tous sens, avoir mille détails à l'esprit, vérifier que tout était parfait, carré, en place. J'avais tellement été époustouflée durant ma première saison, quand j'avais senti la fièvre s'emparer de La Datcha, dans laquelle j'avais moi-même été embarquée, sans plus rien maîtriser. Je n'oublierais jamais non plus le sentiment de vide lorsque, brusquement, tout s'était arrêté. Un matin, je m'étais levée et Macha m'avait annoncé que l'hôtel ne serait pas complet le soir, je n'avais donc pas à me presser pour faire les chambres. La Datcha parlait de plus en plus bas, le silence s'installait, les pièces se vidaient, la terrasse s'endormait, les feuilles tombaient, la lumière baissait. L'été était fini.

Aussi me reposais-je sur ce bouillonnement, sur cette effervescence pour tenir, coûte que coûte, pour réussir cette saison malgré les épreuves et les larmes de ces derniers mois. Macha avait raison ; Jo et elle étaient présents dans les murs, leurs âmes avaient fusionné avec les lieux. La Datcha vibrait d'eux. J'étais investie d'une mission, et je comptais bien l'honorer au-delà de leurs attentes. Macha m'avait confié La Datcha.

Macha… Son fils eut la délicatesse – que je n'attendais pas – d'envoyer un mail :

Chère Hermine,

Ma mère est arrivée fatiguée, mais aussi rassurée, car La Datcha est entre tes mains, tu as toute sa confiance.

Elle me charge de te dire qu'elle te fera signe quand elle se sentira prête. Tout est encore trop frais pour elle, la mort de mon père et son départ de La Datcha. Je crois qu'il va lui falloir du temps.

Bon courage pour la saison,

À bientôt,

Vassily.

Ce message ne fit que confirmer mes pires craintes ; Macha était définitivement partie. Je respectai sa demande, je ne donnai pas de nouvelles et ne cherchai pas à en avoir. Pourtant, il m'aurait été facile de téléphoner à son fils, de demander à lui parler. Mais elle ne le voulait pas, elle ne le pouvait pas. Moi-même je n'étais pas certaine de souhaiter lui parler avec cette distance, surtout pas après ce que nous nous étions dit à l'aéroport. Le moindre mot aurait semblé bien fade et sans valeur après ça. Je n'aurais pas supporté les blancs dans une conversation téléphonique, le silence était plus rassurant, finalement.

Le tourbillon de l'été nous entraînait. Les clients étaient enchantés, nous complimentant plus que régulièrement. Le temps était somptueux. Pas d'orage menaçant de gâcher les belles soirées sur la terrasse du restaurant, complet chaque soir. Pas un jour de mistral pour faire taire les cigales. Et je croisais les doigts pour que la situation perdure, aucune annulation de dernière minute. Dans le tumulte du début de l'été, je pouvais profiter de la présence constante et touchante – je devais le reconnaître – de Samuel. Il passait tous les deux jours à l'hôtel, sous prétexte de vérifier le jardin et le travail de son équipe dédiée à La Datcha. Jamais il ne faisait cela habituellement. Il s'inquiétait pour moi. Son regard attentif suffisait à me le faire comprendre. Quand il venait, nous discutions quelques minutes de la pluie et du beau temps, des enfants – sans qu'il me reproche rien –, de son travail, de l'hôtel. Nous riions parfois, souvent même. C'était agréable, ces instants inattendus me faisaient du bien.

Ce jour-là, j'accueillais des clients à la réception quand il s'encadra dans la porte d'entrée. Il m'adressa un signe de tête discret, il m'attendrait dehors. Dans cette tenue et cet état, il ne pouvait décemment pas entrer à La Datcha, je dissimulai tant bien que mal mon rire. J'étais habituée à le voir en sueur, lunettes de soleil vissées sur le nez, en bermuda et chaussures de sécurité, couvert de terre et de la poussière plein les mains. Le couple de septuagénaires un brin précieux de l'autre côté du comptoir ferait certainement grise mine si Samuel venait s'accouder à côté d'eux en attendant que je sois disponible. Certains touristes avaient la plus grande difficulté à concevoir qu'il fallait des hommes, des femmes et la somme de leur travail colossal pour que le Luberon qu'ils souhaitaient voir pendant leurs vacances soit à la hauteur de leurs exigences et attentes. Aussi incroyable soit-il, il fallait éduquer les touristes, leur rappeler que pour profiter de ses jardins, ses piscines immaculées, ses beaux murs en pierres sèches sur lesquels ils adoraient se faire prendre en photo, et ses bouquets de lavande qu'ils payaient une petite fortune sur les marchés provençaux, il fallait laisser les gens travailler. Jo ne supportait pas ce genre d'attitude, il pouvait indiquer la porte à des clients qui se plaignaient d'être dérangés par les menus travaux ou entretiens dans la journée. Nous mettions évidemment tout en œuvre pour ne jamais indisposer la clientèle, mais parfois, nous n'avions pas d'autre choix. Toujours est-il que Samuel cultivait la discrétion et évitait de se montrer crasseux au comptoir.

Il me fallut de longues minutes pour expliquer les horaires, les services du restaurant, le code Wi-Fi, la conciergerie. Ces clients, tout charmants qu'ils étaient, avaient perdu les oreilles de leur jeunesse. Après leur avoir répété les informations à de nombreuses reprises en détachant chaque syllabe, je pus voir qu'ils avaient enfin enregistré et décrochai leur clé du tableau pour la leur tendre.

— Vos bagages ont été montés en chambre, bon après-midi, monsieur-dame, leur dis-je avec mon plus beau sourire. N'hésitez pas à composer le 9, il y aura toujours quelqu'un pour vous répondre.

Pas tout de suite, quand même…

Samuel, adossé à son pick-up, une bouteille d'eau à la main, m'attendait patiemment.

— Ne t'approche pas, je suis dégueulasse.
— J'ai vu ça, lui répondis-je en riant.
— Tu vas bien ?
Je hochai la tête.
— Je voulais te demander si tu serais d'accord pour que je parte quelques jours avec les enfants la semaine prochaine.
Les grandes vacances débutaient le lendemain.
— De toute façon, ils sont avec toi.
Avec un père paysagiste et une mère qui travaillait dans un hôtel, juillet et août n'étaient jamais pour Alexandre et Romy synonymes de voyages en famille. Avant notre séparation, nous partions toujours l'hiver. C'était toujours le cas aujourd'hui, nous partions l'un après l'autre avec les enfants, et pour que ni Samuel ni moi ne soyons frustrés, nous leur faisions rater l'école. J'étais d'autant plus étonnée par la demande de Samuel.
— Mais toi ? Ton boulot ?
Il arbora un air satisfait.
— Avantage de patron ! Je me suis débrouillé pour renforcer les équipes. Ne t'inquiète pas pour La Datcha, j'ai mis les meilleurs.
— Je te fais confiance… Les enfants vont être fous de joie !
— Je me suis dit qu'ils en avaient besoin après tout ce qui s'était passé.
Il se rapprocha de moi.
— Je t'aurais bien proposé de venir avec nous, toi aussi, tu en aurais besoin…
Sans que je m'y attende, il caressa délicatement ma joue.

— Je t'ai connu meilleure mine.

Je posai ma main sur la sienne, profitai de cette sensation quelques secondes, puis m'éloignai presque à regret, tout en me demandant à quoi nous jouions.

— Je bronze en hiver ! Tu devrais le savoir ! Merci pour la proposition.

Son sourire était doux et résigné.

— Je n'avais aucune illusion… La Datcha a besoin de toi.

— Je prépare discrètement leur sac de voyage, je te laisse leur faire la surprise.

On m'appelait au loin. Je me hissai sur la pointe des pieds, et déposai un baiser sur sa joue.

— À plus tard.

Je partis en courant vers le perron, mais ne pus m'empêcher de me retourner, Samuel ne me quittait pas des yeux.

Heureuse et soulagée pour mes enfants, je pus redoubler d'efforts et de présence à La Datcha. Mon corps commençait à témoigner des premiers signes de fatigue de l'été ; ce mal de dos persistant, ces courbatures au réveil, cette impression d'être rouillée. Tous ces signes, je les accueillais avec satisfaction, ils signifiaient que tout se déroulait comme tous les ans, comme avant. Macha me manquait, je ne pouvais pas me le cacher, elle aurait dû être là, à côté de moi, mais j'étouffais ce manque dans le travail. J'aurais voulu lui dire que rien n'avait changé, que certains clients avaient déjà réservé leur séjour de l'année prochaine. J'aurais voulu être rassurée, savoir qu'elle pensait à La Datcha, qu'elle pensait à moi. Pour autant, après quatre semaines, je continuais à respecter son vœu de silence entre nous.

Je me réveillai le ventre noué, anxieuse sans raison particulière. Le lendemain, les enfants rentraient de leurs vacances à la mer avec Samuel. Ils avaient partagé avec moi les photos de leur bonheur, j'avais ri toute seule comme une idiote en découvrant que Samuel s'était fait embobiner par sa fille et lui avait offert une énorme bouée licorne. Alex et Romy m'avaient manqué. Samuel aussi. C'était indéniable. Le savoir tout proche comblait un peu ma solitude. Sa présence me donnait envie de sourire, me rendait plus légère. Il m'apaisait et maintenait mes tourments à distance. Je ne lui demandais rien, il venait de lui-même et je ne le repoussais pas, bien au contraire. Son absence m'en avait fait prendre conscience. En revanche, nous jouions avec le feu. Mes sentiments pour lui étaient-ils aussi clairs que je le pensais jusque-là ? J'en étais pourtant convaincue. Et les siens ? Que cherchait-il ? N'était-ce que de l'inquiétude ? Ou avait-il autre chose en tête ? Notre séparation n'était pas due à une trahison ni à une détestation. Nous prenions des chemins différents, ni l'un ni l'autre n'arrivait à faire de compromis, ce qui nous avait amenés à cette rupture, j'osais croire qu'il restait encore un peu d'amour entre nous à cette époque. Pouvait-on réellement parler de rupture alors que nous nous voyions plusieurs fois par semaine ? Que nous étions encore capables de partager des moments de complicité, des moments de tendresse ? Je sentais encore sa caresse sur ma joue quelques jours plus tôt. J'aurais dû le repousser. Ni lui ni moi n'avions refait notre vie depuis notre séparation deux ans plus tôt. De mon côté, je n'avais eu aucune histoire, aucune aventure. Pas envie. Pas envie de souffrir. J'avais repoussé les rares hommes qui s'étaient approchés de moi. De son côté, même si je n'étais pas dans ses petits secrets – quoi de plus normal –, je n'avais pas eu vent d'une nouvelle femme dans sa vie. Les enfants ne m'avaient parlé de personne. De toute manière, s'il avait eu quelqu'un de sérieux, cela me serait très vite arrivé aux oreilles. Lui et moi connaissions tout le monde. Je m'étais habituée à cette idée, je l'avais acceptée. Je voulais que cet homme qui m'avait fait tant de bien soit heureux, même si ce n'était pas avec moi. Samuel avait tout pour lui, tout pour séduire, tout pour être aimé. Et il savait aimer en retour.

Comme tous les matins où Alex et Romy n'étaient pas avec moi, je préparais les petits déjeuners. Bercée par le bruit des cafetières, j'épluchais les fruits frais, je fouettais le fromage blanc. Tout était prêt sur la grande table en bois, je n'avais plus qu'à dresser le buffet. Il était encore tôt, aussi m'autorisai-je un café. Je m'appuyai contre le chambranle de la porte-fenêtre qui donnait sur la terrasse, ma tasse chaude dans les mains. J'étais hypnotisée par la balancelle de Macha. Vide. Seule au milieu de la grande pelouse. Depuis qu'elle était partie, personne n'osait s'y asseoir. À croire qu'une barrière invisible empêchait quiconque de s'en approcher. C'était sa place. Même abandonnée…

La sonnerie du téléphone brisa le silence du réveil de la nature. Ma respiration se bloqua. 6 h 30, trop tôt pour un appel. En réalité, celui-ci, je le redoutais depuis un mois. Je m'y étais préparée. Malgré toutes mes tentatives, j'avais échoué à repousser ce pressentiment qu'il ne mettrait pas longtemps à arriver. Était-ce sa façon de m'envoyer un message à l'instant où je fixais sa place vide, et à ce moment de la journée qui lui avait toujours appartenu ? Le téléphone sonnait sans discontinuer. J'eus un sourire triste, me rappelant les paroles de Macha. Effectivement, il était patient. J'avalai une gorgée de café – pourquoi d'ailleurs, aucune idée, sinon pour prolonger encore un peu l'illusion. Je finis par décrocher. Il le fallait bien.

— Hermine ?

Je ne m'étais pas trompée. Cette voix. Deuxième fois que je l'entendais en l'espace de trois mois. Comme si peu de temps auparavant, sa respiration était hachée. Vassily.

— Je suis désolé de t'appeler si tôt…

Je savais. J'avais compris. Ma main se crispa davantage sur ma tasse. Une seule chose m'importait désormais :

— A-t-elle souffert ?

— Elle… elle s'est endormie… en parlant à mon père.

Macha ne pouvait pas vivre sans Jo, malgré tout l'amour qui l'entourait encore. Ils étaient à nouveau réunis. Elle nous avait dit au revoir, elle avait dit au revoir à La Datcha, et elle avait dit au revoir à son fils. J'essuyai une larme sur ma joue.

— Elle est partie en paix, alors.

— Oui, souffla-t-il. Je te tiens rapidement au courant de la suite…

— Bon courage.

— Toi aussi.

Il raccrocha.

Les heures suivantes, un masque de bonheur factice plaqué sur le visage, l'esprit fermé à tout ce qui n'était pas le travail, je jonglai entre la salle à manger, la terrasse, la réception. Je souriais, je proposais un café supplémentaire, je conseillais une activité, une balade en fonction de la journée magnifique mais chaude qui débutait, je fuyais Amélie, aussi. Ce n'était pas le moment, je n'étais pas prête. J'attendis 10 heures pour prévenir Samuel. Il soupira bruyamment et grommela quelques jurons bien sentis. J'entendais les enfants au loin, ils riaient, cela faisait beaucoup trop pour eux… Mes petits, j'aurais tellement voulu les épargner.

— Je laisse les enfants en dehors de tout ça ce matin, me rassura Samuel, et on rentre après déjeuner. Je me charge de leur expliquer, ne t'inquiète pas.

— Je suis désolée de gâcher la fin de tes vacances.

Une fois prête à partager la nouvelle, je partis à la recherche d'Amélie dans les étages. Je la trouvai rapidement, et lui fis signe de me suivre. Elle donna ses consignes et m'emboîta le pas, le visage grave. Sans échanger un mot, nous empruntâmes le passage secret vers les cuisines. Ce n'était pas fréquent que l'on y débarque toutes les deux, Charly comprit que l'heure n'était pas à la plaisanterie. Il envoya son commis en pause et ajouta :

— Et ne reviens pas tant que je ne t'aurai pas dit de le faire.

Le jeune ne demanda pas son reste et décampa à toute vitesse. Amélie alla se blottir contre son mari, ils ne me lâchaient pas des yeux.

— Vous vous doutez de ce que je vais vous annoncer ?

Ils soupirèrent de tristesse, de soulagement aussi. Il y avait une forme d'apaisement à savoir que c'était fini. Que cette attente taboue était arrivée à son terme. Nous avions tous eu conscience, en lui disant au revoir, que nous ne la reverrions pas en vie.

— Elle n'aura pas tenu longtemps sans Jo, chuchota Amélie.

— Un peu plus de trois mois, compléta Charly.

— Même La Datcha n'a rien pu faire pour elle, soupirai-je.

Nous restâmes de longues secondes sans rien dire, échangeant simplement des regards de tristesse, de panique, de désarroi mêlés. Un monde qui s'effondrait.

— Je peux te demander de prévenir les autres, demandai-je à Charly. Je t'avoue que je n'ai plus le courage.

— Compte sur moi, on est là pour t'aider, Hermine. On est une équipe. Tu fais tout, mais on va se serrer les coudes.

— Je suis désolée de poser cette question absolument triviale, nous interrompit Amélie, mais… il se passe quoi, maintenant que Macha est…

Je fis appel à toute mon affection pour elle pour ne pas m'énerver. Que sous-entendait-elle ? Que nous allions tous déguerpir en courant sous prétexte que Macha n'était plus là… Elle n'était plus là depuis un mois, et nous nous en sortions parfaitement, Macha le savait, sinon elle ne serait pas partie. Et puis, de toute façon, je refusais de penser à l'avenir, y penser réellement. C'était trop tôt, je n'étais même pas certaine de réaliser ce qui venait de se passer.

— On continue. On tient La Datcha.

En fin d'après-midi, des coups de Klaxon retentirent dans la cour. Il n'y avait qu'eux pour s'autoriser une arrivée aussi remarquée. Peu importent les clients, ils nous amenaient la gaieté au milieu de cette journée si triste. J'abandonnai aussitôt le comptoir de la réception. Alex et Romy me sautèrent dessus, j'embrassai leurs joues, j'aurais pu les dévorer.

— Vous êtes beaux ! Tout bronzés !

Je caressai leurs visages.

— Papa, il ne met pas de crème, m'apprit Romy.

— Comment ça, papa ne met pas de crème ! Il est où, papa ?

— Il est là, me répondit le concerné.

Il arrivait, les bras chargés des sacs des enfants, sourire en coin aux lèvres. Il déposa un baiser dans mes cheveux, je fermai les yeux, soudainement apaisée.

— On est juste venus t'embrasser, déposer les affaires et on repart.

Je le fixai, désemparée.

— Vous repartez ? Je pensais que…

Il se rapprocha pour poser un doigt sur ma bouche, mon cœur battit la chamade.

— On va faire des courses, je m'occupe du dîner. On ne va quand même pas te laisser toute seule ce soir !

— Merci.

Il me sourit doucement, je fis un signe discret en direction des enfants.

— Comment vont-ils ? murmurai-je.

— Ils vont bien, eux aussi étaient préparés. Et je leur ai demandé de faire un peu attention à toi. En route, les enfants !

Lorsque je les rejoignis, Samuel et les enfants s'affairaient sur la terrasse. De ce côté du moulin, nous tournions le dos à La Datcha, notre intimité – familiale – était protégée. Le couvert était mis pour nous quatre. Comme avant… Le soleil de début juillet était encore fort à cette heure. Je les embrassai tous les trois. Impossible d'ignorer la surprise de Samuel face à mon geste tendre et spontané. Moi-même je m'étonnai, tout en me le reprochant.

— Je vais me doucher, et je reviens dans cinq minutes.

— Prends ton temps.

Je lui obéis, je restai de longues minutes sous l'eau fraîche, je tentai de rassembler mes idées, mes sentiments. J'étais abattue par la désormais certitude de ne plus revoir Macha, de ne plus entendre sa voix, son accent qui n'appartenait qu'à elle, son phrasé. « *Goloubka* », c'était fini. Plus personne ne m'appellerait ainsi. Sa mort était pourtant assez irréelle, abstraite, même ; je ne l'avais pas vue comme j'avais vu Jo s'effondrer et rendre son dernier souffle. Je n'avais pour preuve qu'un coup de téléphone et la respiration douloureuse d'un fils qui avait perdu sa mère.

Non pas que je remette en doute la réalité, mais cela me semblait si loin. Comme si Macha ne pouvait pas mourir ailleurs qu'ici, chez elle. Pourquoi avait-elle fait ce choix ? Malgré toutes mes questions, mes incertitudes, je parvenais à goûter au bonheur d'avoir mes enfants à mes côtés ce soir. Macha m'avait fait lui promettre de profiter d'eux, de ne pas laisser le temps, la vie me les voler, je l'entendais encore me supplier de le faire. Ce soir, Alexandre et Romy seraient d'autant plus heureux grâce à la présence de leur père. Moi aussi, j'étais heureuse qu'il soit là. Heureuse, mais déstabilisée. Je voulais que tout aille bien, je voulais oublier le reste. Savourer ce qui m'était offert. J'enfilai en vitesse une robe et partis les retrouver.

— Ma poupée, appelai-je Romy, tu me démêles les cheveux ?

C'était rare que je prenne le temps de lui proposer d'être sa tête à coiffer. Aussi sauta-t-elle sur l'occasion en m'arrachant ma brosse des mains.

Cette soirée était normale et déroutante. Je perdis la moitié de ma tignasse durant l'apéritif. Les exclamations de Romy, les moqueries de son grand frère et de son père en découvrant les coiffures improbables dont elle m'affublait me remplissaient de bonheur. Pendant le dîner, je les écoutais tous les trois me raconter leur semaine d'aventures, les baignades dans la Méditerranée jusqu'au coucher du soleil, les poissons grillés et les pans-bagnats sur le port, les châteaux de sable, les glaces le soir après le brossage de dents.

— Tu as mis le paquet ! Comment veux-tu que je rivalise, maintenant ? lançai-je à Samuel.

— Je sais me rendre indispensable, rétorqua-t-il, l'œil malicieux.

Je détournai la tête, amusée, mais aussi perturbée. La joie des enfants ne reposait-elle pas sur une illusion ? En tant que parents, nous ne devions pas leur donner de faux espoirs. Notre séparation avait pris par surprise Alex et Romy, même s'ils n'avaient pas pu passer à côté de l'ambiance sinistre qui régnait chez nous, leurs parents étaient tristes, fermés. Mais il n'y avait pas eu de cris, pas de disputes – ou si peu. Jamais nous ne nous étions déchirés. Samuel et moi ne nous parlions plus, ne nous voyions plus, ne nous regardions plus, nous nous croisions, et encore… Plus de baisers volés, plus de mains qui s'attrapent dans un geste machinal qui trahit tout. J'avais le sentiment de dormir dans un lit vide, et froid. Quand je rentrais de La Datcha, Samuel dormait. Quand il se levait pour démarrer à la fraîche, c'était moi qui dormais. À bien y réfléchir, du temps de notre famille réunie, une soirée comme celle que nous étions en train de vivre était exceptionnelle.

Au dessert, Romy grimpa sur mes genoux, et se lova dans mes bras ; le regard attendri de Samuel me bouleversa, aussi me concentrai-je sur ma fille, en caressant délicatement sa joue.

— Maman, tu penses à Macha ?

Nous ne pouvions pas éternellement éluder le sujet. Pourtant, cela me permettait de me convaincre que je vivais un mauvais rêve depuis l'appel du matin.

— Romy ! s'énerva son frère. Papa nous a dit de ne…

— Alex, on peut en parler, il faut en parler, interrompis-je doucement mon fils. Même si ça nous rend tristes. Alors, ma poupée, oui, je pense à Macha, je pense beaucoup à elle, elle me manque, et elle me manquera toujours, comme à vous…

— Tu sais, moi, je ne suis pas triste, me répondit-elle.

— Ah bon ? Tu ne voudrais pas la revoir ?

— Si… mais Jo, il n'est plus tout seul.

Je déglutis péniblement pour me retenir de pleurer, je souris à travers mes larmes à ma fille, sa spontanéité et son insouciance d'enfant étaient la clé de tout. La petite fille au fond de moi n'avait jamais eu l'occasion d'être insouciante. Les yeux de la petite fille n'avaient jamais eu d'étoiles. Quand bien même, sa maman n'aurait pas été capable de les voir ni de ressentir cette joie indicible qui envahit le cœur.

— Tu as raison, Jo et Macha se sont retrouvés. Et à ton avis, il a dit quoi en voyant Macha arriver ?

Elle plissa les yeux pour se concentrer, et soudainement, ils s'écarquillèrent.

— Voilà la plus belle femme du monde, me répondit-elle en tentant d'imiter Jo.

J'étouffai un rire mélancolique. Jo l'appelait toujours la plus belle femme du monde, même à plus de quatre-vingts ans. Encore à cet âge, Jo était fou d'elle et le faisait savoir à la Terre entière. C'était beau d'y assister. Et Romy, envoûtée par les histoires de princesses, ne voyait que cet amour indéfectible.

— Et la Gamine, enchaîna son frère d'une grosse voix, tu l'as laissée à la réception ?

— *Doucha moya*, reprit Romy d'un ton flûté doublé d'un accent russe, ne t'énerve pas, *Goloubka* est la gardienne de La Datcha.

Mes enfants seraient marqués à vie par ces deux êtres extraordinaires qui un jour avaient ouvert leur porte à leur maman. Ils avaient eu la chance de grandir durant les premières années de leur vie à leurs côtés. Malgré la perte, ils conservaient les sourires et l'amour. Alex se leva et vint derrière moi, m'attrapant par le cou.

— Jo et Macha doivent tellement rire de vous voir si bien les imiter, leur dis-je. Ils seraient fiers de vous. Moi, je suis fière. Promettez-moi de continuer à parler russe, pour Macha, même si elle n'est plus là pour vous l'apprendre. N'oubliez pas ses leçons.

— Promis, maman, me répondit Alex.

Je les couvris de baisers, sur leurs joues, dans leurs cous. Je croisai le regard interrogateur de Samuel qui me demandait comment j'allais. Je lui souris, sincère.

Je sentais la tête de Romy tomber par à-coups sur mes bras, Alex bâillait à s'en décrocher la mâchoire.

— Il est l'heure d'aller au lit, même si ce sont les vacances.

Ils ronchonnèrent par principe.

— Vous dites merci à papa.

L'un après l'autre, ils lui firent le dernier câlin des vacances. Il leur demanda d'être gentils et sages avec moi. Les regards échangés entre eux me confirmèrent qu'ils avaient scellé un pacte.

— On te revoit quand ? voulut savoir Alex.

— Bientôt, mon grand. Très bientôt.

— D'accord.

Romy tituba jusqu'à moi, attrapa ma main et me tira vers elle pour que j'aille la mettre au lit. Samuel rit discrètement et me fit signe de ne pas me préoccuper de lui.

Le coucher de la princesse s'éternisa, je ne pus m'échapper que lorsqu'elle fut totalement endormie. Je passai ensuite par la chambre d'Alex qui dormait lui aussi comme un bienheureux. Je retrouvai Samuel sur le canapé sur la terrasse.

— Tu n'avais pas besoin de ranger, je pouvais le faire demain.

— Il fallait bien que je m'occupe en t'attendant, rétorqua-t-il en riant.

Je m'assis à côté de lui et finis tranquillement mon verre de vin.

— J'ai du mal à croire que ce soit vrai, qu'elle ne reviendra plus…

Je me renfonçai dans le canapé. Samuel m'ouvrit ses bras, je me calai contre lui. Il caressa doucement mes cheveux.

— Hermine, moi, j'ai du mal à croire que tu vas si bien…

— Je te jure que je tiens le coup. Je m'y attendais… comme tout le monde.

— Peut-être, mais ça n'empêche que je sais ce que représente Macha pour toi…

— La mort de Jo m'a fait grandir… Je ne garantis pas qu'il n'y aura pas de retour de bâton, mais… pour le moment, pas d'effondrement en vue.

Il soupira profondément, doutant certainement de la sincérité de mes paroles – pourtant réelle, je voulais y croire, du moins –, je me redressai et réalisai combien j'étais étroitement blottie contre lui. Je ne cherchai pas à m'éloigner.

— Samuel, regarde-moi.

Après quelques secondes, il m'obéit.

— Fais-moi confiance, s'il te plaît…

Il hocha la tête.

— Et… arrête de t'inquiéter. Je suis une grande fille… Je ne suis plus la même qu'avant… Et je ne veux pas que tu t'empêches de vivre à cause de moi… On s'est déjà assez fait souffrir tous les deux, tu ne crois pas ?

Il me fuit du regard et passa sa main sur mon front, remit en place une mèche de cheveux derrière mon oreille, cherchant par tous les moyens à m'échapper.

— Je ne peux pas me refaire… j'ai peur que…

— Tu as peur de quoi ?

Il m'affronta à nouveau.

— Rien… je crois qu'on s'est un peu trop vus dernièrement.

Nous étions donc bien d'accord. Pourtant, impossible de nous décoller l'un de l'autre.

— Je crois aussi. On remue le passé et…

Il me serra plus fort encore, nos visages se rapprochaient dangereusement.

— Et on ne devrait pas, c'est ça ? me demanda-t-il à voix basse.

— Non, murmurai-je, peu convaincue, d'un ton peu convaincant.

Sa respiration, comme la mienne, s'emballa. J'étais perdue ; je n'aurais pas dû être dans les bras de Samuel, Macha était morte, je me sentais affreusement seule. Tout se mélangeait dans ma tête, dans mon corps ; la peine, le chagrin, l'angoisse et le désir.

Les traits de Samuel exprimaient la lutte qu'il menait contre lui-même. En deux ans, jamais nous n'avions dérapé, jamais nous ne nous étions retrouvés jusqu'à ce point de non-retour. Je ne me souvenais même pas de la dernière fois où nous avions fait l'amour, ni même de la dernière fois où j'avais éprouvé du désir pour lui, tant nous nous étions éloignés. Pourquoi maintenant ?

— Ce soir, c'est différent, articulai-je difficilement.

Une de ses mains remonta le long de mon dos, agrippa ma nuque, je fermai les yeux et penchai la tête en arrière. Quelques instants plus tard, ses lèvres dévoraient mon cou.

— Les enfants dorment ?

Je glissai mes mains sous son tee-shirt en guise de réponse. Il me porta et nous fit traverser le moulin jusqu'à ma chambre. Il me déposa délicatement sur le lit et s'allongea sur moi, sans faire peser son poids, il se souvenait de tout. Il ancra ses yeux dans les miens, comme pour me demander la dernière autorisation. Il avait toujours pris mille précautions.

— Embrasse-moi, Samuel, s'il te plaît, embrasse-moi.

Nos bouches se retrouvèrent, je retrouvai le goût de la sienne. Sa bouche qui m'avait permis de me sentir femme. Avant lui, je n'avais jamais été embrassée en tant que femme, je n'avais été embrassée que comme un objet. Avant Samuel, je ne connaissais ni le désir ni le plaisir. J'étais un robot qui donnait son corps. Samuel l'avait apprivoisé avec amour, patience, sans jugement, renonçant à son propre plaisir. Il avait parfois été si en colère contre lui-même de ne pas réussir à me réconcilier avec mon corps que j'avais voulu me séparer de lui, je ne voulais pas que mon passé le fasse souffrir, l'empêche d'être heureux et épanoui. Il n'avait jamais cédé. Pourtant, quand je lui avais avoué que j'avais dû me servir de mon corps pour manger ou pour assurer ma sécurité, que le souvenir du poids d'autres hommes que lui pesant sur le mien était marqué dans ma chair, j'avais cru qu'il s'enfuirait à toutes jambes, dégoûté par celle qu'il avait en face de lui. Il avait tenu bon, convaincu que nos sentiments vaincraient mes démons.

Alors quand, pour conjurer la mort de Macha, la jouissance me saisit, le souvenir du premier orgasme de ma vie offert par Samuel rejaillit ; j'avais pleuré, il m'avait dit qu'il m'aimait. Ce soir, pas de déclarations, pas d'immense bonheur. Simplement une indicible mélancolie, et le regret d'avoir cédé à mon besoin d'affection.

J'aurais voulu rester dans cette bulle où mes enfants dormaient profondément, où je tenais encore un peu à distance le chagrin et l'angoisse de l'avenir, où je m'assoupissais contre la peau de Samuel que je connaissais comme la mienne, mais qui ne m'appartenait plus.

— Et maintenant, il se passe quoi à La Datcha ? me demanda-t-il en brisant le silence. Qu'ont prévu Jo et Macha pour toi et les autres ?

Ma sérénité illusoire vola en éclats. Comment Samuel osait-il ? Ne pouvait-il pas me laisser de repos ? Ne serait-ce qu'un soupçon de tranquillité factice ? Tout mon être se braqua ; je ne voulais pas exploser, je ne voulais pas hurler, je ne voulais pas que les enfants entendent et assistent à une engueulade entre nous.

Comment avais-je pu me laisser aller et faire l'amour avec lui ? Trop de mauvais souvenirs, trop de rancœur remontaient à la surface, et c'était la dernière chose dont j'avais besoin. Je me dégageai lentement de son étreinte, je ne voulais plus le toucher, je ne voulais plus que nos peaux soient en contact, il comprit le message et ne chercha pas à me retenir. Je sortis du lit et enroulai mon corps de mes bras, ne plus être nue devant lui, j'ouvris mon armoire, récupérai un short et un débardeur, les enfilai rapidement en me forçant à respirer calmement. Je l'entendis pousser un soupir sarcastique.

— Putain, marmonna-t-il.

Je fis volte-face, je n'allais tout de même pas avoir peur de l'affronter. Il envoya valser le drap et les oreillers et se rhabilla en prenant son temps, je le connaissais assez pour savoir que lui aussi tentait de se calmer. Et puis il me fixa, fou de rage.

— Tu n'en sais rien ! Tu n'as rien demandé, tu as laissé le temps filer ! Et maintenant, ils sont morts ! Merde, Hermine !

— Tais-toi !

Je ne voulais pas qu'il réveille Alex et Romy, mais surtout il était hors de question de l'écouter déblatérer son discours que je ne connaissais que trop.

— Comment veux-tu que je me calme ? Je t'avais prévenue, tu n'as jamais voulu m'écouter ! Ça fait vingt ans que tu te fais exploiter, que ce putain d'hôtel t'épuise alors qu'il n'est même pas à toi ! Il fallait te tirer plus tôt !

— Jamais je ne partirai !

— Tu n'as toujours pas compris que tu n'avais rien à attendre ! Comment ont-ils pu te faire une chose pareille ! Ils ont utilisé ta faiblesse, tu es la pauvre fille paumée sans famille qui a débarqué chez eux au moment où ils en avaient le plus besoin !

Il sembla décrocher un bref instant, happé par un souvenir qui m'échappait totalement. Mais il se reprit vite, le regard noir.

— Ils ont fait ce qu'ils voulaient de toi, tu as été corvéable, ils sifflaient, tu rappliquais.

— Tu te rends compte des horreurs que tu balances ! Jo et Macha t'adoraient.

Il tressaillit, il savait que j'avais raison.

— Peut-être qu'ils m'appréciaient, ce n'est pas une raison. Et tu vois, c'est encore plus difficile de leur pardonner, parce que moi aussi, je les aimais. Mais ce sont de fieffés salauds de t'avoir mise dans cette position. Tu n'as rien, Hermine. Rien du tout ! Dans peu de temps, tu vas te retrouver à la rue !

Il avait franchi la limite, il le savait, mais il l'assumait. Il ne me fuyait pas, son regard était franc et direct. Il savait pertinemment ce qu'il disait, ce qu'il risquait de déclencher chez moi, mais je ne lui ferais pas ce plaisir. Depuis quand retenait-il cette rancœur, ces mots ? Avait-il attendu le bon moment pour me les cracher à la figure ? Croyait-il que, alanguie par l'amour, je les encaisserais sans réagir ? Sans me défendre ?

— Fous le camp, dégage de chez moi ! hurlai-je.

— Hermine, tu n'es pas chez toi ici, tu n'as jamais été chez toi… tu vis juste dans le logement que tes patrons, aujourd'hui morts, t'ont gracieusement laissée occuper.

Je courus vers lui et le bousculai violemment pour qu'il sorte de ma chambre, il recula jusqu'à la terrasse.

— Je ne veux plus te voir !

Il leva les mains en l'air en signe de reddition.

— Ne t'inquiète pas… je vais te foutre la paix, je n'en peux plus de me ronger les sangs pour toi, je suis à bout. Je ne supporte plus cet hôtel. Tu ne me verras que pour les enfants.

— Tu te crois indispensable ? Je ne t'ai jamais rien demandé. C'est toi qui es venu, qui m'as collé aux basques ! Tu passes ton temps à me dire ce que je dois faire ou ne pas faire ! Je n'ai pas besoin de toi, Samuel ! Il faudrait peut-être que tu finisses par le comprendre ! Je m'en sors parfaitement depuis qu'on est séparés !

Il secoua la tête, désabusé.

— J'ai vraiment été con, je voulais croire encore en nous, j'essayais de m'en convaincre. Je pensais qu'une fois la vie ayant fait son œuvre, tu comprendrais que j'étais là, et que tu devais passer la tienne avec moi. Loin de cet endroit qui aura définitivement foutu ma vie en l'air… Quel gâchis…

Il tourna les talons, je le fixai tandis qu'il refermait la baie vitrée dans son dos. Il s'éloigna du moulin sans se retourner. Je l'avais peut-être cherché, mais Samuel venait de me laisser à jamais. Je le savais. Il n'y aurait pas de retour en arrière après ce que nous venions de nous envoyer. Je restai les bras ballants, anéantie, seule comme je ne l'avais plus été depuis longtemps.

— Maman ? m'interpella Alex.

Je sursautai, essuyai mon visage des larmes versées sans en avoir conscience.

— J'ai entendu du bruit, insista mon fils.

Je finis par me retourner.

— Je me suis cogné le pied dans la table basse, j'ai eu mal, et je n'ai pas réussi à m'empêcher de crier. Excuse-moi de t'avoir réveillé. Va te coucher, tout va bien.

Il ronchonna, peu convaincu, mais céda à ma demande et repartit dans sa chambre. Je me traînai dans la mienne, m'écroulai dans le lit et m'enroulai dans le drap imprégné du parfum de Samuel. Je n'avais pas la force de le changer, j'étais fatiguée, fatiguée de tout. Je n'aimais pas me retrouver dans cet état. Je ne voulais plus de souvenirs. Et pourtant, depuis quelques semaines, ils ne cessaient d'affluer…

– 9 –

Malgré mon épuisement, je ne dormis pas de la nuit, ou si peu. Je finissais invariablement par me réveiller en sursaut, mes songes agités me faisant remonter le temps.

Le début de la fin de notre histoire avait sonné quand Samuel avait commencé à ne plus vouloir habiter au moulin. J'aurais dû me douter que cela finirait par arriver, il avait mis tellement de résistance à venir s'y installer. Il se plaignait du manque d'intimité pour notre famille, que je ne coupais jamais du travail, que j'étais tout le temps à La Datcha. Il n'avait pas tort… Mais à se demander s'il ne l'avait pas subitement découvert… Il m'avait rencontrée à La Datcha, nous y étions tombés amoureux, il savait que je travaillais comme une folle et que j'aimais plus que tout ce que je faisais et l'endroit où nous vivions. Samuel ne supportait plus d'avoir le sentiment de vivre avec Jo et Macha. J'avais d'abord fait la sourde oreille, je me disais que ça lui passerait, et je n'avais aucune envie de déménager ; nous vivions dans un petit paradis au moulin, les enfants adoraient être là. J'avais tout de même fini par revoir ma position, Samuel devenant de plus en plus ombrageux, à bout de nerfs, ce qui ne lui ressemblait absolument pas. Une distance de plus en plus importante s'insinuait entre nous. Nous ne partagions presque plus rien, nous ne riions plus, Samuel me manquait sans me manquer. Les quelques fois où j'étais seule chez nous, je ne pensais pas à lui, je n'attendais pas qu'il rentre. J'avais le sentiment que celui dont j'étais tombée amoureuse, le père de mes enfants tel que je le connaissais, avait disparu. Alors s'il fallait en passer par un déménagement pour que l'on se retrouve, j'étais prête à nous donner cette chance, malgré les sacrifices que cela impliquait pour moi. Voyant à quel point notre manière de vivre lui pesait, j'avais fini par lui annoncer que j'étais prête à franchir le pas. Très vite, étrangement vite, comme s'il n'avait attendu que le moment où je céderais, il nous trouva une maison dans la campagne près de Roussillon, la maison était assez grande, avec une vue sur le Luberon et Bonnieux. Nous avions du travail pour la remettre en état, elle n'avait pas été habitée pendant plus de dix ans, mais Samuel était prêt pour les travaux, il semblait même en être heureux. Malheureusement, ce nouveau chez-nous, que je n'arrivais pas à considérer comme ma maison, ne nous rapprocha pas. Je m'y sentais mal à l'aise, quelque chose d'indéfinissable m'empêchait de m'y sentir en sécurité. Sans compter que j'avais l'impression de passer ma vie sur la route, je partais toujours en retard de La Datcha, je conduisais comme une folle pour ne pas rentrer trop tard, terrifiée à l'idée d'encore moins voir les enfants qu'avant. Jo et Macha ne me reprochaient pas d'avoir désormais des horaires, c'est moi qui n'arrivais pas à m'y habituer.

Devoir partir à heures fixes, m'arrêter au beau milieu d'une tâche. Ne plus pouvoir faire des sauts de puce pour m'assurer que tout allait bien, quand je le souhaitais. Je prenais sur moi, pour Samuel, pour les enfants qui trouvaient leurs marques à la maison, même s'ils réclamaient souvent d'aller voir Jo et Macha. Samuel n'était pas plus gai ni plus présent pour autant. C'était même plutôt l'inverse ; il était souvent plongé dans ses pensées, qui ne devaient pas être agréables vu l'air abattu qu'il affichait en permanence. Le rire, l'amour, la complicité et la vie de famille n'étaient pas revenus chez nous. Nous ne nous touchions plus, quand on se couchait, je me tournais de mon côté, lui du sien. Plus rien ne nous rapprochait.

Et puis, un jour, je compris pourquoi Samuel avait soudainement pris en grippe notre vie à La Datcha, il avait une idée derrière la tête. Un soir, il rentra déchaîné, cela faisait bien longtemps que je ne l'avais pas vu dans un état pareil, il m'attrapa dans ses bras, me fit tourner dans les airs. Sa joie si soudaine était contagieuse. L'espoir était monté en moi à l'idée de le retrouver comme avant, toujours souriant, toujours partant, tendre et affectueux.

— Que se passe-t-il ?

— J'ai trouvé l'oliveraie ! On signe la semaine prochaine.

Ma joie fut de courte durée.

— Repose-moi, s'il te plaît. Et explique-moi cette histoire !

La demi-heure suivante, je l'écoutai m'expliquer dans le détail qu'il avait enfin trouvé l'oliveraie qu'il cherchait depuis des années. Samuel, en plus de son activité de paysagiste, rêvait depuis son enfance de reprendre la tradition familiale d'oléiculture. Je le savais, sans imaginer qu'il irait au bout. Il était déjà débordé. Pourtant, il venait de donner son accord pour une vingtaine d'hectares, et il ne comptait pas s'arrêter là. Il me porta le coup de grâce.

— On va construire notre moulin, une boutique, il y aura du travail pour toi aussi.

— Pardon ?

— Ce n'est plus une vie, que tu bosses à La Datcha, on ne se voit plus, tu es un courant d'air pour les enfants, tu es crevée à longueur de temps. Imagine, si tu bosses avec moi, on aura nos soirées ensemble, on pourra partir en vacances comme tout le monde, recevoir des amis, tu auras des horaires normaux…

Le sol s'ouvrit sous mes pieds.

— Samuel ! Stop ! Mais je ne veux pas !

— Tu ne veux pas quoi ?

— Je ne veux pas quitter La Datcha. Qui t'a mis une idée aussi absurde en tête ?

— Une idée absurde, c'est bien ce que tu as dit ? Ce ne serait pas assez bien pour toi ?

— Ne commence pas avec ça !

Encore ce complexe d'infériorité chez Samuel vis-à-vis de Jo et Macha, ce qui était ridicule et que je ne m'expliquais pas. Jo et Macha étaient en admiration devant lui. Et vu mon parcours, il frôlait l'indécence avec ce genre de propos.

— Je ne doute pas que ce soit génial de tenir un moulin, repris-je plus calmement et sincèrement, de recevoir les gens avec les olives qu'ils ont ramassées avec leurs enfants, d'assister à leur excitation de savoir s'ils ont ces foutus cinquante kilos pour la presse privée ! Je connais, je l'ai fait avec toi. Je ne doute pas qu'avoir sa boutique, c'est merveilleux. Ça n'a rien à voir avec l'intérêt du métier. Mais, Samuel, j'aime mon boulot, j'aime La Datcha.

— Tu l'aimes plus que moi ? avait-il craché.

— C'est quoi, cette question ? Tu te rends compte de ce que tu dis ?

À son air pas commode, il ne remettait pas en doute ses mots. Bien au contraire :

— Réfléchis, Hermine, réfléchis bien à ta réponse.

Son regard était dur, mauvais, je ne l'avais jamais vu comme ça. J'eus peur et je ne pus m'en cacher, je découvrais un étranger.

— Tu n'es quand même pas en train de me lancer un ultimatum ?

Il eut une moue ironique qui me donna envie de le gifler.

— Si, c'est exactement ça… Si tu ne me suis pas dans mon projet, que tu t'obstines à rester à La Datcha, je ne vois pas à quoi ça rime qu'on continue tous les deux…

La nausée s'empara de moi.

— Tu me mets le couteau sous la gorge ! Comment peux-tu…

— Je n'ai pas le choix ! Jo, Macha et cet hôtel sont plus importants que moi !

Il mélangeait tout et me prouvait qu'il n'y avait plus rien entre nous.

— Je dis simplement que si tu m'aimais, tu ne me demanderais pas de quitter mon boulot, que j'adore, pour me consacrer au tien. Tu as l'air d'oublier ce que je leur dois et ce qu'ils ont fait pour moi.

— Arrête d'utiliser ton passé ! Je n'en peux plus, que ça conditionne notre vie !

Je suffoquais, Samuel s'en rendit compte, il réalisa qu'il était allé trop loin. Il s'approcha de moi, je levai une main pour qu'il reste où il était. Je serrai les dents pour me calmer, pour ne pas me faire envahir.

— Je viens de comprendre, repris-je après quelques minutes d'un silence effrayant, en déménageant ici, tu voulais m'éloigner de La Datcha, tu voulais m'éloigner de Jo et Macha. Tu voudrais que je les fasse sortir de ma vie.

— Oui, tu as raison, c'est ce que je veux, je n'en peux plus, d'eux, de cet endroit, ça va mal finir cette histoire, je le sais, je le sens. Un jour ou l'autre, Jo et Macha ne seront plus là, et toi, que deviendras-tu ?

— Tu devrais avoir honte, de penser à ce genre de choses !

— Hermine, je veux te retrouver, tu ne peux pas me le reprocher.

— Arrête ! J'ai essayé de moins travailler pour te faire plaisir, pour qu'on se rapproche, je voulais y croire, j'ai fait des efforts pour toi, pour nous, tu ne les as même pas vus… Où étais-tu pendant ce temps-là, ces derniers mois, depuis qu'on vit ici ? Le problème remonte à plus loin, on s'est perdus en cours de route. Et ça n'a rien à voir avec La Datcha ! On ne partage plus rien, Samuel, et ce déménagement n'a rien arrangé du tout. Et après ce que tu viens de me demander, je suis bien d'accord avec toi, c'est fini.

Nous n'avions pas perdu de temps pour acter notre séparation. En moins d'une semaine, j'avais réintégré le moulin sous le regard attristé de Jo et Macha. Nous

nous étions immédiatement mis d'accord pour les enfants, et nous avions étouffé nos ressentiments pour que tout se passe au mieux pour Romy et Alexandre. En réalité, nous étions déjà séparés depuis longtemps, cette dernière chance n'avait rimé à rien. Sinon à nous dire que nous avions tout tenté, et à nous faire davantage de mal.

Samuel s'était plongé corps et âme dans son projet, j'avais replongé la tête la première à La Datcha. Nous avions retrouvé un équilibre, séparément, et avions très vite été capables de ne plus nous fuir, nouant un dialogue d'amis. Mon amour disparu pour lui s'était mué en affection.

La mort de Jo avait tout changé, Samuel avait été de plus en plus présent, attentif à moi, à mon chagrin, il n'avait plus jamais montré de ressentiment à l'égard de La Datcha. Il s'était glissé partout, il avait posé ses cartes les unes après les autres, et fini par abattre son carré d'as. Que cherchait-il la nuit dernière ? Je lui en voulais terriblement, affreusement d'avoir joué avec mes sentiments et de m'avoir caché qu'il attendait que je revienne vers lui. Pour autant, j'avais conscience depuis notre rapprochement de ne pas l'avoir repoussé, de lui avoir peut-être donné de faux espoirs sur un possible nous. Et j'avais fait l'amour avec lui parce que j'en avais envie, même si je le regrettais amèrement. J'avais été faible, inconséquente.

Comment pouvait-il imaginer que la mort de Jo et Macha briserait mon attachement à La Datcha ?

Les jours suivant la mort de Macha, vu de l'extérieur, la vie avait repris son cours. Je n'avais aucun temps mort, c'était mieux pour m'éviter de tourner folle et ne pas me laisser submerger par l'angoisse et l'impression que tout, autour de moi, volait en éclats. Je faisais mon travail, je souriais aux clients, j'enchaînais les heures par habitude, j'étais partout en même temps, y trouvant du plaisir comme toujours. Pour une fois, j'accueillais sans pester la gestion des enfants en vacances, et donc à domicile, vingt-quatre heures sur vingt-quatre. Je ne voulais pas qu'ils passent leur journée à traîner à l'hôtel, il fallait leur trouver des activités. Ils enchaînaient les stages, je les y conduisais le matin, et j'allais les récupérer l'après-midi. Ils étaient heureux, je trouvais dans leurs sourires et leur enthousiasme un réconfort bienvenu, ce réconfort qui m'offrait l'illusion que ma vie ne s'écroulait pas encore totalement. Je laissais Alex au centre équestre, avec le même sempiternel nœud au ventre. Mon fils faisait du cheval depuis ses trois ans. Samuel l'y avait emmené par curiosité. Je n'oublierais jamais la terreur qui m'avait envahie la première fois que je l'avais vu faire du galop. Je ne m'y étais toujours pas habituée. Heureusement, avec Romy, je touchais à la grâce et à la douceur. Comme beaucoup de petites filles, elle avait choisi la danse. J'aimais que Romy puisse faire tout ce dont j'avais été privée lorsque j'étais enfant. Parfois, en la regardant, j'avais le sentiment de revoir ces enfants que j'enviais à son âge, je souhaitais être comme ces mères idéales, parfaites, et surtout je voulais rendre ma fille heureuse. Romy allait toute l'année dans une école de danse, elle aimait tellement sa prof et danser qu'elle réclamait ces stages d'été. Cela me convenait, c'était apaisant et sécurisant de la laisser là-bas.

Malgré tous mes efforts pour ne rien laisser paraître, mon esprit était ailleurs, souvent. Si souvent. Il s'échappait. Incontrôlable. L'absence de Jo et Macha pesait chaque minute un peu plus. Au-delà du manque d'eux et de mon chagrin, mes repères s'effondraient comme un château de cartes. Je vivais avec eux depuis vingt ans ; à leurs côtés au quotidien, j'avais mes habitudes, mes rituels, nos rendez-vous, nos regards et petites paroles échangés, je n'étais jamais seule avec eux. Quand j'étais arrivée à La Datcha, mon existence se résumait à un naufrage. Je m'étais reconstruite – construite, en réalité – grâce à eux, grâce à la stabilité qu'ils m'avaient apportée, leur patience, leur amour. Même si j'endossais tout le travail à l'hôtel, ils étaient là, à mes côtés, indéfectibles et aimants. Cette présence me rassurait, me procurait l'affection dont j'avais désespérément besoin. Aujourd'hui, j'étais à nouveau seule, mais je refusais d'être perdue. Comment la femme que j'étais aujourd'hui pouvait-elle accepter que tout ce qu'elle avait construit à force de volonté de s'en sortir, d'oublier les épreuves et à force de travail disparaisse d'un claquement de doigts ? J'étais prête à me battre pour conserver ce que j'avais acquis en luttant. Et pourtant, mon avenir était tellement incertain. Qu'allait devenir La Datcha ? Évidemment, j'aurais dû me poser cette question bien plus tôt. Tout allait bien pour moi, pour mes enfants, je refusais de penser ne serait-ce qu'à l'idée de la disparition de Jo et Macha. Je me disais que j'avais le temps. Je n'avais pas envie de me créer du souci, j'étais en paix, je voulais, je devais en profiter. Je revenais de si loin. C'était ma revanche sur la vie. Pourquoi aurais-je pensé au malheur ? Pourquoi s'infliger du mal quand tout va bien, quand on a le sentiment d'avoir trouvé son équilibre, d'être solide et heureux dans son existence ? À présent, je devais admettre que j'avais manqué de discernement, j'avais évité la réalité, pour me protéger.

Le pire, dans cette situation, était que Samuel avait raison, il m'avait mise en garde, j'étais assez honnête pour le reconnaître. En revanche, je ne pouvais ni tolérer ni pardonner sa violence. Je revivais en boucle notre dispute, ses phrases revenaient inlassablement et me lacéraient le cœur. Parfois, cela devenait si insupportable que je perdais pied. J'avais envie de crier, de taper, de détruire ce qu'il y avait autour de moi pour me soulager, pour arracher cette rage qui me consumait. Pour effacer cette réalité aussi. C'était ignoble d'avoir utilisé ma plus grande terreur ; me retrouver sans rien, devoir lui confier mes enfants parce que je ne pourrais plus m'occuper d'eux dignement. Être séparée d'Alex et Romy à cause de ma défaillance. Il m'était inconcevable de basculer du côté de ma mère, reproduire son geste, abandonner mes enfants. À la différence d'elle, je savais que ça me tuerait et qu'il faudrait en passer par mon corps pour me les arracher. Je m'étais pourtant mise toute seule dans cette situation. Mais comment imaginer que Jo et Macha n'y aient pas pensé ? Ils avaient forcément prévu une solution pour moi, et pour les autres, ici ! Chaque soir, pour réussir à m'endormir, je me le répétais, tel un mantra. J'avais confiance en eux. Je devais avoir confiance en eux.

Ce matin-là, alors que je m'apprêtais à conduire les enfants à leurs activités, j'eus la mauvaise surprise de découvrir Charly adossé à la Méhari. Je les fuyais, Amélie et lui, comme la peste, je les savais tout autant que moi terrifiés par la suite. Ils travaillaient tous les deux à La Datcha, élevaient leurs trois enfants, avaient un crédit sur le dos pour leur belle maison qu'ils retapaient. Mais j'avais peur d'en parler, ne sachant pas quoi leur dire. Je refusais toujours et encore de prendre mes responsabilités, alors que tout le monde comptait sur moi. Alex et Romy l'embrassèrent et montèrent dans la voiture.

— Je n'ai pas le temps, Charly, tu vois bien !

— Oh que si, tu vas m'accorder deux minutes, je te promets de ne pas être long.

Il ne lâcherait pas l'affaire, il était capable de me suivre en voiture, ou de m'attendre sur les marches du perron à mon retour. À juste titre, j'avais usé sa patience. Mes épaules s'affaissèrent en guise de capitulation et je lui fis signe de me suivre à l'écart, je ne voulais pas que les enfants entendent notre conversation, qui prit rapidement des allures de ping-pong.

— Que veux-tu ?

— Tu as eu des nouvelles ?

— Non, je te l'aurais dit.

— Tu l'as appelé ?

— Non.

— Pourquoi, Hermine ?

— Pourquoi ! Parce qu'il m'a dit qu'il me tiendrait au courant. Je ne vais pas le harceler, tout de même !

Ma mauvaise foi était sans limites, je me faisais honte.

— Qui te parle de harcèlement ? Tu n'as même pas essayé de le contacter une seule fois en une semaine !

— Je verrai ça à la fin de la saison !

Il se décomposa.

— Pardon ? Je n'ai pas dû bien comprendre, ou alors, tu es une grande malade ! Attendre la fin de la saison ! On a tous besoin de réponses ! Et maintenant ! C'est de notre avenir qu'il est question !

Je pris ma tête entre mes mains, je la serrai de toutes mes forces, je sentais que je pouvais exploser, des larmes de rage, contenues depuis des jours, jaillirent. C'était si dur de lutter contre ce qui bouillonnait en moi.

— Hermine ? m'appela-t-il d'une voix inquiète. Que se passe-t-il ? On voit bien que tu ne vas pas bien depuis la mort de Macha. Parle-nous.

Je me recroquevillai davantage sur moi-même, ma respiration s'affola. D'autorité, il m'attira contre lui et passa sa main dans mon dos pour tenter de me calmer. Lui respirait de manière outrageusement lente, il essayait par tous les moyens de m'apaiser, de m'éviter l'implosion.

— Je n'en peux plus, Charly, réussis-je à lui avouer après de longues minutes. Tu as raison sur tout, mais je suis terrifiée.

— Je m'en doute…

— C'est bien pour ça que je repousse chaque jour le moment d'appeler Vassily. Il n'y a plus que lui qui puisse nous donner des réponses, mais on ne le connaît pas, il ne nous connaît pas. Si tu savais comme je regrette de ne jamais avoir eu le courage de demander à Jo et Macha… Désolée… C'était à moi de le faire…

— Je ne t'en veux pas, personne ne t'en veut. Crois-moi, à ta place, j'aurais été incapable de leur demander. La preuve, je ne l'ai pas fait, alors que personne ne m'en empêchait… Et on n'a pas voulu les voir vieillir.

— J'ai tellement de mal à accepter qu'elle ne reviendra jamais…

— Je sais, Hermine…

Je me détachai de lui, sentant que je reprenais peu à peu pied.

— Il y a autre chose qui te tracasse ? me demanda-t-il. Tu sembles complètement déboussolée. Tu sais, on te voit tous…

Je piquai du nez, me doutant du sujet qu'il comptait aborder. Il ne me laissait aucun répit, maintenant qu'il me tenait. Je devrais plus me méfier de lui…

— On ne voit plus Samuel ces temps-ci, poursuivit-il.

Personne n'était dupe.

— Il faut t'y habituer, lui répondis-je, en continuant à le fuir du regard. On s'est écharpés comme jamais le soir de la mort de Macha…

— Ah bon ? Vous sembliez pourtant vous être rapprochés ?

Je pris une profonde inspiration pour y puiser du courage et plantai mes yeux dans les siens.

— C'était une erreur… nous n'avons toujours pas les mêmes envies… Samuel ne comprend pas mon attachement viscéral à La Datcha. Le sujet est clos.

Je n'avais aucune intention de lui raconter dans les détails les raisons de notre séparation, définitive et sans appel. Si Charly voulait plus d'informations, il les trouverait auprès de Samuel, qui, tel que je le connaissais, ne mâcherait pas ses mots et se saborderait tout seul comme un grand. J'en étais arrivée à un point tel que je lui souhaitais du mal. Cela ne me ressemblait pourtant pas.

— Il faut que j'y aille.

Charles m'accompagna jusqu'à la Méhari où les enfants m'attendaient sagement, il les questionna sur l'équitation et la danse, et leur souhaita de bien s'amuser. Je le remerciai intérieurement pour la diversion, qui me donna le temps de me ressaisir totalement. Une fois sûre de moi, je lançai un regard reconnaissant à mon meilleur ami.

— Merci d'être là.

— Pas de quoi ! Mais ne reste pas toute seule, on peut t'aider avec Amélie, ne serait-ce qu'avec un coup de rouge en cuisine !

— Avec tes ravioles, alors ?

Rire desserra un peu l'étau sur ma poitrine.

— Et, Charly, si Vassily ne donne pas de signe de vie d'ici la fin de la semaine, je te promets de lui téléphoner et de demander des informations sur la suite.

Les enfants rentrèrent rincés de leur journée de stage. Le dîner fut calme et joyeux, me gardant à distance de mes soucis. J'espérais dormir la nuit prochaine, j'avais besoin de repos, une nuit de six heures me ferait le plus grand bien, je n'en demandais pas davantage. Parler à Charly m'avait en partie soulagée. Vers 22 heures, Alex et Romy avaient sombré dans les bras de Morphée. Je m'installai sur la terrasse avec mon ordinateur portable pour rattraper mon retard de la journée. J'avais perdu un temps considérable à broyer du noir, alors que des factures de fournisseurs attendaient d'être payées. Un mail arriva à l'instant où j'attaquais la première. Un pavé me tomba sur l'estomac lorsque je lus le nom de l'expéditeur. Vassily. Au moins, j'aurais un os à donner à ronger à Charly. Mais je n'en menais pas large à l'idée de découvrir ce qu'il allait m'annoncer.

Chère Hermine,

Je t'écris à la dernière minute, tu m'en vois désolé. Je manque de temps pour te téléphoner et tout t'expliquer de vive voix. J'ai enfin eu les papiers me permettant le rapatriement de ma mère. J'arrive dans quarante-huit heures. Je me suis arrangé pour rester quelques semaines en France et pouvoir m'occuper de ce qu'il y a à régler sur place.

Vassily.

Je relus le mail à de nombreuses reprises pour être certaine d'avoir tout bien saisi. La sueur dégoulinait le long de mon dos. Je paniquai. Vassily revenait à La Datcha avec Macha, après vingt ans d'absence, et il débarquait en pleine saison. Sans réfléchir, j'appelai en cuisine. Charly décrocha.

— Viens au moulin avec une bouteille dès la fin du service. Urgence !

— À ce point ?

— À ton avis ?

— Je suis là dans trente minutes maximum.

En attendant Charly, j'arpentai nerveusement la terrasse, regrettant d'avoir arrêté de fumer dix ans auparavant et de ne pas avoir gardé une réserve de secours. Je ne voulais pas de ce qui était sur le point d'arriver. Je ne voulais pas voir le cercueil de Macha, je ne voulais pas que Vassily vienne et décide de notre sort, je ne voulais pas qu'il juge notre travail à tous, je ne voulais pas le revoir vingt ans après.

— C'est sérieux, commenta Charles en me découvrant dans tous mes états. Je vais chercher des verres et je préviens Amélie que je ne suis pas rentré.

Moins de cinq minutes plus tard, il était de retour.

— Que se passe-t-il ?

— Vassily arrive après-demain.

Il siffla son vin d'une gorgée.

— L'avantage, c'est que tu n'auras pas à l'appeler, tu vas l'avoir sous la main pour lui parler de l'avenir…

— Il n'y a rien de drôle ! Je ne veux pas qu'il vienne !

— Calme-toi, Hermine. Tout va bien se passer. Il vient juste pour enterrer sa mère, signer quelques papiers chez le notaire et il va repartir ! On va enfin savoir à quelle sauce il compte nous manger. Je ne peux pas imaginer que Jo et Macha n'aient pas laissé de consigne pour nous.

— Moi non plus, mais tu réalises qu'il va tout observer, tout regarder, tout décortiquer, on est en pleine saison !

— Je sais, mais on n'a aucune raison de douter de nous, La Datcha est pleine, les clients sont satisfaits, le restau affiche complet chaque soir. On peut l'accueillir la tête haute, toi particulièrement.

— Tu as l'air d'oublier qui il est.

— Tu connais la méthode Coué ?

On en avait bien besoin…

Vassily, au-delà d'avoir toute légitimité à mettre son nez dans les affaires de La Datcha en tant que fils de Jo et Macha, avait une plus grande légitimité encore de par son métier. Vassily avait été biberonné à l'hôtellerie. Il l'avait dans le sang, il y était né, y avait grandi, et comme si cela ne suffisait pas, il avait fait l'école hôtelière de Lausanne, la meilleure, la plus prestigieuse, celle qui formait les dirigeants et personnels des palaces. La légende racontait qu'il y avait brillé, au point qu'un grand groupe mondial était venu le recruter après ses études pour lui proposer un poste, il avait accepté et était parti, trois mois après mon arrivée. Depuis, Jo et Macha nous avaient tenus au courant, discrètement mais fièrement, de sa fulgurante carrière, il avait gravi tous les échelons du groupe. Il s'occupait des ouvertures et des reprises en main d'hôtels rachetés aux quatre coins du monde. Hôtels qui n'avaient rien de commun avec ce qu'il avait connu ici ; son monde se composait de tours de verre et d'acier d'une centaine d'étages, modernes, aseptisées, avec une centaine de personnes sous ses ordres, une clientèle d'affaires plutôt que touristique.

— Pour le peu que je l'ai connu, j'ai plutôt un bon souvenir de lui, Hermine, reprit Charly. Ne doute pas de toi, tu tiens La Datcha depuis des années, s'il te cherche des poux, on sera là pour lui rappeler que c'est toi qui fais tout et que lui, il faisait je ne sais quoi pendant que ses parents vieillissaient.

— Merci Charly. Mais je n'y peux rien, il me fait peur. Imagine un seul instant que Jo et Macha n'aient rien préparé pour nous… Que va-t-il décider ?

Je n'avais pas fermé l'œil de la nuit, listant ce que j'avais à faire pour que tout soit parfait. De retour à

La Datcha après avoir déposé les enfants à leurs stages, je fis le point avec Amélie que Charly avait mise au courant en pleine nuit. Elle non plus n'avait pas dormi, ce qui lui avait permis de mettre au point son plan d'attaque pour son équipe. Contrairement à moi qui perdais les pédales, elle était carrée, rationnelle, pragmatique.

— Ne t'inquiète pas, je les ai briefés, je repasse après eux vérifier chaque chambre, ils sont prévenus, ils doivent être irréprochables ! Et je remets ça demain, parce que j'imagine qu'on ne sait pas à quelle heure il arrive ?

Je confirmai d'un signe de tête.

— De mon côté, enchaîna-t-elle, je fais toutes les parties communes et la bibliothèque. Et Charles aura beau nous prétendre qu'il est zen, il a cogité toute la nuit pour changer sa carte et lui en mettre plein la vue.

J'éclatai de rire, ce qui me fit un bien fou.

— Merci ! lui dis-je.

Déjà je partais en direction du bureau, j'avais un appel à passer que j'aurais préféré éviter. Samuel. Je n'avais pas le choix, je devais mettre de côté notre dispute. Il allait encore me balancer que La Datcha était plus importante, et il aurait raison. Je n'appelais pas Samuel, j'appelais le paysagiste en charge de l'entretien du domaine de l'hôtel.

— Bonjour, Hermine.

Son ton était sec, pressé. Le mien n'allait pas être plus aimable. Il allait être professionnel, concis.

— Bonjour, Samuel, pourrais-tu venir à La Datcha aujourd'hui, faire le tour et t'assurer que tout est parfait ?

— Il y a un problème ? se braqua-t-il, immédiatement. Tu n'es pas satisfaite du travail de l'équipe ?

— Si, c'est très bien, mais… il faut vraiment que tout soit nickel.

— Je peux savoir pourquoi, si tu n'as rien à redire ?

— Vassily arrive demain.

Un ange passa. Samuel inspira profondément, comme pour se contenir.

— Le retour du fils prodigue.

— Il vient enterrer Macha.

Un nouveau blanc.

— Excuse-moi, j'imagine à quel point c'est dur pour toi, mais tu sais ce que j'en pense.

— Ce n'est vraiment pas le moment.

— Effectivement, c'est plus raisonnable que je me taise. Je passe cet après-midi.

Je raccrochai sans le remercier.

Alors que je rentrais après être allée chercher les enfants, Samuel s'apprêtait à repartir. Il n'était pas venu me dire bonjour en arrivant. Alex et Romy coururent vers lui. Je pris tout mon temps pour les rejoindre, Samuel mettait beaucoup d'application à éviter de me regarder.

— Tu manges au moulin, papa, ce soir ? voulut savoir Romy.

Tout était notre faute, elle devait s'imaginer de grandes retrouvailles familiales chaque fois que son père était à La Datcha. Comme je m'en voulais ! Je portais ma part de responsabilités dans ce faux espoir. Il lui caressa la joue, un sourire forcé aux lèvres.

— Non, je ne peux pas.

Elle prit une moue boudeuse. Il s'accroupit à sa hauteur.

— Vous venez avec moi demain, Romy. Tu sais bien que c'était exceptionnel l'autre jour.

— C'était bien.

— Peut-être, mais c'est comme ça.

— Rentrez au moulin, les enfants, je vous rejoins dans cinq minutes, les interrompis-je.

Je ne sais pas où ils trouvaient leur énergie, mais ils détalèrent en courant. Je m'attendris devant leur joie de vivre. Samuel, sans m'adresser un mot, prenait la direction de sa voiture.

— Attends ! lui dis-je.

Il s'arrêta net, et après quelques secondes d'hésitation, se retourna vers moi.

— C'est bon, j'ai vérifié. Tu n'as pas à t'inquiéter du jardin.

— J'avais besoin de te l'entendre dire.

— Tiens-moi au courant s'il y a une cérémonie pour Macha, je souhaiterais être présent.

Il monta dans son pick-up et démarra dans un nuage de poussière. C'était donc à cela que ressemblaient les rapports entre un père et une mère séparés, qui ne partageaient plus rien en dehors de la garde de leurs enfants. Des rapports froids, tendus, distants, réduits au minimum. J'allais devoir m'y faire. Je ne rirais plus jamais avec Samuel, je ne parlerais plus avec lui, je ne le toucherais plus. C'était définitivement terminé. Les mots que nous avions échangés resteraient à jamais entre nous. À deux ans près, Samuel avait été aussi présent que Jo et Macha dans ma vie, et lui aussi la quittait brutalement.

– 10 –

Jour J. J'attendais dans mon lit que le réveil sonne. La vue sur les champs d'oliviers baignés du soleil du matin, et le ciel d'un bleu comme nulle part ailleurs ne suffisaient plus à m'apaiser. Encore une nuit sans sommeil. Le peu de temps où j'avais dormi avait été envahi par un cauchemar qui me laissait encore des heures après un goût de cendres.

J'errais dans le brouillard, seule, enroulée dans mon grand manteau noir, celui-là même avec lequel j'étais arrivée à La Datcha, mon sac à dos était de retour lui aussi ; sans force, je le traînais par terre. Je marchais dans des ruelles étroites, sombres, au loin les voix d'Alex et Romy m'appelaient. Je les cherchais sans les trouver, je courais, je tombais, me relevais et les cherchais à nouveau, mais les voix s'éloignaient de plus en plus. Je frappais à toutes les portes sur mon chemin, personne n'ouvrait, personne ne répondait. Les voix de mes enfants finissaient par s'éteindre et le brouillard s'épaississait, m'enveloppant au point que je ne voyais plus rien. Je criais leurs prénoms. Mes sanglots m'avaient réveillée, j'étais en nage, frigorifiée, le cœur affolé.

Comment aurais-je réussi à me reposer alors que tant d'inconnues se présentaient ? Alors que peut-être dans quelques heures, quelques jours, le dernier socle de mon existence, le dernier rempart qui protégeait ma vie risquait de m'être repris ? J'avais tout revu pour la millième fois dans ma tête, reprenant sans relâche l'organisation, la gestion du personnel, les tarifs, la communication de l'hôtel, les partenariats avec les plateformes de réservation… Je cherchais encore et encore la petite bête, je n'en trouvais pas. Lui était à un autre niveau, il les verrait immédiatement. Et mon travail et mon implication de ces dernières années seraient réduits à néant, il m'indiquerait le chemin de la sortie.

Et il y avait Macha… Je faisais en sorte d'étouffer cette douleur ; le travail pouvait encore me servir de palliatif. Mais jusqu'à quand la digue tiendrait-elle pour retenir le chagrin ? Au fond de moi, j'étais encore convaincue que sa mort n'était qu'un affreux cauchemar, notre au revoir pas un adieu, qu'elle reviendrait, que nous reprendrions nos discussions, que je la retrouverais au petit matin en pleine préparation des petits déjeuners, qu'elle embrasserait à nouveau mon front en murmurant *Goloubka*, et qu'elle me conseillerait de relire pour la énième fois *Les Nuits blanches* de Dostoïevski.

Je me préparai comme chaque jour, ni plus ni moins. Je n'allais pas me déguiser ni en faire trop et prendre le risque de ne pas être à l'aise. Je devais à tout prix essayer d'être moi-même. Je me glissai dans l'une de mes éternelles robes chemises mi-longues en lin, celle du jour était blanche, celle du lendemain serait rose, jaune ou fleurie. Mon teint cadavérique prouverait que je ne me dorais pas la pilule au soleil. Je dus bousculer Alex et Romy pour qu'ils mangent un peu avant de partir. Les enfants, comme chaque fin de semaine, étaient partagés entre leur joie de retrouver leur père et le cafard de me quitter. Leurs regards inquiets – particulièrement celui de mon fils – s'attardaient trop souvent sur moi. Ces derniers jours n'avaient pu que les perturber. La veille au soir, ils n'avaient pu passer à côté de la subite froideur avec leur père. Le fossé était immense avec le dîner en famille au moulin, où ils nous avaient vus presque amoureux, du moins leurs esprits d'enfants avaient-ils dû le penser. Que nous nous soyons à peine adressé la parole avait dû susciter leur incompréhension. Sans compter mon état de nerfs et mon manque d'attention. Tout en finissant de nous préparer, je fis en sorte de leur montrer le visage d'une maman heureuse, je refusais qu'ils me quittent pour la semaine sur une image triste et angoissée.

En revanche, pendant le trajet, je leur expliquai ce qui allait se passer à La Datcha durant leur absence, ce qui pourrait nous éviter de drôles de réactions et de questions. Ils n'en revinrent pas. Bien évidemment, ils avaient entendu parler de lui par Jo et Macha, mais Vassily n'avait rien de réel pour eux. L'annonce de son arrivée prochaine provoqua de l'enthousiasme et de la curiosité, ils allaient retrouver un peu de Jo et Macha à travers lui.

— Pourquoi on ne l'a jamais vu ? me demanda Alex.

Si seulement je le savais.

— Aucune idée, je crois qu'il a beaucoup de travail.

— Il est gentil, comme Jo ? voulut savoir Romy.

— J'espère.

Je pris le temps avec chacun de faire le dernier câlin, le dernier bisou, je les respirais, les touchais, les caressais, pour me remplir d'énergie et de sérénité. Je puisais chez mes enfants ma force, la solidité dont j'avais besoin pour affronter la suite.

Heureusement, nous étions vendredi, jour qui précédait un chassé-croisé ; nous avions la chance d'avoir encore des clients – habitués pour la plupart – qui s'installaient pour une semaine entière à La Datcha. Certains, sur le départ, anticipaient le règlement de leur note la veille, profitant du calme à la réception pour papoter avec moi, me racontant leurs vacances, m'expliquant la suite de leur programme, sans avoir conscience de m'offrir un répit. Cette journée était comme les autres. En fin d'après-midi, je m'installai au bureau pour en finir avec cette paperasse dont je ne m'étais toujours pas débarrassée – il n'aurait plus manqué que nous ayons des retards de paiement. De la porte-fenêtre dans mon dos me provenaient les bruits de la piscine, les plongeons, les rires et des conversations plus étouffées. On servait les premiers apéritifs. L'absolue normalité de ce début de soirée acheva de me détendre et de me rendre ma concentration.

— Je suis désolée, il faut vraiment que j'y aille, je ne peux pas attendre plus.

Amélie, que je croyais partie depuis un bout de temps, venait de débarquer.

— Vas-y. Tu finiras bien par le voir !

Je réussis à rire, elle aussi.

Charly avait joué les messagers. Amélie savait être discrète et délicate lorsqu'il le fallait. Elle ne m'avait pas assaillie de questions sur Samuel, se contentant de déposer une bise sur ma joue, de me sourire ou de me faire des clins d'œil rassurants.

— Je me suis débrouillée pour faire garder les enfants, m'apprit-elle. Je serai là demain matin.

— Tu n'es pas obligée, tu es en week-end.

Elle leva les yeux au ciel d'un air de dire que j'étais stupide.

— File ! Maintenant !

— Bon courage pour ce soir.

Je replongeai dans mes factures et laissai le début de la soirée s'installer. Un SMS d'Alex m'annonça qu'ils avaient retrouvé leur père et partaient chez les parents de ce dernier pour le week-end. Je suspectais Samuel d'avoir prévu de laisser Alex et Romy une bonne partie de la semaine chez ses parents. Pourquoi le lui reprocher ? Les enfants pourraient profiter de la piscine et de leurs grands-parents.

On frappa quelques coups à la porte, que j'avais pourtant laissée ouverte.

Je levai lentement la tête de l'écran, consciente qu'il y aurait un avant et un après. Je le reconnus instantanément. Il était toujours ce subtil mélange de Jo et Macha ; le teint tanné, la carrure plus sèche de son père et les yeux de sa mère. Ses quarante-cinq ans lui allaient bien. La dernière fois que je l'avais vu, il portait un jean, des baskets et un tee-shirt. Aujourd'hui, il était en costume bleu marine, chemise blanche légèrement froissée, il tenait négligemment sa veste sur l'épaule. Il me fixait, une expression indéfinissable sur le visage. J'étais incapable de prononcer le moindre mot. Après plusieurs secondes d'un silence interminable, il se décida à ouvrir la bouche.

— Bonjour, Hermine.

Je pris une profonde inspiration pour me donner du courage.

— Vassily… Je ne t'attendais plus.

Je finis par me lever, m'approchai de lui avant de m'arrêter net. Comment me comporter avec lui ? Cela faisait si longtemps que nous ne nous étions pas vus, vingt ans, presque une vie. Aussi restai-je à une distance neutre. Je ne tendis pas la main, je ne tendis pas la joue. Il ne s'étonna pas et ne fit pas plus.

— Tu as fait bon voyage ? lui demandai-je par politesse et ne sachant absolument pas quoi lui dire.

— Oui, je te remercie.

Je retrouvai cette voix grave qui m'avait impressionnée à mon arrivée, le téléphone lui volait son timbre. Le silence, la gêne envahirent à nouveau tout l'espace.

— Je suis navré d'arriver aussi tard, mais les formalités pour conduire ma mère à la chambre funéraire d'Apt ont été plus longues que prévu.

Je fermai les yeux l'espace d'une seconde pour encaisser ces mots qui gravaient cette fois dans le marbre la réalité.

— Tu n'aurais pas préféré qu'elle soit ici ? Nous aurions préparé…

— Non… et elle ne le voulait pas.

Pourquoi Macha n'avait-elle pas voulu revenir une dernière fois à La Datcha ? Incompréhensible. J'acquiesçai malgré tout. Avais-je mon mot à dire ? En réalité, non. Je le fuis du regard, pour masquer à quel point j'étais blessée, et repérai alors des clients sur le seuil de la réception, qui me servirent de prétexte.

— Excuse-moi, il y a du monde.

Il jeta un coup d'œil derrière son épaule.

— Je t'en prie, je t'empêche de travailler.

Il se décala pour me laisser passer, je me composai un visage souriant pour accueillir la petite famille qui venait de se présenter. Le quart d'heure suivant, je tins ma place, mon rôle d'hôtesse, en faisant au maximum abstraction de la présence de Vassily à moins de cinq mètres de moi. Je ne sentais pas particulièrement son regard, mais je le savais là, il entendait toutes mes paroles, toutes les questions des clients, toutes mes réponses. Faire mon métier – que j'aimais, que je connaissais sur le bout des doigts –, présenter et vanter les merveilles de La Datcha m'aida, me détendit, érigea une barrière de protection contre le tourbillon d'émotions.

Les nouveaux venus souhaitaient une table au restaurant. Je fouillai partout sur le comptoir, on avait oublié de me transférer les réservations. Je me retins de piquer une gueulante, ce n'était pas le moment. J'appelai immédiatement en cuisine, me forçant à rester calme et courtoise. Je n'allais tout de même pas perdre mes moyens maintenant. Charly me répondit, alors qu'il aurait déjà dû être derrière ses fourneaux :

— Il est là ?

— J'ai besoin de savoir s'il te reste de la place pour quatre ce soir, ce sont des clients de l'hôtel qui viennent d'arriver, et personne n'a eu idée de me donner tes réservations.

— Non, c'est complet, mais on va se débrouiller, je pensais ouvrir la terrasse de la piscine ce week-end en soirée, histoire…

Je retins un geste d'agacement, j'avais compris ; évidemment, il voulait lui en mettre plein la vue.

— Fais comme tu veux.

— Attends ! Alors ?

Je tournai ostensiblement le dos au bureau pour lui murmurer que oui, il était là depuis quelques minutes, et raccrochai, sans lui laisser la possibilité de me poser de questions. Je souris à nouveau outrageusement pour m'adresser aux clients.

— Votre table vous attend en terrasse pour le dîner. Bonne installation.

Je décrochai la clé, en me retenant de jeter un coup d'œil dans le bureau, et les accompagnai jusqu'à l'escalier, pour gagner quelques minutes. Et puis je n'eus plus de parade et dus reprendre la direction du bureau, où Vassily m'attendait, son sac de voyage posé à ses pieds. Et je réalisai mon plus grand oubli. Comment avais-je pu oublier un truc pareil ?

— Me voilà, m'annonçai-je alors qu'il avait l'air perdu dans ses pensées.

Il observait le jardin par la fenêtre entrouverte. J'aurais aimé savoir ce qu'il ressentait en redécouvrant La Datcha après tant d'années d'absence. La reconnaissait-il ? La trouvait-il changée ? Quel effet avait-elle sur lui ? J'aurais aimé lui poser toutes ces questions, tout en appréhendant ses réponses. Il se retourna, je remarquai ses cernes prononcés. Je vis là l'occasion de régler mon problème de dernière minute et me débarrasser des deux…

— Tu dois être fatigué. Comme tu dois t'en douter, l'hôtel est complet…

— C'est mieux pour une fin juillet, m'interrompit-il d'un ton amusé, dénué d'ironie.

— Ça ne te dérange pas de t'installer chez tes parents ?

Où le loger en dehors de chez Jo et Macha ? Son visage se ferma l'espace d'un instant, mais il se reprit très vite.

— Je m'en doutais, et il n'est pas question que je prenne une chambre en pleine saison. La priorité aux clients.

— Je récupère la clé et je t'accompagne.

Je la trouvai dans le tiroir du bureau où je l'avais rangée, l'aile de Jo et Macha était fermée à double tour depuis son départ et personne n'y était entré. À commencer par moi. Ces pièces étaient sacrées, devaient être protégées de toute intrusion. Je n'avais pas la force de les voir vides d'eux. Vassily m'emboîta le pas et salua poliment après moi chaque personne croisée. Il prit une profonde inspiration lorsque l'on pénétra dans la cuisine de ses parents.

— Tu souhaites peut-être faire le tour de La Datcha avant de t'installer ?

Je croisai les doigts pour qu'il refuse, je n'étais pas prête. Son regard était voilé de tristesse.

— Non, j'ai tout le temps.

Je lui tendis la clé de chez Jo et Macha, il l'attrapa sans dire un mot et l'introduisit dans la serrure. La porte grinça lorsqu'il l'ouvrit.

— Je vais demander qu'on t'amène ce qu'il te faut.

— Je te remercie… Tu dois être avec tes enfants ce soir ?

Cherchait-il à être poli ? Ou s'intéressait-il véritablement à moi ?

— Euh, non… ils sont chez leur père. Je serai à la réception ou ailleurs, jusque tard ce soir, si tu as besoin.

Un dernier regard appuyé, il tourna les talons et disparut derrière la porte, son sac de voyage sur l'épaule. Une image vieille de vingt ans me submergea. Vassily disparaissant dans le Toyota de son père, et portant le même sac de voyage en tissu limé par le temps sur l'épaule.

Vassily avait quitté La Datcha au petit matin, un lendemain de fête, avec musique et danse jusqu'au milieu de la nuit. Je m'étais réveillée très tôt, sur le qui-vive. J'avais entendu des bruits plus bas. Je m'étais levée de mon lit pour me pencher à la fenêtre. Ma petite chambre du dernier étage donnait sur la cour. J'avais une vue imprenable sur les allées et venues. Vassily était sorti de La Datcha, son sac sur l'épaule, il avait marché une dizaine de mètres, puis il avait fini par s'arrêter, il s'était retourné, avait regardé intensément la façade de longues minutes. Il l'avait observée dans ses moindres recoins. En y repensant, j'y voyais le même regard que Macha quand elle était partie. Savait-il à l'époque qu'il n'y reviendrait pas durant deux décennies ? Ce matin-là, alors que le soleil se levait à peine, il m'avait remarquée, accoudée à ma fenêtre. J'avais été clouée sur place, incapable de me reculer pour lui échapper. Je me souvenais parfaitement d'avoir voulu le voir une dernière fois, parce qu'à l'époque, je n'imaginais pas rester ici plus de six mois. Je lui avais fait un petit signe de la main, il avait secoué la tête, sans que je comprenne le sens de ce geste et s'était engouffré dans la voiture de Jo, qui avait démarré immédiatement. J'avais fixé le 4 × 4 jusqu'à ce qu'il disparaisse au bout du chemin.

Merci, Charly, d'avoir eu la grande idée d'ouvrir la deuxième terrasse pour le service du soir. Comment avais-je pu l'y autoriser ? Résultat, impossible de refuser du monde, et les serveurs étaient débordés. Je dus donner un coup de main pour le service tout en m'occupant de la réception. Je ne vis pas la soirée passer. Quand enfin le rythme se calma, je pris la direction des cuisines pour demander à Charly de trouver une solution s'il voulait continuer à faire plus de couverts le soir. C'était bien joli de vouloir l'épater, mais il fallait assumer. Nous ne manquions pas de CV de serveurs, nous pouvions régler le problème rapidement, à condition que lui soit certain de suivre en cuisine jusqu'à la fin de la saison. Je poussai la porte et me figeai avant qu'on ne remarque ma présence. D'où j'étais, je voyais la table de Jo. Y étaient installés Charles et Vassily, à la place de son père. Avec ce coup de feu, je l'aurais presque oublié. Et s'il avait cherché à me voir ou me parler, il avait dû remarquer que je n'étais pas franchement disponible.

C'était si étrange de le trouver là, comme si le temps n'avait pas passé. C'était douloureux. Comment était-il possible de faire comme s'il n'était jamais parti ? Comme si son père ne s'était pas si souvent installé sans lui à cette table ? Moi, je me souvenais de Jo perdu dans ses pensées, les semaines qui avaient suivi le départ de son fils. Jo sentait qu'il ne reviendrait jamais, j'en étais désormais convaincue.

Vassily avait dû aller saluer Charly, qui n'avait rien trouvé de mieux que de lui refourguer ses ravioles. Mais Charly oubliait-il nos inquiétudes, alors qu'il discutait avec lui et qu'il lui avait servi son dîner, comme il le faisait avec moi après une soirée compliquée ? Je décidai de les laisser en tête à tête, n'ayant pas ma place au milieu de leurs retrouvailles qui m'atteignaient plus que je l'aurais imaginé. J'aurais quand même aimé parler à Charly, lui demander ce qu'il en pensait, j'aurais aimé que mon meilleur ami pense à moi, vienne me voir.

Le réveil fut atroce. Forcément, après deux nuits presque blanches à me rendre malade à cause du retour de Vassily, une rupture totale avec Samuel, un milieu de saison et une soirée de service, je commençais à traîner la jambe. Ce n'était pourtant pas le moment de baisser la garde. Je pénétrai dans La Datcha toujours endormie ; malgré la douche glacée, j'avais les yeux gonflés de fatigue et étais incapable de contrôler mes bâillements. Avant d'entrer dans la cuisine, je marquai un temps d'arrêt. Mais franchement, quelle idée de l'avoir installé chez Jo et Macha ! Il allait être juste à côté de moi pendant que je préparerais les petits déjeuners, j'allais devoir renoncer à ce calme et cette solitude que j'aimais tant, faire attention au bruit, et redoubler de vigilance. Après avoir poussé la porte, je pus dire adieu au dernier espoir de tranquillité qu'il me restait. L'arôme du café saturait la cuisine. Une cafetière pleine me tendait les bras sur la table. Mais je savais à qui je la devais… La porte menant au jardin était ouverte en grand, l'air frais du matin glissa jusqu'à moi et m'attira sur la terrasse. Vassily était installé avec son ordinateur et une tasse fumante. Il dut percevoir ma présence et leva les yeux de son écran.

— Bonjour, Hermine.

— Tu es bien matinal ?

— Décalage horaire.

J'étais strictement incapable d'engager la conversation. Nous nous dévisagions, silencieux. J'aurais voulu être courageuse, lui poser des questions sur Macha, sur son enterrement, sur ce qu'il comptait faire à La Datcha. Je le fixais et me souvenais du jeune homme travailleur acharné, observateur attentif, plutôt sombre et peu bavard que je n'avais connu que l'espace de quelques semaines. À l'époque, j'avais conscience de sa présence entre les murs de l'hôtel et qu'il était le fils de mes patrons – je ne considérais Jo et Macha que de cette façon – et je n'imaginais pas être encore là vingt ans plus tard. Et lui, que pensait-il alors que j'étais devant lui ? Quel souvenir gardait-il de la fille un peu sauvage, pas très bien élevée, sur la défensive permanente et qui ne connaissait rien à l'hôtellerie ? Notre relation avait changé après qu'il avait pris ma défense face à un client mécontent, j'avais bien cru qu'il allait en venir aux mains. Il m'avait fallu quelques jours pour me remettre de l'altercation et être capable de le remercier pour son geste. À partir de là, nous avions ensuite passé plus de temps ensemble, sans jamais trop parler ni nous dévoiler ; nous nous cherchions, chacun gardant néanmoins ses secrets, ses parts sombres.

Quelques mètres nous séparaient aujourd'hui, et pourtant je sentais un gouffre, une distance, une retenue. Comme un poids entre nous, le poids de l'absence de Jo et Macha, des non-dits, des souvenirs non partagés. Il avait les siens avant mon arrivée, j'avais les miens après son départ. Comment combler ce vide ? Comment nous parler ? Nous étions des étrangers l'un pour l'autre.

— Excuse-moi, j'ai du travail, lui dis-je.

Je fis volte-face pour m'enfuir dans la cuisine et me jeter sur la cafetière. J'en avais besoin pour deux raisons : finir de me réveiller et me donner une contenance. Dresser les tables, réceptionner la livraison du boulanger me permit de ne pas me focaliser sur sa présence. J'étais mal à l'aise, je ne savais pas comment me comporter avec lui. Il m'épargna en ne rentrant pas dans la cuisine une seule fois de la matinée.

Le week-end se déroula sans autre réelle confrontation. Vassily passait le plus clair de son temps dans l'aile de Jo et Macha. Où dormait-il ? Dans leur chambre ou bien sur le canapé du salon, recouvert des plaids colorés que Macha affectionnait tant ? De temps à autre, je le voyais traverser le jardin. Il était la discrétion même. En dehors de quelques mots de courtoisie sans grand intérêt, nous n'eûmes aucune conversation. Si nos regards se croisaient, ils se dérobaient. Mais quand je réussissais à l'observer, sans qu'il me voie, du moins l'espérais-je, j'étais frappée par son visage perpétuellement préoccupé. Cette situation me pesait, pour autant j'étais incapable d'aller vers lui, d'exiger qu'on se parle. Étais-je en position d'exiger ? Je ne cessais pourtant de m'interroger sur les réelles raisons de sa présence. Que comptait-il faire ? Quelles décisions prendrait-il ? C'était déroutant, il était là, sans être là. Cela me rappelait les semaines qui avaient suivi la mort de Jo. Macha était là, sans être là.

Je réglai rapidement avec Charly le problème des serveurs. Il n'avait pas pleinement mesuré ce qu'impliquait son initiative. Mais la soirée avait remporté un franc succès, les réservations pleuvaient. La deuxième terrasse serait donc ouverte chaque soir jusqu'à la mi-septembre. En revanche, il me harcela durant tout le week-end pour exiger que je demande à Vassily ce qu'il envisageait pour nous. Chaque fois, je lui rétorquais qu'il n'avait qu'à s'en charger lui-même, s'il était si courageux et impatient, puisqu'il l'accueillait à la table de Jo pour le dîner. Il me répondait qu'il le nourrissait pour l'endormir, pour lui prouver que tout était parfait à La Datcha, que nous étions une équipe performante. Leurs échanges étaient basiques, ils ne concernaient que la cuisine. Alors je ne m'énervais plus, sachant que Charly faisait tout ce qu'il pouvait. C'était à moi qu'incombaient le devoir et la responsabilité d'exiger des réponses.

Le lundi matin, j'étais dans le bureau quand Vassily se présenta devant moi, à ma plus grande stupéfaction. Son costume bleu marine, dont il s'était débarrassé durant le week-end, avait réapparu. Son visage était grave. Je me sentis instantanément mal.

— Hermine, peux-tu te libérer ce matin et m'accompagner ? J'ai besoin de toi.

Je ne devais pas réfléchir, je devais accepter de le suivre, je le sentais, même si je luttais parce que je ne comprenais que trop bien ce qui m'attendait. Ce sujet qui planait au-dessus de nous depuis son arrivée.

— Tu m'accordes deux minutes ?

— Je t'attends dehors.

Il s'enfuit de la pièce. J'appelai Amélie et lui demandai de me relayer le temps de mon absence, elle voulut savoir à quelle heure je rentrerais, je lui répondis que je n'en avais aucune idée, qu'elle ne devait pas poser de questions. J'attrapai mon sac et filai sans prendre la peine de saluer les clients croisés. Vassily m'attendait près de sa voiture de location. Dès qu'il me vit arriver, il monta derrière le volant, j'accélérai le pas, et pris place à mon tour. Il chaussa ses lunettes de soleil, et démarra, sans prononcer un mot. Je ne voulais pas qu'il prenne ce chemin-là, et pourtant, il le prit, regardant droit devant lui, les traits tirés. Il n'avait pas oublié l'itinéraire, en plus de vingt ans. Chapelle Saint-Véran. Le pont qui enjambait le Calavon. La traversée de Lumières. La montée vers Goult. Il n'avait aucune hésitation, il connaissait chaque virage, chaque ralentissement. En dix minutes, nous étions garés. Toujours mutique, il s'extirpa de la voiture, respira une grande goulée d'air et avança. Je sortis à mon tour et marchai quelques mètres derrière lui. La grille était ouverte. Le cimetière était vide en dehors de nous deux et de trois employés des pompes funèbres qui nous attendaient. Après quelques pas dans l'allée, je m'arrêtai en apercevant le cercueil de Macha, je ne pouvais plus avancer. Je refusais que ça se termine. Elle devait revenir, elle devait m'appeler *Goloubka*. Vassily dut s'en rendre compte, le gravier ne crissait plus sous mes pas. Il revint vers moi. Je ne me préoccupai pas de lui, mes yeux étaient hypnotisés par Macha, seule. Personne ne l'entourait. Personne ne la célébrait. Macha ne pouvait partir dans le silence et la solitude. Cela ne lui ressemblait pas.

— Hermine, s'il te plaît, viens... Elle voulait que tu sois là... Je lui ai promis que tu viendrais.

— Pourquoi ? lui demandai-je d'une petite voix et sans le regarder. Pourquoi comme ça, Vassily ? Elle méritait plus, elle méritait le plus beau.

— Elle ne voulait rien de plus... elle est partie avec mon père.

Macha était morte avec Jo, je n'avais pas voulu le voir, ou plutôt je n'avais pas voulu l'admettre. Je fis un premier pas, puis un deuxième. Nous remontâmes toute l'allée côte à côte, épaule contre épaule. Elle nous attendait. C'était donc vrai, Macha était morte. Elle était morte. Je ne la reverrais plus jamais. Je le comprenais enfin. Je devais l'accepter. Ma main se tendit naturellement vers le bois, et puis finalement je renonçai, je ne pouvais pas le toucher. Je me recroquevillai sur moi-même, mes larmes coulaient silencieusement, et véritablement pour la première fois depuis sa mort. La voix grave de Vassily murmura des mots en russe. Je ne comprenais pas ce qu'il lui disait, mais c'était déchirant. Ses intonations, ce rythme des mots, cet accent. Il fixait sa mère, mais au-delà aussi la tombe ouverte où reposaient son père et sa sœur. Sa solitude me saisit à la gorge. De cette famille que Jo et Macha avaient construite il ne restait plus que lui. Que pouvait-il bien ressentir ? Il avait été aimé par sa mère, son père et forcément par sa petite sœur, et il n'avait plus personne. Il hocha la tête à l'intention des hommes qui entouraient la tombe, je paniquai. Ils glissèrent des cordes sous le cercueil de Macha. Dans ma tête, je criai « Non, non, pas déjà, pas maintenant ». Mais rien n'arrêta le processus. Ils entamèrent la descente lentement, le bois travaillait, résistait. J'étouffai un sanglot dans ma main, je ne pouvais m'autoriser à exprimer mon chagrin alors qu'à côté de moi Vassily enterrait sa mère. Avais-je ma place en cet instant solennel, familial ? Cette famille dont je ne faisais pas partie. J'en prenais cruellement conscience, si tant est que je l'avais oublié. Ce fut plus fort que moi, je reculai, prête à m'enfuir. Vassily me retint, en passant son bras autour de mes épaules.

— Reste.

Je luttai. Il me serra plus fort et, sans réfléchir, je calai mon visage contre lui, le visage baigné de larmes. J'entendais son cœur battre à une vitesse effrénée. Macha disparut totalement. C'était fini. Les hommes en noir s'écartèrent. De longues minutes passèrent sans que ni l'un ni l'autre ne bouge.

— Je vais te laisser seul quelques minutes avec eux, chuchotai-je.

Après une profonde inspiration, il relâcha son étreinte.

— Je te rejoins à l'extérieur.

Avant de franchir le seuil du cimetière, je me retournai. Vassily était stoïque devant la tombe de sa famille, sa silhouette était impressionnante et émouvante. Je n'aurais jamais songé que l'image d'un homme, lui ou un autre, seul, dans son costume sombre, au milieu d'un cimetière écrasé de soleil, entouré du chant des cigales, puisse être aussi saisissante, aussi violente. Je n'oublierais jamais cette vision, elle me hanterait à vie. Il leva son visage vers le ciel et resta dans cette position de longues secondes. Puis il tourna les talons, passa une main fatiguée sur son front et avança d'un pas déterminé vers la sortie, sans se retourner une dernière fois. Quand il arriva près de moi, il essaya de sourire, en vain.

— Tu as froid ? me demanda-t-il, soucieux.

Je n'avais pas réalisé que je tremblais comme une feuille. J'étais incapable de me maîtriser.

— Non… oui, en fait, je ne sais pas…

Nous nous regardâmes dans les yeux ce qui me sembla une éternité. Impossible de me soustraire.

— Rentrons à La Datcha.

Il posa une main dans mon dos, remit ses lunettes de soleil et nous guida jusqu'à la voiture.

Après un trajet du retour silencieux, nous traversâmes la cour côte à côte, puis il accéléra sans que je m'y attende, il monta au pas de charge le perron et prit la direction de la bibliothèque. Il s'y enferma. Groggy, je rejoignis le comptoir de la réception et croisai le regard interloqué d'Amélie ; d'un signe de tête, je lui fis comprendre que ce n'était pas le moment. J'attrapai le petit panneau sur lequel nous écrivions les informations sur les services de l'hôtel, je notai de manière voyante que la bibliothèque était fermée jusqu'à nouvel ordre. Puis j'informai les serveurs et leur demandai de prévenir les clients de la fermeture d'une pièce de La Datcha. Je ne laissai à personne la possibilité de me poser davantage de quEstions. En revenant à la réception, je découvris Charly. Je me rendis dans le bureau et m'écroulai sur ma chaise en me prenant la tête entre les mains, bouleversée et épuisée nerveusement. Ils me suivirent tous les deux.

— Hermine ? Que s'est-il passé ? On t'a vue partir et revenir avec Vassily. Où étiez-vous ?

Je secouai ma tête toujours camouflée, incapable de me résoudre à parler. Amélie vint s'accroupir à côté de moi, elle posa une main réconfortante sur mon bras.

— Explique-nous, insista Charly d'une voix douce.

Je pris une profonde respiration pour me donner du courage, pour me contenir. J'affrontai leurs mines inquiètes.

— Vassily m'a demandé de l'accompagner à l'enterrement de Macha.

Amélie se redressa vivement, Charly blêmit et tapa du poing sur la table.

— Mais pourquoi ? Tu n'aurais pas pu nous prévenir ? On devait être présents, nous aussi. Comment as-tu pu laisser Macha partir de cette façon, sans personne, sans nous ? C'est sordide !

— Ça suffit ! m'énervai-je à mon tour en bondissant de mon fauteuil, le visage en larmes. Ce sont ses dernières volontés, je l'ai appris ce matin.

D'un soupir excédé, il refusa mon explication.

— Où est-il ? Je veux lui parler, je veux qu'il m'explique en face !

Déjà il sortait du bureau, je le rattrapai et le retins fermement par le bras.

— Charles, laisse-le, fiche-lui la paix.

— Il est dans la bibliothèque ?

— Oui, mais tu vas le laisser tranquille.

— Tu le défends, maintenant ? me balança-t-il, le regard noir.

— Non… mais il s'est retrouvé devant le cercueil de sa mère et la tombe de son père et de sa sœur… Crois-moi, si j'étais à ta place, je serais folle de rage, j'aurais envie de tout casser, de le frapper. D'une certaine manière, j'ai eu de la chance de pouvoir y être. Mais fais-moi confiance quand je te dis que c'était compliqué, c'était bien plus que ça. Alors laissons

Vassily seul pour le moment, il finira bien par sortir de la bibliothèque.

La journée passa sans qu'on le revoie. J'assurai mon travail dans une brume cotonneuse. Mon corps souriait aux clients, répondait à leurs questions d'une voix enjouée, mais métallique… Mon cœur et mon esprit n'étaient pas là, ils étaient loin, perdus dans mes souvenirs et dirigés vers la bibliothèque. La Datcha que j'avais toujours connue était enterrée, elle était partie avec Jo et Macha. Je venais de dire adieu sans possibilité de marche arrière vers ce qui faisait ma vie depuis vingt ans. Pourtant, je n'oubliais pas mes promesses, on me l'avait confiée, j'avais le devoir de conserver et d'entretenir son âme.

Il était près de minuit. Jamais je ne restais aussi tard. Mais il m'avait été impossible de bouger, j'attendais un signe de vie en provenance de la bibliothèque. Après avoir longuement hésité, et sachant que je ne pourrais ni attendre ni veiller toute la nuit, je me décidai à y aller. J'ouvris la porte et la refermai dans mon dos sans faire de bruit. Aucune réaction. Seule la lumière sur le guéridon de Macha était allumée. Une odeur de tabac froid que je ne connaissais que trop bien, celle des cigares de Jo, flottait dans l'air. J'avançai et découvris Vassily endormi sur le canapé. Sur la table basse, les cadavres des bouteilles de la réserve personnelle de Jo dissimulée dans la bibliothèque de sa femme, le cendrier débordant, la boîte de Café Crème où il ne restait qu'un cigarillo – le dernier pour Jo ? –, et une pile d'albums photo. Il en tenait d'ailleurs une à la main, j'osai jeter un coup d'œil. C'était une photo de famille avec eux quatre, au grand complet, avant que le malheur ne les frappe. Macha portait cette élégante mélancolie que je lui avais toujours connue. Jo était égal à lui-même, rictus aux lèvres, joyeux, présent. Emma était bouleversante, elle dégageait une telle lumière et dévorait son frère des yeux. Et Vassily, j'ignorais qu'il dissimulait un tel sourire au fond de lui. Ils étaient si beaux, si heureux tous les quatre, l'image d'une famille parfaite, aimante, qui avait réussi à force de travail. Que restait-il d'eux ? Un homme seul, secret, qui ne connaissait plus La Datcha.

Il remua soudainement dans son sommeil, je m'éloignai, de crainte de l'avoir réveillé. Il parla, sans que je comprenne le sens de ces mots, mais à son visage crispé, il semblait souffrir. J'éteignis la lumière, espérant que cela l'apaise. Avant de quitter la bibliothèque, je le regardai une dernière fois, il se retourna difficilement sur le canapé, sans se réveiller, et il marmonna à nouveau, puis il soupira. Je refermai la porte sans bruit, essuyai ma joue humide. La fatigue pesait trop sur mes épaules… Il était temps de rentrer chez moi au moulin, et d'oublier cette journée.

– 11 –

Le lendemain matin, en arrivant à La Datcha, après quelques minutes d'hésitation, je fis un détour par la bibliothèque. À ma grande surprise, la porte n'était plus fermée, je m'approchai sur la pointe des pieds. Toute trace du passage de Vassily avait disparu ; plus de bouteilles vides, plus de cendrier plein, plus d'albums photo qui traînaient. Les fenêtres grandes ouvertes laissaient entrer l'air dans la pièce, le parfum du tabac de Jo s'était envolé, lui aussi. Comme si rien ne s'était passé. Comme si la scène à laquelle j'avais assisté n'était que le fruit de mon imagination. L'atmosphère était presque féerique ; la lumière qui rentrait par petites touches, l'odeur de la nature, la poussière qui volait en paillettes, les livres de Macha cornés, jaunis, les cadres qui racontaient l'histoire des lieux. Et le silence… apaisant, rassurant. La bibliothèque venait de retrouver son pouvoir sur moi, je m'y sentais à nouveau sereine, comme finalement je ne l'avais plus été depuis la mort de Jo quand je m'y étais retrouvée. Que s'était-il passé ces dernières vingt-quatre heures ? J'aurais voulu qu'il ne s'agisse que d'un mauvais rêve, d'un cauchemar.

En arrivant dans la cuisine, je m'attendais à tomber sur Vassily en train de soigner sa gueule de bois. Je la ressentais alors même que, contrairement à lui, je n'avais pas bu une goutte d'alcool pour anesthésier ma peine la veille. Il n'était pas là ni sur la terrasse. En revanche, la cafetière pleine m'attendait sur la table. C'était à lui que je la devais, aucun doute. Était-il chez ses parents ? Finissait-il sa nuit sur le canapé ? Je n'y croyais pas. J'étais convaincue qu'il n'était pas de l'autre côté du mur. Si le café n'avait pas été préparé, j'aurais pu croire qu'il n'était pas venu ou qu'il était reparti dans la nuit, sans nous prévenir. Mais après tout, n'était-ce pas ce que je voulais ? Qu'il reparte et que rien ne change… ?

Vers midi, je sortis sur le perron prendre une dose de soleil. C'était un comble ; j'avais pris goût à la chaleur, aux rayons qui tapent, qui brûlent, qui laissent un parfum si particulier sur la peau, et pourtant, je ne m'exposais jamais l'été. Macha me disait très souvent que c'était un péché de ne pas profiter de ma peau qui bronzait facilement, alors qu'elle devait protéger la sienne de porcelaine. Je la taquinais en lui affirmant que je n'avais pas le temps, que je travaillais trop. Elle voyait rouge et invariablement elle m'envoyait en pause. Si elle avait été encore là, je n'aurais pas été sur le perron, je l'aurais entraînée, bras dessus bras dessous, vers sa balancelle, elle aurait été à l'abri de l'ombre, et moi je me serais allongée dans l'herbe. Elle m'aurait interdit de le faire, me disant « *Goloubka*, tu vas te faire piquer ! ». « Ne t'inquiète pas, les petites bêtes ne m'aiment pas ! » Cette pause sur le perron, je la lui offris en pensée et retirai quelques pétales fanés de ses lauriers fleurs.

Une voiture se gara dans la cour. Vassily. D'où venait-il ? Qu'avait-il fait depuis qu'il avait quitté la bibliothèque ? Je descendis les marches, il dissimulait à nouveau ses yeux derrière ses lunettes de soleil, impossible de détecter ses émotions. Il se barricadait, mettant une distance entre lui et nous, à La Datcha. Cela ne pouvait pas continuer ainsi. Si nos rapports n'évoluaient pas, je n'oserais jamais chercher à en savoir davantage sur l'avenir. En même temps, comment pouvais-je lui reprocher cette distance ? Qu'avais-je fait de mon côté ? Je ne l'avais pas accueilli, je le fuyais, lui adressant à peine la parole. Je n'étais que froideur et silence en sa présence. J'étais aussi peu aimable et autant sur la défensive que vingt ans plus tôt. Et j'étais la seule à me comporter ainsi ; Charles l'accueillait tous les soirs en cuisine, Amélie, souriante et avenante, prenait de ses nouvelles lorsqu'elle le croisait. Tous les deux mettaient tout en œuvre pour qu'il se sente bien ici. En tout cas, jusqu'à hier. De mon côté, je faisais comme s'il n'existait pas, submergée par mes craintes et ma peur d'échouer. À force de vouloir montrer que je menais parfaitement la barque, j'en perdais mon savoir-vivre et devenais hautaine. Ce qui était tout le contraire de moi. La parenthèse de l'enterrement de Macha ne pouvait pas ne rien changer entre lui et moi. Il aurait très bien pu ne pas me dire de venir avec lui, malgré le souhait de Macha, je ne l'aurais jamais su ; il avait respecté sa promesse, alors que je ne représentais rien pour lui et qu'il n'avait jamais eu la preuve concrète du lien qui m'unissait à elle. Il n'avait jamais entendu sa mère m'appeler *Goloubka.*

N'était-ce donc pas à moi de faire un pas ? Si je me mettais à sa place, en occultant mes inquiétudes, je ne serais pas très à l'aise de me retrouver chez mes parents – morts – après vingt ans d'absence, je serais plus que perturbée de voir des inconnus – car pour lui nous étions tous des étrangers – gérer l'hôtel de ses parents, celui où il avait grandi, comme si nous étions chez nous, particulièrement moi. Il ne devait pas reconnaître La Datcha, il était chez lui, sans être chez lui. D'une certaine manière, sa vie avait bien plus changé que la nôtre. Il vivait depuis si longtemps à l'autre bout du monde, dans un tumulte que j'imaginais permanent, entouré de personnes travaillant sous ses ordres. Il avait atterri ici, dans cette campagne qu'il ne connaissait plus, alors qu'il y était né, cette terre provençale devait d'une manière ou d'une autre couler dans ses veines. Il était venu seul, avec le cercueil de sa mère, se doutant que nous finirions par lui tomber dessus avec nos craintes pour l'avenir, que nous lui mettrions certainement la pression ; face à lui, nous étions une famille soudée, et lui n'avait personne à qui parler. La veille, il avait noyé sa souffrance dans les bouteilles de son père. Sa solitude était totale, pour une fois, je trouvais quelqu'un de bien plus seul que moi. J'étais assez lucide pour ne pas vouloir être à sa place.

Il avança vers moi.

— Bonjour, Hermine. Comment vas-tu ?

— Bien, c'est assez calme, ce matin.

Comme chaque fois depuis son arrivée, le silence prit toute la place, après les paroles de politesse. Je puisai au fond de moi la force et le courage pour débloquer la situation.

— Je ne sais pas combien de temps tu comptes rester… mais… tu n'as pas besoin de t'encombrer d'une voiture de location… celle de Jo est là… et personne ne s'en sert.

Il regarda en direction du garage, esquissa un sourire en coin.

— C'est une idée.

— Ne bouge pas, je vais te chercher la clé.

Je partis sans traîner, sans lui laisser le temps de changer d'avis, ni moi de réfléchir à ce que cela me ferait de le voir au volant de cette voiture qui représentait tant.

Quand je ressortis, quelques minutes plus tard, le trousseau de Jo à la main, Vassily s'était volatilisé de la cour. Je le cherchai de tous les côtés et entendis le bruit de la grande porte en bois du garage rouler sur ses rails. Il était déjà là-bas, il n'avait pas perdu de temps. Je le rejoignis en courant. Il était figé sur le seuil, ses lunettes relevées dans ses cheveux pour mieux voir dans la pénombre de l'atelier de Jo. Il souffla longuement, impossible de savoir s'il luttait contre une émotion trop vive ou s'il n'en revenait tout simplement pas.

— C'est toujours autant le bordel, ici ! s'exclama-t-il.

Impossible de retenir mon rire. L'atmosphère devint immédiatement moins pesante. Je ne pouvais que partager son amusement. Le garage de Jo était une caverne d'Ali Baba pour mécano-bricolo. Il y avait quantité d'outils en tout genre, clés à molette, bidons d'huile, jerricans d'essence, vieilles carcasses qu'il comptait un jour retaper, des pneus en veux-tu en voilà, un Solex qui n'avait plus dû rouler depuis plus de quarante ans, des pancartes qui se vendraient à prix d'or aux touristes nostalgiques de la RN7. Il avait métamorphosé une des granges en atelier, coulé du ciment au sol, aujourd'hui lézardé à divers endroits et recouvert de taches de cambouis. La lumière du jour ne rentrait que par quelques lucarnes, il n'avait jamais voulu faire percer de plus grandes fenêtres, quand il y était, il voulait qu'on « lui foute la paix ». Personne à part Jo ne pouvait se repérer dans son joyeux bazar.

— Il m'avait pourtant juré qu'il s'y était mis, reprit Vassily.

— Je viens de comprendre ! m'enthousiasmai-je. Sois rassuré, il essayait. À chacun de leur retour de chez toi, il s'enfermait ici des jours durant… mais au risque de te décevoir, et comme tu peux le constater, c'était encore pire après, il retrouvait toujours des trésors.

Il me sourit franchement.

— Je n'ai aucun mal à te croire.

Il avança de quelques pas, observant autour de lui, puis il finit par s'approcher du Toyota, il caressa le capot cabossé, une expression attendrie sur le visage.

— C'est incroyable qu'elle soit encore là, murmura-t-il.

— Elle n'a roulé qu'une seule fois depuis qu'il est parti…

— Quand tu as déposé ma mère à l'aéroport. Elle a aimé y être une dernière fois, m'apprit-il en me regardant droit dans les yeux. Je peux te l'assurer…

Ce fut moi qui lui souris sincèrement. Il entama le tour du vieux 4 × 4, en l'observant sous toutes les coutures.

— C'est bien, que tu utilises la Méhari, me dit-il après plusieurs minutes.

Son ton était absolument neutre, et je ne voyais pas son visage dissimulé derrière le hayon du coffre. Je baissai le regard, étonnamment soulagée, un peu comme si j'attendais son autorisation. J'avais besoin de respirer, de m'éloigner. J'allais avancer par étapes. Je déposai les clés sur l'établi.

— Je vais te laisser, maintenant. Je ne peux pas abandonner la réception trop longtemps.

Il ne me retint pas. La conversation nous avait permis de légèrement progresser. Alors que j'étais presque sortie du garage, je me ravisai. Je ne pouvais pas faire comme si la journée de la veille n'avait pas existé ni le lot de conséquences qui allait avec. Je me retournai et, à ma plus grande surprise, croisai son regard tandis qu'il m'observait.

— Vassily, si je puis me permettre…

Il fronça des sourcils suspicieux. Je ne me démontai pas pour autant. Attendait-il le moment où je – où nous passerions à l'attaque ?

— Pourrais-tu expliquer à Charly les volontés de Macha pour son enterrement ? J'ai fait ce que j'ai pu hier, mais j'ai bien peur que ce ne soit pas suffisant… C'est un peu dur à comprendre… surtout pour lui, je pense que tu t'en doutes. Ça l'aiderait à accepter, et à ne pas s'en vouloir de ne pas avoir été présent pour elle.

— Bien sûr.

Je lui envoyai un sourire triste et disparus pour de bon.

La journée se déroula sans que je revoie Vassily. Je ne m'éloignai que très peu de la réception et du bureau, le regard régulièrement tourné vers l'extérieur, guettant son arrivée, cela me rappela toutes les fois où je me demandais où il était vingt ans auparavant. Je craquai en milieu d'après-midi, et jetai un coup d'œil dans la cour depuis le perron. La voiture de location avait disparu du parking, remplacée par celle de Jo, et la porte du garage était toujours grande ouverte.

Lorsque le service du soir débuta, je dus me rendre à l'évidence, nos nouveaux serveurs pataugeaient. À leur décharge, ils devaient parcourir des kilomètres pour aller des cuisines à la terrasse de la piscine, à l'opposé l'une de l'autre ; il leur fallait emprunter le plus qu'étroit passage secret entre La Datcha et le côté du restaurant, monter les marches du perron, traverser la réception et la salle à manger – quitte à slalomer – avant d'atteindre enfin les clients. Notre organisation restait bancale. Je les soulageai tant que je pus. J'étais certaine de m'écrouler de sommeil dans quelques heures, je n'avais vraiment plus de jus, plus de pieds, plus de dos, mes yeux me brûlaient. Cet état second me permit de conserver le sourire, de ne pas m'énerver une seule fois et d'être particulièrement aimable avec tout le monde.

Quand il ne resta plus que trois tables de touristes qui en étaient aux cafés et digestifs, les serveurs me remercièrent et me forcèrent à partir. Pourtant, j'étais prête à faire la fermeture et ranger avec eux. Je cédai malgré tout rapidement. Je récupérai mon sac à la réception et partis en direction du moulin. Et puis je rebroussai chemin, je n'avais pas pris le temps de manger ni d'aller voir Charly – je ne l'avais même pas croisé durant le service, tant je n'avais pas eu une minute à moi –, il me devait un dîner et un verre. Sans compter que je n'allais pas pouvoir seconder les serveurs chaque soir, nous devions plancher ensemble sur une solution pérenne.

Je poussai la porte battante des cuisines avec fracas pour bien lui signaler mon arrivée.

— Charly ! Tu as intérêt à me servir *illico presto* tes ravioles et un verre de ventoux ! Et puis, tant que tu y es, tu t'en sers un ! Comme tu dirais, on est dans la merde…

Je m'arrêtai essoufflée par ma tirade et au comble de la honte. Vassily me fixait, sourire en coin. Charles contenait difficilement un fou rire.

— Euh… désolée… je vous dérange.

— Pas du tout ! me répondit Vassily. Prends ma place, j'ai fini, c'est moi qui vais vous laisser tranquilles.

Déjà il était debout.

— Non ! Non ! Je ne veux pas te chasser, c'est moi qui débarque comme une folle alors que…

— Bon, vous allez cesser de vous faire des politesses ! nous interrompit Charly, amusé. Il y a de la place pour vous deux ! Hermine, assise, tu manges, et toi, Vassily, tu te ressers un verre.

Il tourna les talons et s'éloigna vers les fours. Vassily et moi échangeâmes un sourire.

— C'est le digne successeur de Gaby, remarqua-t-il.

— Comme tu as raison ! Excuse-moi, j'ai deux mots à lui dire.

Je m'approchai de Charles, me hissai sur la pointe des pieds et passai un bras autour de ses épaules.

— Tu ne m'en veux plus pour hier ? chuchotai-je à son oreille.

Il me fit un clin d'œil. Je déposai une bise sur sa joue.

— C'est à toi que je dois ses explications ?

Je le lâchai, haussai les épaules, faussement innocente.

Un quart d'heure plus tard, nous étions tous les trois assis à la table de Jo, une bouteille de ventoux largement entamée, je me régalais des ravioles au pesto. La situation était d'un naturel troublant. Toujours est-il qu'être sereine et non plus sur le qui-vive me soulageait. Comme si la fatigue pesait moins lourdement sur mes épaules. Vassily semblait prendre ses marques. Je l'observais discrètement ; il conservait une part de mystère. À première vue, on pouvait imaginer qu'il était totalement présent, attentif à la conversation – futile et sans implication –, et pourtant j'avais le sentiment que, tout en étant avec nous, son esprit était ailleurs. Mais où ? Une fois de plus, je gardai le silence, dîner étant l'excuse parfaite.

— J'espère ne pas casser l'ambiance, nous dit Charly, mais j'ai envie de lever mon verre à Jo. Où qu'il soit, j'espère qu'il est heureux de nous voir ce soir, à sa table.

Il nous regarda alternativement, je n'osai plus jeter de coup d'œil à Vassily. Je levai à mon tour mon verre, je ne pouvais pas laisser Charly se dépêtrer tout seul. Avec son habilité légendaire, il mettait les pieds dans le plat, pour le bien de tous.

— À Jo.

Quelques secondes interminables s'écoulèrent.

— À Jo, finit par dire Vassily.

Charly soupira discrètement de soulagement. Moi aussi. On but une gorgée de vin.

— Et si vous me permettez, poursuivit Vassily, à sa fine équipe, comme il avait l'habitude de me parler de vous deux.

Mine de rien, à sa façon bien particulière, Vassily nous montrait qu'il était au courant de tout, que ses parents lui parlaient de nous, de La Datcha. Il était certes en terrain inconnu, mais aussi familier. Il devait sûrement avoir déjà son idée sur chacun d'entre nous.

— Eh bien, ce soir, il ne serait pas très fier de sa fine équipe, complétai-je en riant jaune.

— C'était vraiment chaud ? demanda Charly.

— Ne m'en parle pas, lui rétorquai-je en redevenant sérieuse. On ne peut pas continuer ! Je récupère les enfants en fin de semaine, je ne serai plus là pour aider. Impossible d'embaucher un autre serveur. De toute façon, le problème resterait le même.

— J'ai eu les yeux plus gros que le ventre.

— Non ! C'est une merveilleuse idée, c'est complet chaque soir, tu assures en cuisine, ton commis aussi, c'est le service qui pèche. Franchement, je regrette de ne pas avoir eu un podomètre ce soir pour savoir combien de kilomètres j'ai enquillés. À ce rythme-là, ce n'est pas compliqué, soit on en a un qui se casse le cou sur les marches du perron, soit un autre va nous lâcher en plein milieu d'un service. Sans compter que ce n'est pas l'idéal pour les clients de l'hôtel qui rentrent se coucher de croiser une côte de bœuf sur le chemin de leur lit…

Dépité, Charles nous resservit du vin. Vassily avala une gorgée et se laissa aller sur sa chaise, il croisa nonchalamment ses bras derrière son cou, fixa le plafond tout en semblant plonger dans ses pensées. J'avais vidé mon sac, sans filtre. J'échangeai un regard inquiet avec mon meilleur ami. Ne nous étions-nous pas trop relâchés ?

— Jusque-là vous ne serviez pas le soir près de la piscine ? commença-t-il quelques instants plus tard.

— Non, lui répondis-je.

— Et donc les serveurs sont débordés à cause du trajet entre les cuisines et la terrasse ?

— Tu as tout compris.

Il se redressa, attrapa son verre, but tranquillement son vin, alors que ses yeux brillaient de plus en plus.

— Je ne vous promets rien, mais je crois bien que j'ai la solution.

— Pardon ? m'insurgeai-je.

Soit c'était un petit génie, soit il se moquait de nous et, après nous avoir tranquillement endormis, comptait nous planter un couteau dans le dos.

— L'abri à bois, juste derrière.

C'était une extension de La Datcha sur le côté, il empêchait de rejoindre la terrasse de la piscine depuis les arrières du restaurant.

— Dois-je te rappeler qu'il y a un mur en pierre ? Et pas un petit.

Son visage se para d'un rictus satisfait, ressemblant à celui de Jo quand il était fier de son coup, à la différence que celui de Vassily était autrement plus carnassier.

— Finis de manger, et je vous montre.

En quelques minutes, j'avalai mes dernières ravioles, débarrassai mon couvert et fus debout, mon sac en tissu sur l'épaule.

Au moment de sortir, Vassily s'arrêta :

— Vous avez une lampe de poche ? Sinon on ne va rien y voir.

Sans réfléchir, je récupérai la mienne dans mon cabas et la lui tendis. À l'instant où sa main s'apprêtait à s'en emparer, son geste se suspendit. Nous avions exactement le même souvenir en tête. Aucun doute. Un bond dans le passé de vingt ans. Il me l'avait donnée dans les cuisines exactement au même endroit, sur le seuil de la porte, le soir de mon arrivée après m'avoir escortée auprès de Gaby.

— Désolée, lui dis-je subitement émue, j'ai mis un peu de temps à te la rendre.

Il me sourit doucement.

— On peut dire qu'elle est à toi, maintenant… Comment peut-elle encore fonctionner ?

Je ris, légèrement mal à l'aise. Et je n'étais pas au bout de mes peines.

— Oh, si tu savais, s'exclama Charly, comme elle nous enquiquine pour la faire réparer quand elle n'éclaire plus ! Elle met La Datcha à feu et à sang.

Vassily me dévisagea, surpris. Je décidai de mettre un terme à cet intermède affreusement gênant, d'autant plus que je rougissais de seconde en seconde.

— Bon ! Tu nous montres ta solution ?

Je flanquai la lampe dans sa main et me dirigeai sans me retourner vers l'abri à bois. Ils me rejoignirent quelques instants plus tard, Vassily passa devant moi et entra. L'abri était très grand, haut de plafond, ce qui était plus que nécessaire pour protéger les énormes bûches indispensables aux cheminées d'origine de La Datcha. Jo se faisait livrer chaque année, sans attendre de tomber en panne, si bien que nous en avions toujours des réserves considérables. Régulièrement, il m'en déposait après avoir fendu les bûches pour les adapter à la petite taille du poêle du moulin. Vassily me tendit à nouveau la lampe, sans me jeter un regard.

— Éclaire-moi, s'il te plaît.

Je lui obéis. Il escalada le tas de bois avec une facilité déconcertante. Arrivé aux trois quarts, il commença à retirer des bûches qu'il lança plus loin en prenant tout de même garde de ne pas nous assommer. Charly m'envoyait des regards interloqués. Je devais reconnaître que je me demandais moi aussi à quoi nous étions en train d'assister. Si, vingt ans plus tôt, je n'aurais pas été étonnée par ce qu'il faisait, aujourd'hui, c'était surréaliste. Il était très difficile de l'imaginer patron d'un grand hôtel de mégalopole.

— Hermine, m'appela-t-il. Rejoins-moi. Charles, viens aussi.

Était-il devenu fou ?

— C'est bon, ça va tenir le coup ! me rassura-t-il, ayant certainement remarqué ma mine pas très rassurée. Ce bois-là tient à cet endroit depuis près de quarante ans. Il devrait nous supporter tous les trois.

Je cédai, n'ayant aucune envie de passer pour une peureuse – ce n'était qu'un tas de bois, après tout.

— Charly, tu viens ? l'appelai-je une fois que je me sentis suffisamment stable.

— Non… je crois que je vais rester là.

Je tournai la tête vers lui, il était vert et n'avait même pas essayé de monter. Je retins difficilement un fou rire, mais me concentrai très rapidement sur la raison de cette séance d'escalade nocturne.

— Alors ? Ta solution ?

Vassily me sourit, je le retrouvai tel qu'il avait pu se montrer en de rares occasions vingt ans plus tôt ; drôle, fier de lui, heureux tout simplement.

— Regarde, juste derrière les bûches, le long du mur.

Je me penchai légèrement. Au milieu des pierres, je crus distinguer une planche de bois.

— Qu'est-ce que c'est ?

— Une porte.

— Quoi ?

J'eus un mouvement brusque de surprise qui me fit chanceler, il passa son bras dans mon dos pour m'éviter de tomber à la renverse, je m'accrochai à lui.

Je venais de me faire une peur bleue. Vassily attendit deux secondes que l'adrénaline redescende, avant de poursuivre sans me lâcher.

— Le mur ne date pas de l'origine de La Datcha. C'est mon père qui l'a monté quand il n'a plus supporté que les touristes fassent le tour de l'hôtel et atterrissent sans son autorisation dans les cuisines du restau, pire, tombent sur les poubelles. Ne me demande pas pourquoi, mais avant de sceller les dernières pierres, il a choisi d'installer une porte, dissimulée de l'autre côté par une vigne vierge.

Je voyais très bien de quoi il parlait, c'était le seul endroit du jardin à ne pas être véritablement entretenu, personne ne le voyait, personne n'y allait. Sauf Jo. Jamais, d'ailleurs, je n'avais vu Samuel ou un des jardiniers se diriger par là.

— J'étais gamin quand il l'a construit, poursuivit Vassily. La voilà, ta solution. Et avant que tu me poses la question, oui, la porte est fermée, mais je crois savoir où mon père a caché la clé !

Je n'en revenais pas. C'était un petit miracle. La Datcha livrerait-elle un jour tous ses secrets ?

— Merci, merci beaucoup. C'est incroyable ! On ne l'aurait jamais su sans toi !

— Vous comptez rester là-haut encore longtemps ? nous interpella Charly.

— On arrive, lui répondit Vassily.

On redescendit tranquillement, sans qu'il me lâche totalement. Je profitai sans gêne de son aide bienvenue. En deux mots, j'expliquai à mon meilleur ami que nous étions sauvés.

— Merci, mon Dieu, s'enthousiasma Charly avant de s'adresser à moi. Dans quelques jours, on ne martyrisera plus les serveurs ! Tu vois avec Samuel dès demain pour que ses gars se mettent au travail au plus vite ?

— Je l'appelle dès la première heure.

— Je m'en occupe, j'ai du temps, nous interrompit Vassily… Je connais cet abri, j'irai plus vite.

Se rendait-il compte du chantier dans lequel il allait se lancer ?

— Tu es certain ? Je peux demander à Samuel de venir te donner un coup de main…

— Non, je t'assure, je m'en sortirai parfaitement tout seul.

Il était catégorique, son regard déterminé fiché dans le mien exigeait que j'accepte. Après tout, je n'avais pas mon mot à dire, et je n'avais aucune envie de le contrarier alors que nous commencions tout juste à communiquer normalement. Sans compter que, si je pouvais éviter d'appeler Samuel à la rescousse, cela me convenait.

— Si tu y tiens.

Il me fit un signe de tête, satisfait.

— Bon ! Notre problème étant réglé, je fais un dernier tour du restaurant et je rentre chez moi retrouver ma femme ! déclara Charly.

Sourire aux lèvres, notre chef échangea une poignée de main avec notre sauveur, me serra dans ses bras et repartit dans ses cuisines en chantonnant. Sans dire un mot, Vassily et moi nous dirigeâmes vers La Datcha. En bas du perron, son visage marqué et ailleurs me frappa. Était-ce le souvenir de son père ? Ou bien quelque chose qui m'échappait totalement ? Perché sur le tas de bois, il m'avait semblé plutôt heureux d'évoquer Jo.

— Encore une fois, merci pour ton aide.

D'un mouvement de main, il balaya mes remerciements, le regard perdu au loin. Regrettait-il ?

— Bon… eh bien, je vais aller me coucher, lui annonçai-je. À demain.

Je pris la direction de chez moi.

— Attends ! me rappela-t-il.

Je me retournai, surprise, il me tendait la lampe de poche qu'il m'avait reprise pour m'aider à grimper.

— Tu vas en avoir plus besoin que moi. J'ai vu que le chemin vers le moulin n'était toujours pas éclairé. C'est bien, d'ailleurs.

Il m'adressa un petit sourire qui n'atteignit pas ses yeux. J'hésitai à lui demander ce qui lui arrivait. Pourquoi était-il devenu mélancolique ? Avions-nous eu une parole malheureuse ? Je réalisai que je le fixais intensément, cherchant des réponses à mes questions muettes, aussi détournai-je les yeux.

— Bonne nuit, Hermine.

En mettant un terme à ce dernier échange de la journée, il me signifiait très clairement qu'il ne dirait rien de plus.

— Bonne nuit à toi aussi.

Je repris ma route, mais ne pus m'empêcher de me retourner. Il avait déjà disparu. Je remarquai la réception plongée dans l'obscurité, j'avais oublié la veilleuse de Macha tant j'étais fatiguée. Soudain, la lumière apparut. Vassily l'avait allumée. Je pensai à Macha. Elle aurait tellement aimé voir son fils s'en occuper.

En moins de quinze minutes, j'étais rentrée, déshabillée et couchée. Je dus prendre sur moi pour régler mon réveil, mes yeux se fermaient tout seuls. Je ne savais toujours pas vers quoi je me dirigeais ni quel avenir m'attendait. J'étais simplement plus en paix avec moi-même parce que j'étais allée vers Vassily, et parce que nous avions parlé presque normalement. Je n'avais plus honte vis-à-vis de la mémoire de Jo et Macha, je ne me comportais plus désagréablement avec leur fils. En revanche, son attitude était déroutante. Vassily avait été enfin présent à La Datcha, il semblait vouloir se la réapproprier, mais ni de façon violente ni en nous rejetant, bien au contraire. Et pourtant, sans crier gare, il avait comme disparu de lui-même, comme si c'était trop douloureux pour lui d'être là. Je n'aurais pas dû m'en étonner ; il était déjà lunatique il y a vingt ans. Je ne savais jamais comment me comporter avec lui, à l'époque. Un jour, il me semblait accueillant et souriant, le lendemain, il était distant, froid, limite ombrageux. Ce qui n'avait pas changé – je le réalisais au moment de sombrer enfin dans le sommeil – était la fêlure dans son regard.

Le lendemain matin, alors que je me dirigeais vers La Datcha, j'entendis du bruit en provenance du garage. Vassily s'affairait, il préparait du matériel, fouillant dans des caisses. C'était agréablement perturbant d'assister au retour de la vie dans l'antre de Jo.

— Bonjour ! finis-je par lui dire après de longues secondes à l'observer à la dérobée.

Il se tourna vers moi, sourire aux lèvres. Cela me rassura et me rendit plus légère.

— Bonjour, Hermine. Tu as bien dormi ?

— Oui. Et toi ? Tu t'y mets déjà ?

— Je préfère démarrer tôt, et puis j'étais réveillé de toute façon.

Il eut une moue désabusée.

— Quelle heure est-il à Singapour ? lui demandai-je.

Il regarda sa montre, et un rire lui échappa.

— 12 h 30.

— C'est plutôt normal que tu sois réveillé.

— Effectivement. D'ici quelques jours, ça devrait être réglé, enfin j'espère !

Il fallait que je m'en aille, que je me mette au travail, mais je voulais être sûre qu'il ne se sente pas obligé.

— Tu es certain que ça ne te dérange pas de t'occuper de l'abri à bois ? J'ai eu l'impression que tu regrettais, hier soir.

Il franchit la distance qui nous séparait, son regard déterminé emprisonna le mien. J'étais incapable de reculer, de réagir. Habituellement, quand on me regardait de haut, je prenais mes distances. Là, j'étais tétanisée, sans pour autant me sentir mal, ou en danger.

— Hermine, si je l'ai proposé, c'est que j'en ai envie. Je ne me force pas, ça me fait vraiment plaisir de m'occuper de La Datcha. Et pour hier soir… j'ai conscience d'avoir pu te paraître étrange, je suis navré, j'ai beaucoup de choses en tête, ce n'est pas aussi simple que je le pensais de m'absenter de mon travail.

Il voulait que je le croie. Le pouvais-je ? Après tout, cela semblait logique. Malgré un doute persistant, j'acquiesçai. Il parut satisfait. Il fouilla dans la poche de son jean et en ressortit une vieille clé rouillée.

— Je l'ai retrouvée !

— Bon… eh bien, bafouillai-je. Fantastique. Bon courage, alors.

Je me dirigeai vers la sortie du garage. Je m'empêchai de me retourner, j'accélérai même le pas. J'avais perdu bien assez de temps. Et j'étais étrangement déroutée par ces quelques minutes en sa compagnie.

Je n'avais aucune raison d'aller jeter un coup d'œil du côté de l'abri à bois et j'avais de quoi m'occuper. Pourtant, de temps en temps, je sortais sur le perron, me penchais pour essayer de voir ce qui se passait de ce côté-là. Quand je distinguais du mouvement, je regagnais l'intérieur. Charly se chargea de me tenir au courant. Avant et après le service du midi, il passa à la réception en coup de vent m'annoncer que Vassily avançait vite, qu'il s'était à peine arrêté pour déjeuner, que la chaleur semblait ne pas avoir de prise sur lui.

En fin d'après-midi, un imprévu débarqua en la personne de Gaby. J'aurais reconnu entre mille le son de sa vieille fourgonnette, il se gara avec fracas dans la cour de La Datcha, ce qui me fit aussitôt aller à sa rencontre. Depuis le départ de Macha, il n'était pas passé à l'improviste rendre visite à Charly, il avait trop mal au cœur, comme il me disait lorsque nous nous parlions au téléphone. Charly avait dû se charger de le prévenir que Vassily était là. Je ne voyais pas d'autre raison à sa venue.

— La P'tite ! brailla-t-il.

J'avais tort. Il ne devait pas être au courant, et il en avait visiblement après moi. Quel était mon crime pour l'avoir mis dans un tel état ? Je descendis sans traîner les marches du perron, avant que les clients de l'hôtel se demandent ce qui se passait. Gaby avait le chagrin et la colère bruyants. Il s'extirpa avec difficulté de sa voiture et claudiqua vers moi, l'œil mauvais. Il avait tellement vieilli lui aussi.

— Je viens du cimetière ! continua-t-il à gueuler. Y a des croque-morts qui trifouillent la tombe de Jo, ils m'ont dit que Macha était là ! C'est quoi, ces fadaises ?

Ses yeux ridés étaient pleins de larmes, il sortit un mouchoir de sa poche, et s'essuya grossièrement le nez.

— Ça y est ! Tu as oublié ton Gaby ? Je ne compte plus ?

— Bien sûr que non. Tout s'est passé si vite, excuse-moi, mais…

— Hermine n'y est pour rien.

Gaby blêmit en entendant la voix de Vassily dans mon dos. Il se mit à trembler d'émotion, je me décalai pour laisser ma place. J'osai jeter un regard à Vassily, mon cœur manqua un battement. À le voir le front bruni par le soleil qu'il avait pris dans la journée, taché de sciure de bois, les cheveux en bataille, c'était lui, mais il était à nouveau le fils de Jo, comme si, dans la journée, il avait repris racine à La Datcha. Ils marchèrent l'un vers l'autre. Quand ils furent tout près, Gaby donna une claque affectueuse et bourrue à Vassily.

— Sale garnement ! T'es de retour.

Ils échangèrent une longue et émouvante accolade. Gaby le serrait de toutes ses forces contre lui, comme s'il avait peur qu'il disparaisse aussi vite qu'il était apparu. Vassily fermait les yeux, le visage douloureux.

— Gaby, tu es là, toi, tu es encore là, lui dit-il.

— C'est pas l'envie qui me manque de retrouver tes parents !

— Je sais.

Gaby se détacha de lui et l'attrapa par les épaules, en lui remettant une tape gentille sur la nuque.

— Tu es toujours un beau gars, t'es même plus beau que ton père !

Vassily eut un sourire en coin, alors qu'il dévorait des yeux Gaby. Celui-ci le regarda sous toutes les coutures, et me lança ensuite un coup d'œil.

— La P'tite t'a déjà mis au travail ? Elle est pire que ta mère pour tenir La Datcha.

Vassily rit, naturellement, comme si la situation n'avait rien d'étrange.

— D'ailleurs, il faut que j'y retourne, tu viens avec moi ?

— Et comment ! On va parler.

Avant de suivre Vassily, Gaby revint vers moi, et m'attrapa dans ses bras.

— Tu ne m'en veux pas de t'avoir secouée ? Mais ça m'a mis un coup au cœur.

Je l'embrassai affectueusement sur la joue.

— Ne t'inquiète pas, Gaby. Et figure-toi que Vassily travaille pour le restaurant. Il va tout t'expliquer, c'est son idée.

Ils partirent en direction du passage secret. Vassily me lança un regard reconnaissant et désolé par-dessus son épaule. Après leur disparition, je restai sans bouger au milieu de la cour. Au bout de longues minutes, j'entendis Charly m'appeler en chuchotant depuis le restaurant. Il avait assisté à la scène, planqué derrière ses fenêtres. Sans réfléchir, je le rejoignis, entrai et refermai derrière moi.

— Tu aurais pu venir.

— Je n'ai pas osé.

— Quel trouillard !

Je perdis la raison, mais c'était plus fort que moi. Je traversai la salle, puis la cuisine, et allai jusqu'à la porte entrouverte qui donnait sur l'abri à bois. Je me collai au mur, Charly me suivit et me fit les gros yeux, je mis un doigt sur ma bouche pour lui intimer de se taire. Je me concentrai pour capter des bribes de leur conversation, je sentais que je pouvais apprendre des choses sur notre avenir à La Datcha et sur lui. Gaby n'était pas connu pour sa discrétion, sa voix porterait. Vassily gagnait d'ailleurs du temps en lui expliquant le pourquoi du comment des travaux entrepris. Gaby perdit vite patience et exigea de savoir pourquoi Macha avait été enterrée de cette façon.

— Si tu avais vu la fête qu'il y a eu pour ton père, c'était digne de lui. Quel malheur qu'il l'ait ratée, et toi, je ne t'en parle même pas ! C'était beau. La Datcha a retrouvé sa grandeur ce soir-là… C'est la P'tite qui a tout fait…

Gaby se moucha bruyamment, mon cœur se serra pour lui, pour son chagrin insurmontable. Je tendis l'oreille, attendant une réponse de son interlocuteur.

— Ma mère m'a raconté… Et justement, dans son esprit, elle est morte et a été enterrée avec mon père, je n'ai fait que respecter ses volontés. La seule personne qu'elle acceptait à mes côtés était Hermine, je lui ai obéi, Hermine était avec moi quand elle a rejoint mon père et Emma.

Il dut taper violemment quelque part dans l'abri. Peut-être la porte lui résistait-elle et qu'il l'enfonçait ?

— Mon p'tit gars…

— Je ne veux pas en parler ! le coupa Vassily en haussant le ton.

Je lançai un regard à Charly pour lui demander s'il avait une idée de quoi ils parlaient. Il haussa les épaules. Il y eut un long moment de silence derrière la porte, simplement entrecoupé par des bruits de pioche, il devait être en train d'arracher la vigne vierge de l'autre côté du mur.

— Tu comptes rester longtemps ? demanda notre ancien chef.

Charly se pencha pour mieux entendre. Il était aussi curieux que moi.

— Je n'en sais rien. C'est compliqué. On me demande déjà de rentrer à Singapour, mais…

— Et La Datcha ?

Mon corps se contracta, Charly attrapa ma main dans la sienne.

— Tu vas devoir prendre des décisions, insista Gaby. Ils sont tous inquiets, particulièrement la P'tite… Elle se démène pour La Datcha. Ne l'oublie pas.

Merci Gaby…

— Ce n'est pas dans mes intentions. Je vais faire ce que je peux.

Que voulait-il dire ? Un peu facile comme réponse.

— Tes parents…

— Mes parents n'ont rien préparé ! s'énerva-t-il. Ils croyaient avoir le temps. Et voilà où on en est ! C'est sur moi que ça retombe !

On échangea un regard paniqué et désespéré avec Charly. Après un blanc – interminable –, à mon plus grand étonnement, Gaby éclata de rire, mais d'un rire tonitruant qui faisait trembler les murs. Qu'y avait-il de si drôle ? J'avais dû rater un épisode.

— Sacrés Jo et Macha ! Tu te trompes, fils, tes parents ont tout préparé, j'aurais dû m'en douter…

— Tu sais quelque chose ?

Le ton de Vassily montrait à quel point il était aux abois, perdu.

— Tu n'as donc pas compris ? T'as pourtant été à l'école, toi… Ils savaient que ce serait la seule façon de te faire revenir ici et que tu prennes tes responsabilités. Peu importe ta décision, ils t'ont toujours fait confiance, ils savaient que tu prendrais la bonne. Mais je crois surtout qu'ils voulaient que tu puisses enterrer le reste une bonne fois pour toutes.

— Ils m'ont eu, répondit Vassily d'une voix rauque, de longues secondes plus tard. Mais je ne peux pas, Gaby, je ne peux pas, et tu le sais…

Cette conversation ne nous apprenait rien, c'était plutôt l'effet inverse, elle entretenait le flou, l'incertitude, l'inquiétude. Il n'avait aucune idée de ce qu'il allait faire de La Datcha et de nous… En revanche, de nombreuses questions étaient soulevées. Pourquoi Jo et Macha nous avaient-ils volontairement mis dans une telle situation ? Ils nous avaient oubliés… cela me semblait toujours impossible. Terrible, même.

— Et la famille, Gaby ? Comment vont-ils ? reprit Vassily.

C'était fini. Ils ne nous diraient rien de plus. Je lâchai la main de Charly que je broyais sans même m'en rendre compte, je lui adressai un regard d'excuse et quittai le restaurant sur la pointe des pieds.

Je trouvai refuge dans le bureau, j'étais incapable de me concentrer, je décortiquais tout ce que j'avais pu entendre, cherchant désespérément à interpréter les sous-entendus, à éclaircir les zones d'ombre. Je n'avais personne pour répondre à mes questions, les seules susceptibles de le faire étaient mortes ou entretenaient le mystère. À quoi bon ? Pour qui ? Pour quoi ? Incompréhensible. Et je m'en moquais en réalité. Je vivais très bien ici sans avoir connaissance de cette chose dont Vassily ne voulait pas parler et que, à première vue, il devait oublier. Cela ne me concernait pas, ne m'intéressait pas. Je n'en avais rien à faire, tout ce que je voulais, tout ce que je souhaitais était de savoir si j'allais pouvoir rester à La Datcha. Si La Datcha allait rester La Datcha. Si j'allais pouvoir honorer ma promesse à Macha. Mais comment accepter que Jo et Macha n'aient rien prévu pour nous, pour moi ? Certes, je n'avais jamais parlé de l'avenir. Mais eux non plus. Jamais ils n'avaient abordé le sujet ni fait la moindre allusion à ce qui se passerait après eux. Pourquoi ? Pourquoi nous avaient-ils laissés à l'abandon ? À la merci de leur fils à qui ils faisaient confiance. Pouvais-je lui accorder ma confiance ? Je me levai d'un bond, fis les cent pas et finis par m'arrêter devant la fenêtre, j'enroulai mes bras autour de moi – je n'avais plus que les miens pour m'étreindre – et me forçai à respirer calmement. Je ne devais sous aucun prétexte me laisser envahir et dépasser par mes angoisses. Je devais être forte, ne rien laisser paraître, j'en perdrais toute crédibilité.

— Je te dérange ?

Je tournai légèrement le visage et découvris Vassily dans l'encadrement de la porte.

— Quelque chose ne va pas ? me demanda-t-il sans attendre ma réponse.

Reprends-toi. Reprends-toi.

Une dernière inspiration profonde. Deux secondes les yeux fermés. Je réintégrai mon rôle.

— Pas du tout, j'étais dans la lune.

Il parut sceptique, mais n'insista pas.

— Je voulais juste t'annoncer que tu n'auras pas besoin d'aider les serveurs, ce soir.

Je me détendis instantanément, je m'approchai de lui, surprise et joyeuse.

— Tu as déjà fini ?

— Suffisamment pour qu'ils puissent utiliser le passage dès ce soir, j'améliorerai le chemin dans les prochains jours. Mais je tenais à ce qu'ils s'y habituent le plus vite possible pour que tu n'aies aucun souci à ce sujet quand tu seras avec tes enfants.

Je retins de justesse l'élan qui me saisit, j'étais prête à me jeter à son cou pour le remercier. Je reculai, étonnée par ma réaction.

— Merci, Vassily… Gaby est parti ? lui demandai-je pour changer au plus vite de sujet.

— Non… il est en cuisine.

— Charly doit être tellement heureux, Gaby ne venait plus, tu sais… En revanche, prépare-toi, tu risques d'assister à du grand spectacle pendant ton dîner.

Il passa une main gênée dans ses cheveux.

— Justement, à propos de dîner, Gaby tient à ce que nous mangions ensemble sur la terrasse. Et quand je dis nous, c'est avec toi. Tous les trois, ou tous les quatre si Charles peut laisser son commis gérer une partie du service.

— Ça ne va pas être possible.

Son visage se fendit d'un sourire en coin.

— Il m'a chargé de transmettre un message, j'ouvre les guillemets, Hermine, je préfère te prévenir. « La P'tite n'a pas intérêt à rester accrochée à son comptoir, sinon je vais la chercher ! » Il sait très bien que tu as le portable si on appelle à la réception. Je suis navré de t'annoncer que tu ne vas pas y échapper.

Je secouai la tête, amusée et touchée.

— Je n'ai pas trop le choix, on dirait.

— Non… Bon, je vais aller me changer et prendre une douche.

— Tu me montreras le passage et l'abri à bois avant qu'on rejoigne Gaby ?

— J'allais te le proposer.

Il disparut. Et je restai les bras ballants, ne comprenant plus rien à ce qui se passait dans ma tête. Avant qu'il ne débarque dans le bureau, j'étais méfiante, ne pensant qu'à obtenir ce que je souhaitais pour La Datcha, combative, déterminée à ne pas me préoccuper de lui, des combats qu'il livrait avec lui-même et dont je ne connaissais pas la teneur. Et après son passage, parce qu'il avait été gentil, qu'il avait voulu me soutenir dans la gestion de La Datcha et de mes enfants, j'étais soulagée – ce qui me semblait normal –, mais j'étais aussi heureuse, attendant sa compagnie. Avait-il saisi ma faiblesse pour mieux en jouer ? Je ne pouvais le croire. J'étais fatiguée de me retenir, de m'empêcher de faire confiance, de me surveiller, de ne pas oser dire ce que j'avais sur le cœur. L'arrivée de Vassily m'ébranlait bien plus que je ne voulais me l'avouer. Une phrase de Macha me revint en mémoire, le soir de l'enterrement de Jo, elle m'avait obligée à vivre mon chagrin, à le faire sortir. Je n'avais pas été étonnée. Macha, même si elle était dans la retenue, pensait qu'il fallait pleinement vivre ses sentiments, son ressenti, pour vivre avec et ne pas se laisser ronger. Devais-je lâcher la bride, me laisser davantage porter par les événements ? Et voir ce qui se passerait. Peut-être. Certainement. Je m'étais toujours sortie de tout, même du pire…

Vingt minutes plus tard, il était de retour.

— Tu es prête ?

Je fis un détour par l'arrière du comptoir pour récupérer le portable de la réception, sous le regard amusé de Vassily.

— J'ai prévenu à la terrasse de la piscine que tu serais au restaurant. J'ai précisé que, s'ils avaient dans l'idée de venir te déranger, ils s'exposaient à Gaby.

Je ris.

— Gaby a toujours fait moins peur que ton père, je ne suis pas certaine que tes menaces fonctionnent.

— Je leur ai rappelé que j'étais le fils de Jo.

Chaque seconde passée ici lui permettait d'assumer de mieux en mieux qui il était. En jean et polo, il endossait le costume de Jo, à sa manière, plus jeune, plus dynamique, plus incisif. Il m'entraîna jusqu'à l'abri à bois. La métamorphose des lieux me stupéfia. La réserve de bois avait été séparée en trois, une partie le long du garage, l'autre toujours dans l'abri, mais sur le mur qui nous séparait du terrain voisin, et le reste du côté de la piscine. Vassily avait fait en sorte de préserver une partie de la vigne vierge pour conserver la fraîcheur. Contrairement à ce que je pensais, il n'avait pas démoli la porte.

— Demain, j'irai faire faire des doubles de la clé. J'ai préféré la conserver, elle est belle, elle est faite pour ici et je me suis dit que c'était mieux, comme ça, on pourra fermer en hiver…

Il marqua un temps d'arrêt, étonné, tout comme moi, le « on » flotta dans les airs de longues secondes. Il s'ébroua et reprit ses explications. Il lui restait à remettre du gravier pour aplanir le chemin jusqu'à la terrasse de la piscine.

— Je suis épatée, ça va leur changer la vie… à moi aussi d'ailleurs, merci vraiment.

Il était prêt à me répondre quand il fut interrompu :

— Les enfants ! brailla Gaby.

Nous rejoignîmes côte à côte et sans traîner le restaurant, notre table ronde nous attendait à un angle. Je ne m'y rendis pas immédiatement, je fis le tour de la terrasse pour saluer nos clients, comme c'était l'habitude quand on venait dîner parmi eux, je prenais le temps de bavarder, de rire à leurs anecdotes de vacances que je connaissais par cœur, de demander aux enfants si l'eau de la piscine était bonne. Puis je rentrai saluer les serveurs que je n'avais pas encore vus. Je passai la tête par la porte de la cuisine, interpellai Charly. D'un regard, il me fit comprendre qu'il allait bien, je le rassurai de mon côté, même si je nageais en eaux troubles, de plus en plus troubles d'ailleurs.

En me voyant arriver, Gaby et Vassily interrompirent leur conversation. Ce dernier se leva et tint ma chaise, le temps que je m'assoie. Je choisis de ne pas me contrarier de leur silence soudain, je refusais que cette soirée se transforme en torture intérieure. Gaby me servit généreusement en vin. Je reconnus l'étiquette, le préféré de Jo… Le calme régnait, il n'était pas gênant, bien au contraire, il était apaisant, je m'y glissai. Gaby, en ancien maître des lieux, admirait la terrasse, satisfait, avec son regard sage de vieil homme qui avait vécu mille vies. Vassily, qui, lui, n'avait dîné qu'en cuisine, observait attentivement les détails, la vue sur la fontaine et les micocouliers, la tenue des serveurs, la joie des clients. Et moi, je me reposais, savourant cette minute de sérénité inattendue et bienfaitrice.

Charly nous rejoignit, accompagné d'un serveur. J'étais heureuse qu'il ait réussi à se libérer – peu de temps, je m'en doutais –, mais je n'aurais pas aimé qu'il ne soit pas des nôtres, je ne voulais pas qu'il reste à l'écart. À ses risques et périls, il nous avait préparé une recette traditionnelle du coin, et un incontournable de Gaby ; la souris d'agneau au thym, accompagnée de petit épeautre du Ventoux. Son mentor lui adressa un regard rempli de fierté. Charles ne le quittait pas des yeux, personne n'attrapa sa fourchette, c'était au chef de goûter. J'échangeai un sourire complice avec Vassily, fasciné par la scène qui se jouait devant lui. Quand il était parti, Charly n'était qu'un commis maladroit et timide qui se faisait souffler dans les oreilles toutes les deux minutes par son chef. Vassily ne l'avait vu que courber l'échine et encaisser. Des flashes m'assaillirent. Vassily lui avait souvent remonté le moral, il l'avait encouragé à ne rien lâcher. J'avais même surpris une conversation entre eux deux où il lui avait dit : « Tu ne vas pas avoir peur de Gaby après avoir déserté de l'armée ! Tu verras, un jour, il sera fier de toi ! »

— Mon grand, commença Gaby, j'ai souvent fait moins bien que toi. Toutes tes cuissons sont parfaites…

Gaby était ému des prouesses de son fils spirituel. Tout le monde soupira de soulagement, à commencer par Charly, qui, c'était assez rare pour le souligner, rougit de fierté et se tint droit. Il mettrait du temps à se remettre de ce compliment, qui était bien plus en réalité. C'était de la reconnaissance, de l'amour à l'état brut.

Le repas se déroula dans la bonne humeur, la joie, et la nostalgie pour Gaby. Tout en surveillant que l'on mange et que l'on ne manque jamais de vin, il monopolisa la conversation ; il radotait sur leurs coups pendables quand Jo et lui étaient enfants sur le port de Marseille. Vassily les connaissait comme s'il les avait vécus avec eux, il finissait régulièrement les phrases du frère de cœur de son père. Plus d'une fois je faillis m'étouffer en entendant de quoi ils avaient été capables. Gaby riait, régulièrement des larmes perlaient au coin de ses yeux, il se les tamponnait avec son mouchoir en tissu. Personne ne relevait, nous le laissions vivre ses souvenirs, sans le mettre mal à l'aise. Sa présence et son flot de paroles convoquaient Jo et Macha à notre table.

La nuit était totalement tombée, la terrasse se clairsemait tranquillement, Charly faisait de moins en moins d'allers-retours à la cuisine. Cette fois-ci, il revint les bras chargés. Il déposa des verres à liqueur et les bouteilles de digestif. Gaby envoya une bourrade dans son dos – sa façon de dire merci –, Charly faillit être propulsé de l'autre côté de la table. Je réprimai un rire, Vassily aussi. Quand il reprit ses esprits, sans un mot, il servit son chef avec du marc de Provence, il serait au même régime. Il me connaissait et, toujours silencieux, me servit une farigoule. D'un signe de tête, il demanda à Vassily ce qu'il souhaitait.

— Comme Hermine, s'il te plaît.

Charly haussa un sourcil, surpris par son choix. Je partageais son étonnement, seul Gaby ne réagit pas. La farigoule était sucrée, plus douce.

— C'est pour mon père que j'en bois une, répondit-il à nos interrogations muettes. Quand j'étais gamin et que j'étais malade l'hiver, avec ta complicité, Gaby, dans le dos de ma mère, elle vous aurait étripés si elle avait su… il m'en faisait boire une rincette, m'affirmant que le thym allait me guérir !

On éclata tous de rire.

— Je suis heureux, les enfants, déclara Gaby. Jo et Macha m'ont fait un beau cadeau ce soir, avant que je tire ma révérence.

— Gaby, s'il te plaît ! tonna Vassily.

— Ne m'empêche pas de savourer de vous avoir ensemble, lui rétorqua-t-il. Je suis le prochain, il faut vous y faire. Vous pourriez être mes gosses, je vous aime tout pareil. Je t'ai vu naître, j'ai vu la fierté dans les yeux de ton père d'avoir un fils, je t'ai vu courir cul nu dans cette cour et devenir un homme. Te revoir alors que… Mon grand en cuisine, s'adressa-t-il à Charly, tu es le meilleur, tu es doué, tu es généreux, je ne pouvais rêver mieux que toi, pourtant, je pariais pas cher à ton arrivée. Et toi, la P'tite…

Il me sourit tendrement, j'attrapai sa main ridée.

— Je t'ai vue sortir de ta coquille, devenir belle comme le jour. Tu te tues à la tâche ici, mais tu fais revivre de bien belles heures à La Datcha… Je n'ai qu'un regret ce soir.

— Lequel, mon Gaby ?

— Qu'il n'y ait pas de musique pour te voir danser avec les clients, comme Macha le faisait avant toi.

Il me broya contre lui.

— Comme tu ne vas pas nous abandonner tout de suite, je suis heureuse de t'annoncer que mercredi prochain, tu seras avec nous ici, c'est la grande fête de l'été, je l'ai maintenue pour Jo et Macha, et je danserai avec toi.

Il embrassa mes cheveux et m'étreignit un peu plus fort. Plus personne ne parla autour de la table, jusqu'au moment où le silence fut brisé par des clients qui m'appelaient. Je m'excusai auprès d'eux trois, me levai, dis au revoir à Gaby en lui faisant promettre d'être là dans quelques jours, et rejoignis la réception, le sourire aux lèvres et le pas léger. J'avais aimé cette soirée, elle m'avait fait du bien malgré la nostalgie qui avait plané au-dessus de nous. Il ne manquait que Jo et Macha, mais ce dîner avait été à l'image de la convivialité de La Datcha. Et c'était la première fois que je la ressentais depuis la mort de Jo.

Après m'être occupée des clients, je restai à la réception pour ranger et préparer la journée du lendemain. J'y étais depuis une bonne demi-heure quand Vassily entra à son tour. Il vint s'accouder au comptoir et alluma comme par réflexe la veilleuse de sa mère. Il la fixait en souriant tristement.

— Charles va suivre Gaby sur la route, c'est plus raisonnable.

— C'est une brillante idée, il était en forme, notre Gaby, lui répondis-je souriante. Être avec toi une partie de la journée et la soirée lui a vraiment fait plaisir. On ne l'avait pas vu si joyeux depuis très longtemps.

Il me sourit en retour et passa ensuite une main fatiguée sur son visage.

— Je me souvenais de lui il y a vingt ans… je ne m'attendais pas à ce qu'il ait autant vieilli.

— La mort de ton père l'a terrassé.

Je m'en voulus immédiatement d'avoir prononcé cette phrase, même si elle reflétait la vérité.

— Ça n'a rien d'étonnant.

Après quelques secondes d'un silence pesant, il arbora un sourire en coin.

— L'idée de la grande fête de l'été l'a ragaillardi. Ma mère s'était bien gardée de me dire que tu respectais la tradition cette année, malgré la mort de mon père et son départ.

— Ça te dérange ?

Il sembla surpris par ma réaction.

— Pas du tout ! me rassura-t-il sincèrement. Je ne m'attendais simplement pas à revivre une fête à La Datcha… C'est étrange.

Après cette dernière remarque sibylline, il s'éloigna du comptoir.

— Tu restes encore à la réception ?

— Non, il est l'heure de fermer boutique.

Il me sourit, franchement cette fois.

— Tu as raison. Bonne nuit, Hermine, à demain.

Il prenait déjà la direction de l'aile de ses parents, en secouant la tête comme s'il entretenait un dialogue avec lui-même.

– 12 –

Les jours suivants se déroulèrent dans une routine presque déroutante, après les derniers événements. Plus de visite surprise, plus de nouveaux travaux, plus de rappels à de vieux souvenirs. Je goûtais à cette paix, qui n'avait de paix que le nom. Je n'eus pas besoin que Vassily me l'annonce pour saisir qu'il avait enfin réglé son problème de décalage horaire. Le matin, quand j'arrivais dans la cuisine, la cafetière pleine ne m'attendait plus sur la table en bois.

Je repris mes habitudes de travail, avec la conscience de Vassily rôdant n'importe où à La Datcha. Il finit les dernières bricoles de l'abri à bois, s'occupa des doubles de la clé qu'il me déposa à la réception. Il passait beaucoup de temps dans le garage de son père, il entreprenait le grand rangement jamais fait par Jo. Je ne cherchais pas à en connaître la raison. Il saluait les clients, discutait avec eux, avec une petite préférence pour les étrangers. Parfois, particulièrement le matin, il rentrait, oreillettes vissées, en pleine discussion téléphonique et partait s'enfermer chez Jo et Macha. Le soir, nous nous croisions dans les cuisines de Charly, nous partagions une partie de nos dîners, il se chargeait de la veilleuse de la réception pour me permettre de rentrer directement au moulin, et je m'habituais à sa présence ; il faisait à nouveau partie du paysage de La Datcha.

Cet après-midi-là, tandis que je faisais mon tour quotidien de l'hôtel, m'assurant que chaque bouquet de fleurs ait de l'eau fraîche, je tombai sur lui dans le couloir du dernier étage. Il ne parut absolument pas gêné d'être surpris en pleine visite. Il m'expliqua ne jamais avoir vu de photos des travaux de la rénovation de ce niveau, et être curieux du résultat. Je lui précisai que, sans clé, il aurait du mal à découvrir l'ampleur du changement. Après être allée vérifier à la réception que le champ était libre, je remontai le rejoindre avec le passe. J'ouvris et le laissai passer devant moi. Il fit le tour, s'attarda sur le moindre détail, l'expression de son visage me prouvait qu'il était réellement épaté, il ne pouvait pas mentir.

— Jamais je n'aurais pu imaginer que le résultat soit aussi exceptionnel, c'est incroyable. Quand on pense à ce que c'était !

— C'était génial ! lui répondis-je, toujours aussi nostalgique de mes deux années dans mon perchoir.

Il rit à ma réaction, certes disproportionnée, mais elle venait du cœur. Je ne tolérais aucune critique sur ce qui avait représenté mon refuge et mon paradis. Il ne pouvait pas le savoir.

— Ta chambre était là ? indiqua-t-il du bon côté.

Je hochai la tête, perturbée qu'il s'en souvienne. Il traversa la pièce, ouvrit la fenêtre et se pencha vers la cour. Après de longues secondes de silence, il m'envoya un regard pénétrant par-dessus son épaule.

— Tu avais une vue imprenable sur les allées et venues.

— Oui, murmurai-je.

— Tu as dû souvent te faire réveiller par la livraison du boulanger, non ?

J'étais certaine qu'il cherchait à savoir si je me souvenais de son départ.

— Et par d'autres choses, aussi, lui répondis-je.

— Tu t'en souviens…

Il me tourna à nouveau le dos, offrit son visage au ciel en respirant profondément. Et puis, soudainement, il tapota le rebord de la fenêtre.

— J'imagine que cette chambre ne doit pas souvent désemplir.

Sourire aux lèvres, comme s'il n'y avait eu aucune allusion, il retraversa la chambre. La parenthèse souvenir venait de se refermer, j'étais soulagée, je n'aimais pas le trouble que cela générait en moi, chaque fois qu'il était question de l'époque où il était encore là. J'étais toujours désarçonnée les instants d'après.

— Félicitations, je sais que c'est à toi qu'on… que La Datcha doit cette réussite. Je vais te laisser finir ta ronde. Merci pour la visite.

— Je t'en prie.

Dans quelques heures, je retrouverais mes enfants. J'étais heureuse, même si je devais reconnaître qu'ils n'avaient pas eu le temps de me manquer. L'arrivée de Vassily pendant leur semaine avec Samuel était tombée à point nommé. Je ne sais pas comment j'aurais réussi à tout gérer dans le cas contraire. Disons que j'avais pris mes marques…

Vassily débarqua en trombe à la réception. Le découvrir en costume, chemise impeccablement repassée, rasé de près – je réalisai d'ailleurs qu'il avait laissé pousser sa barbe depuis qu'il était arrivé à La Datcha –, ordinateur portable et dossiers sous le bras me décontenança.

— Hermine, je suis navré, mais peux-tu me laisser le bureau pendant une heure ou deux ?

— Euh… oui… bien sûr… je prends juste ce dont je pourrais avoir besoin.

— Merci.

Il partit s'installer, dégagea mes affaires qu'il rangea dans un coin du mieux qu'il put au milieu de mon bazar. Il était tendu, pressé, à l'opposé de celui qui commençait à lâcher prise ces derniers jours.

— Tout va bien ?

Il eut un sourire désabusé.

— J'ai une réunion qui démarre dans quelques minutes, et pour être honnête avec toi, elle m'était complètement sortie de la tête. Le salon et la cuisine de mes parents ne sont pas l'idéal pour convaincre que je gère tout à distance.

Il était à cran, c'était palpable, il serrait, desserrait les poings pour se contenir. Jamais il ne s'était comporté de cette manière en une semaine.

— Je fais en sorte que tu ne sois pas dérangé. Bon courage.

Durant les deux heures qui suivirent, je l'entendis régulièrement hausser le ton, jonglant entre un anglais parfait et une langue totalement inconnue. Sans comprendre un traître mot de ce qu'il disait, on le devinait sec, mordant, parfois même agressif. Quand le silence revint de son côté, il resta barricadé dans le bureau. Ce retour violent à sa vie professionnelle le ramenait à la réalité, mais m'y ramenait moi aussi. Tout comme lui, j'avais tendance à oublier que sa vie n'était pas ici. Il était venu pour régler le problème de La Datcha, et repartir ensuite. Nous n'avions pas avancé à ce sujet…

J'avais arrêté de l'attendre quand il émergea en fin d'après-midi, les yeux fatigués, les traits tirés, la mine sombre, les manches de chemise remontées sur les bras. Je jetai un furtif coup d'œil vers le bureau ; son ordinateur était encore ouvert, de la paperasse étalée tout autour. *A priori*, il n'avait pas fini de travailler. Il avança vers le comptoir en faisant craquer son cou et s'accouda en face de moi.

— Je suis désolé, Hermine, j'ai perdu la notion du temps et oublié que je te privais de ton bureau.

D'une main lasse, il se massa les tempes et le front, en m'avouant qu'il était surpris de s'être si vite réhabitué à vivre dehors et de ne plus être enfermé entre quatre murs toute la journée. Puis il se tut longuement. Soudain, il tapa du poing sur le comptoir en soupirant profondément, comme s'il cherchait à canaliser une colère sourde.

— Ça ne s'est pas passé comme tu le souhaitais, j'ai l'impression ? lui demandai-je, sincèrement ennuyée pour lui.

Il s'excusa pour son coup de sang – qui me rappelait ceux de Jo. Puis, sans que je ne demande rien, il m'expliqua que son groupe était en plein rachat d'une chaîne hôtelière en Asie qu'il aurait en charge de relancer dans les mois à venir. Malgré les grincements de dents des actionnaires, il s'était octroyé

« des vacances » pour ramener le corps de sa mère en France. Vassily avait travaillé d'arrache-pied avant de partir pour régler le maximum de clauses au rachat et avait assuré qu'il travaillerait à distance sur le projet et le ferait avancer. Sa direction, qui le rendait pour partie responsable du retard de la conclusion de l'affaire, estimait qu'il s'était un peu trop laissé aller à La Datcha. Vassily, même s'il s'en voulait et que sa conscience professionnelle était mise à mal, rageait qu'on lui reproche de ne pas être présent. À cette occasion, j'appris qu'il ne prenait jamais de vacances, uniquement quelques jours lorsque Jo et Macha venaient passer deux mois chez lui. Il n'avait donc pas de vie en dehors de son travail, et si je comprenais bien, cela avait toujours été le cas depuis qu'il était parti d'ici. Il reconnaissait que prendre plusieurs semaines d'un coup était un peu extrême par rapport à ses habitudes, mais il estimait ne pas démériter. Jusque-là, il avait toujours tout réussi pour eux, et leur avait permis de gagner un maximum d'argent, les dividendes pleuvaient dans son groupe, et il y était pour beaucoup.

— Tu es arrivé il y a seulement une semaine et ils veulent déjà que tu rentres à Singapour ? lui demandai-je, subitement inquiète.

Il eut un sourire amer, dépité.

— Oui… mais j'ai négocié un peu de temps, je n'ai pas fait… je n'ai pas réglé…

Il s'abîma dans la contemplation du sol au plafond de la réception. Il se tourna vers la porte. D'où il était, il voyait la fontaine et la terrasse du restaurant. Après une profonde inspiration, comme pour se donner du courage, il me fit face, soucieux. Il essayait de me faire passer un message. Pourquoi était-ce si difficile de parler de La Datcha ? De ce sujet qui nous plombait l'un comme l'autre. Ma bouche s'ouvrit avant même que je le réalise :

— Tu n'as pas encore décidé…

Je ne pouvais pas finir ma phrase.

— Non… et…

— Et quoi ?

— Je ne suis pas prêt à repartir…

Il accrocha mes yeux, impossible d'y échapper, comme dans le garage de Jo. Mais là, Vassily n'était pas déterminé, il était simplement dérouté. De mon côté, chaque seconde qui passait, j'étais de plus en plus désemparée, je ne savais plus ce que je voulais, où j'en étais. Impossible de démêler mes sentiments. Comme depuis ces derniers mois, un souvenir jaillit, plus qu'un souvenir, une sensation, une impression de déjà-vu, de déjà ressenti. J'avais été totalement déconcertée lorsque j'avais appris qu'il quittait La Datcha – par un autre que lui, entre deux portes, la veille de son départ – trois mois après mon arrivée. J'avais été triste, en colère, perdue. Je l'avais oublié. À moins que je n'aie pas voulu y repenser.

Je m'apprêtais à lui demander pourquoi il voulait encore rester, quelles étaient les vraies raisons. Je voulais qu'il parle, qu'on se parle, qu'on arrête d'éviter certains sujets. Parce que je sentais de plus en plus que l'avenir de La Datcha n'était pas le seul enjeu.

— Maman !

Je repris ma respiration comme si je ressortais d'une longue apnée. Vassily se crispa, mais ne bougea pas, au contraire, j'eus l'impression qu'il s'accrochait de toutes ses forces au comptoir, comme s'il se retenait. De quoi ? Je me délivrai de son emprise, me levai, fis le tour, sans plus oser le regarder, et me concentrai sur mes enfants qui débarquaient beaucoup plus tôt que prévu. Romy traversa la réception en courant et sauta dans mes bras. J'enfouis mon visage dans ses cheveux, je me sentis mieux, revenue sur terre. Alex arriva de sa nouvelle démarche nonchalante de préado, il traînait derrière lui plus qu'il ne portait leurs deux sacs pour la semaine. Il m'embrassa distraitement, je reposai ma fille par terre.

— Où est votre père ? les interrogeai-je.

— Il nous a déposés, il est déjà reparti.

— Quoi ? m'énervai-je.

Je courus jusqu'au perron et eus tout juste le temps de voir disparaître son pick-up. Que nous ayons dorénavant des problèmes de communication, que nous fassions en sorte de nous voir le strict minimum, je pouvais le comprendre, c'était même ce que je cherchais. Terminés, les rires, les sous-entendus, la complicité entre parents séparés, mais là, il dépassait les bornes. J'aurais tout de même apprécié entendre de sa bouche que la semaine avec les enfants s'était bien passée, qu'il n'y avait rien de particulier. Nos conflits n'empêchaient pas la politesse de base, à défaut de courtoisie. Il allait m'entendre. Je fis volte-face, prête à incendier Samuel par téléphone, mais je baissai immédiatement en pression. Alex et Romy dévisageaient Vassily qui les fixait, un petit sourire aux lèvres. J'avais oublié les présentations. Je n'eus pas le temps de les rejoindre que Romy faisait déjà un pas vers lui.

— Jo et Macha, c'est tes parents ?

— Oui… Toi, tu es Romy, et toi, Alexandre.

Mon fils hocha la tête, suspicieux. Je n'avais pas prononcé leurs prénoms devant Vassily, j'en étais certaine.

— Jo et Macha m'ont beaucoup parlé de vous.

Mon cœur se serra, j'étais tétanisée, incapable de réagir, de prononcer le moindre mot.

— C'est vrai ? cria ma fille, folle de joie.

Il lui sourit, un peu plus franchement. Elle se propulsa contre lui, et s'accrocha à sa taille. Il resta bête, désarçonné par la réaction de Romy ; dans son monde, il ne devait pas souvent côtoyer des enfants. Il posa maladroitement ses mains sur ses épaules.

— Tu vas pouvoir continuer à m'apprendre le russe, comme Macha, maintenant que tu es là !

Vassily me lança un regard interrogatif et ému. Il ne savait pas que Macha apprenait sa langue à mes enfants. D'un signe de tête, je lui confirmai. Il ferma brièvement les yeux. Puis il se ressaisit.

— Je risque d'être moins doué que ma mère, tu sais…

— Pas grave !

— Comment t'appelait-elle ?

— *Solnychko*. Et toi, c'est quoi ton surnom ?

— *Vassia*. On ne m'a pas appelé comme ça depuis très longtemps.

Sa voix flancha légèrement. Je décidai d'intervenir.

— Romy, ça suffit maintenant, lâche Vassily. Il a du travail. Les cours de russe ne vont pas commencer ce soir, il est encore là pour quelques jours.

Je faisais en sorte de ne surtout pas croiser le regard de Vassily. Elle obtempéra à regret, mais à mon plus grand soulagement. J'attrapai derrière le comptoir les clés de chez moi et les tendis à Alex, toujours mutique, et absorbé par son observation pointilleuse de cet homme inconnu qui ressemblait à Jo, mais qui n'était pas lui.

— Allez au moulin, les enfants, rangez vos affaires, je vous rejoins le plus vite possible. Votre père vous a déposés en avance, je n'ai pas fini ma journée de travail, je suis désolée.

Mon fils leva les yeux au ciel, blasé. Je n'aurais pas été étonnée que Samuel lui ait monté la tête.

— Hermine, rentre chez toi avec eux, me proposa Vassily. Je me charge de la réception en attendant la relève.

— Non !

— Je reste travailler au bureau, je suis là… Ça me fait plaisir, je t'assure.

Je ne voulais pas le laisser, notre conversation n'était pas terminée, il était soucieux, je n'aimais pas le voir ainsi, cela me heurtait, j'en prenais dangereusement conscience. Et dans le même temps, je ne rêvais que de me reposer avec mes enfants, les retrouver et oublier.

— Vas-y, s'il te plaît.

Je cédai, récupérai mes affaires. Les enfants m'attendaient. Je marquai un temps d'arrêt près de Vassily.

— Merci, à demain.

— Ne t'inquiète de rien, je surveille la maison.

J'eus un coup au cœur, bouleversant. Ce mot « maison » résonnait douloureusement en moi. Je réussis à lui sourire et tournai les talons. Romy assura le spectacle de notre sortie de scène en récitant tous les « bonne soirée », « à demain », « bonne nuit » en russe. Tout son répertoire y passa. Nous prîmes le chemin du moulin. À mi-parcours, je jetai un regard par-dessus mon épaule ; Vassily, adossé au chambranle de la porte, nous fixait, il m'envoya un signe de la main, auquel je répondis d'un sourire.

Le week-end fut sportif. Impossible, début août – le cœur de la saison –, de m'absenter de La Datcha. Tout le monde était sur le pont, moi la première, même si j'avais les enfants. Ils en avaient l'habitude. Du moment que nos déjeuners et nos soirées ensemble au calme étaient assurés, ils me le pardonnaient. En tout cas, j'osais le croire. Je leur faisais assez confiance pour les laisser seuls au moulin, ils avaient vite appris l'indépendance. Somme toute assez relative et circonscrite dans l'enceinte de La Datcha où tout le monde les connaissait et les surveillait de loin. Ils n'étaient pas livrés à eux-mêmes comme la petite fille que j'avais été. Je n'étais jamais loin d'eux, et ils pouvaient me trouver à n'importe quel moment. Ils pouvaient profiter de la piscine lorsqu'il n'y avait pas trop de monde et quand il y avait déjà des enfants qui faisaient du bruit. Je n'aurais pas toléré que ce soient les miens qui gênent les clients. Mon vrai problème fut que, en plus de la gestion de l'hôtel, je dus passer une partie de mes journées à garder un œil sur Romy dont la principale activité fut de pister Vassily à travers La Datcha, ce qui avait le don de mettre mes nerfs à rude épreuve ainsi que ceux de son frère, à qui elle échappait autant qu'à moi. D'habitude, elle menait sa vie entre le moulin et la piscine, sans que j'aie à m'inquiéter outre mesure pour elle. Pas cette fois, je la voyais courir dans un sens, puis dans un autre, traverser La Datcha en slalomant entre les gens. Dès que j'avais le dos tourné, elle disparaissait. Malgré mon énervement, j'avais les plus grandes difficultés à la disputer ; à travers lui, elle voulait retrouver Jo et Macha. De son côté, Vassily avait définitivement établi ses quartiers dans le bureau, il y passait beaucoup de temps, tout en participant à la vie de l'hôtel. Il maîtrisait chaque poste, chaque fonction à la perfection, et n'avait pas peur de se salir les mains. Pourtant, il n'était pas difficile d'imaginer qu'il ne le faisait plus depuis longtemps. Je n'essayais même pas de le dissuader de nous aider. Je me serais fatiguée pour rien. Il s'activait, jonglant entre ses responsabilités professionnelles et l'hôtel de ses parents, comme si c'était on ne peut plus naturel et qu'il n'avait pas vécu une pause de vingt ans. Nous avions beau nous croiser plusieurs fois par heure, nous ne réussissions pas à nous parler plus de deux minutes. À moins que lui comme moi fassions tout pour éviter de reprendre notre conversation à demi-mot. Ce qui était hautement probable, en ce qui me concernait.

Alors que la journée du dimanche touchait à sa fin, Romy était introuvable. Vassily n'étant ni dans le bureau ni sur la terrasse, mon instinct me dicta d'aller jeter un œil du côté du garage. J'avais vu juste. Elle était assise sur l'établi de Jo, en train de babiller en russe pendant qu'il poursuivait son ménage de printemps. Je restai stoïque de longues minutes à les observer. Romy parlait sans discontinuer, il lui répondait en russe. Romy ne saisissait pas toujours ce qu'il lui disait, elle s'énervait, se concentrait, lui demandait de répéter, il s'exécutait en parlant plus lentement. Et ils finissaient invariablement par se comprendre. Ma fille me repéra et me brailla dessus en russe. Son obsession allait me faire tourner dingue.

— Romy, je ne comprends rien !

— Depuis le temps que tu es ici, tu dois bien avoir quelques notions, se moqua gentiment Vassily en s'approchant de moi.

— Je connais quelques mots, mais de là à me faire enguirlander par ma fille en russe, il y a des limites.

Il éclata de rire.

— Elle parle bien, m'apprit-il. Sincèrement, je suis épaté.

— Tu vas faire une heureuse.

Romy bichait, en roulant des yeux.

— Macha ne leur a parlé longtemps qu'en russe, lui appris-je. Elle a attendu d'être certaine qu'ils l'aient intégré avant de leur parler de temps en temps en français.

Son regard, voilé de tristesse, partit au loin.

— Elle a fait avec tes enfants exactement comme avec ma sœur et moi.

Il n'avait jamais évoqué le souvenir de sa sœur jusque-là, et cela semblait affreusement douloureux. J'aurais voulu parler, prodiguer des mots apaisants et rassurants. Ils me manquaient, j'en savais si peu sur Emma. L'irruption surprise d'Alex nous offrit une diversion. Je me concentrai sur mon fils qui traversait le garage, un carton dans les mains. Il avançait d'un pas déterminé et ne quittait pas Vassily du regard. Celui-ci dut se sentir visé. Il s'éloigna de moi et s'approcha de mon fils. Alex posa son chargement au sol. Que faisait-il avec ses petites voitures de collection ? Vassily écarquilla les yeux en découvrant le contenu de la boîte. Alex serrait les dents, je voyais bien qu'il en avait gros sur le cœur. Que lui arrivait-il ?

— Je te les rends, annonça-t-il à Vassily. Elles sont à toi, Jo me l'a dit.

Je restai bête. Je n'aurais jamais pu imaginer que mon fils se souvienne de l'origine de ces jouets, moi-même cela m'était complètement sorti de la tête.

— Elles sont à toi, maintenant, lui répondit l'ancien propriétaire.

— Tu ne les veux pas pour tes enfants ?

— Je n'en ai pas. Et cela ne changerait rien. Mon père a eu raison de te les offrir, elles doivent rester à La Datcha. Je suis heureux que tu les aies.

— C'est vrai ?

— Je te le promets. Tu as l'air d'en prendre soin.

C'était la stricte vérité. Alex tenait à sa collection comme à la prunelle de ses yeux ; même s'il n'y jouait plus, elles étaient alignées méticuleusement sur une étagère de sa chambre. Jo les lui avait offertes quelques années plus tôt. Encore un flash ; un mauvais souvenir. Après que Jo avait fait ce cadeau à notre fils, Samuel et moi nous étions disputés, Samuel s'était mis en rogne sans raison apparente. Je n'avais pas compris et ne comprenais toujours pas pourquoi Samuel n'avait pas supporté ce cadeau. Seule certitude : à partir de cet instant, il n'avait plus eu qu'une idée en tête, quitter La Datcha.

Vassily s'accroupit, fouilla dans la caisse, attrapa une petite voiture, l'observa, un sourire attendri aux lèvres.

— Il adorait celle-là, tu dois le savoir, j'imagine.

Alex secoua la tête en guise de réponse. Vassily remit le jouet dans la boîte, la souleva et la tendit à mon fils.

— Ça me fait plaisir, vraiment.

— Merci, Vassily.

On avait eu assez d'émotions pour la journée.

— Allez, rentrons au moulin, les enfants, il est déjà tard !

Je rêvais de me coucher tôt, la semaine serait chargée, d'autant plus que les enfants resteraient toute la journée à La Datcha – pas d'activités cette semaine. Je partis récupérer Romy, qui trônait toujours sur l'établi, mais boudait parce qu'elle n'était plus le centre de l'attention depuis quelques minutes.

— *Khorochego vetchera*, dis-je à Vassily.

Il n'en revint pas que je lui souhaite bonne soirée en russe et en resta muet. J'étais assez fière de moi.

— *Do zavtra*, continuai-je sur ma lancée.

On échangea un sourire, et je quittai le garage, entourée de mes enfants.

J'attendis le lundi matin pour enfin téléphoner à Samuel. J'avais manqué de temps, d'envie, de courage aussi durant le week-end. Je m'isolai dans le fond du jardin, pas loin d'aller me cacher dans le verger pour n'être surprise par personne.

— Tu étais bien pressé pour ne pas daigner descendre de ta voiture, l'autre soir !

— Alex est assez grand pour te faire le compte rendu de la semaine.

— On doit être un minimum capables de se supporter pour eux. Ne me refais plus jamais ce coup-là.

Il soupira outrageusement. Visiblement, je l'insupportais, c'était réciproque.

— De toute façon, tu ne vas pas avoir le choix. Ils restent à La Datcha toute la semaine, il n'y a ni équitation ni danse.

— Merde ! gueula-t-il. J'avais oublié.

Il était vraiment en rogne.

— Ne compte pas sur moi pour les conduire chez toi, enchaînai-je. J'ai du travail.

— C'est bon… j'ai compris. Si tu n'as plus rien d'autre à ajouter, je te laisse.

Il raccrocha. Qu'il s'étouffe avec son venin. Et cela finirait bien par lui passer. Du moment que les enfants n'en pâtissaient pas, c'était le principal.

La soirée de mercredi – la plus importante de l'été – demandait beaucoup de préparation. Une tradition, le point d'orgue de la saison, elle avait toujours lieu avant le 15 août – moins de risque d'orages. Une fête où Jo et Macha invitaient aux côtés des clients leurs amis, les voisins, les commerçants des villages alentour, une fête où la terrasse du restaurant s'agrandissait comme par magie. Elle avait beau nous épuiser, nous demander plus de travail encore, elle nous offrait un air de vacances à nous aussi. Cette fête n'était pas réservée aux seuls clients, elle était aussi pour tous ceux qui travaillaient à La Datcha. Nous prévenions toujours, au moment de la réservation, qu'il ne fallait pas compter se coucher tôt et dans le silence, cette soirée s'éternisait toujours. Cette année, il allait falloir compter avec la deuxième terrasse pour le restaurant, les mouvements au sein de l'hôtel seraient importants. Il était à parier que, cédant à leur envie d'écouter et de voir de plus près les musiciens et la chanteuse, des clients abandonneraient leur table près de la piscine en plein milieu de leur repas. Certains n'hésiteraient pas à demander qu'on les déplace, quitte à manger près du parking pour être au plus près du cœur de la fête. Et puis, il ne fallait pas oublier les clients de l'hôtel, ceux qui ne dînaient pas chez Charly : lorsqu'ils rentreraient, beaucoup souhaiteraient boire un verre. Chaque année, le temps me semblait trop court pour que tout soit prêt. Nous mettions tout en œuvre pour que rien ne vienne entacher cette soirée, quitte à enchaîner les nuits blanches.

Difficile de ne pas penser à Jo et Macha, alors que tout le monde s'affairait dans la joie et la bonne humeur, Vassily compris. Il ne ménageait pas sa peine, il aidait partout, tout le monde, sans pour autant lâcher ses responsabilités à Singapour. Régulièrement, je le croisais au bureau en pleine conversation téléphonique, écrivant un mail ou encore s'énervant tout seul.

Mardi soir. Les enfants dînèrent à la terrasse du restaurant, je me contentai de picorer dans leurs assiettes quand je passais m'assurer qu'ils allaient bien, tant il restait à faire pour le lendemain. J'avais l'habitude, et Alexandre et Romy – eux – étaient ravis de dévorer les éternelles ravioles de Charly. Je les raccompagnai ensuite au moulin pour qu'ils se couchent. Alex me promit de m'appeler sur mon portable en cas de problème avec sa sœur, de peur, ou encore de bruit suspect qui les empêcherait de dormir.

L'objectif de la soirée était que les dernières lumières soient mises en place et testées les unes après les autres. Nous ne pouvions pas prendre le risque de nous retrouver dans le noir. Les flambeaux avaient été disposés dans la journée le long du chemin et dans le jardin côté piscine. Chaque éclairage permanent avait été vérifié, les ampoules et spots changés si nécessaire. Il ne nous restait plus que quelques guirlandes à fixer dans les arbres. Quand il n'en resta plus qu'une, je renvoyai les extras chez eux, je les voulais en pleine forme le lendemain, avec une nuit de huit heures au compteur. Ils partirent dans les rires et la bonne humeur. Les derniers clients du restaurant riaient eux aussi des préparatifs, de nos allées et venues incessantes. Je m'accordais de temps en temps une pause avec eux quand ils insistaient pour m'offrir un verre. La grande fête de La Datcha était lancée, j'étais heureuse. Et je pensais à Jo, qui adorait lui aussi débuter dès la veille. J'avais été à bonne école.

Perchée sur une échelle, je rencontrais des difficultés à fixer la dernière guinguette. Rien à faire, elle retombait comme un soufflé et les ampoules se balançaient mollement dans le vide.

— Hermine, descends de là, m'ordonna Vassily. Tu es trop loin.

Il me regardait d'en bas, les mains dans les poches, se moquant ouvertement de moi. Visiblement, lui avait fini sa mission de la soirée, ce qui lui offrait l'occasion de se payer gentiment ma tête.

— D'habitude, j'y arrive parfaitement, lui rétorquai-je, vexée.

— Je n'en doute pas, me dit-il en riant. Descends, maintenant.

Je lui obéis, à contrecœur. Rictus satisfait aux lèvres, il monta à son tour, mais ne se contenta pas de la dernière marche de l'échelle, il grimpa sur la branche du micocoulier. En me tordant le cou, je le regardai, il était heureux d'être perché là-haut et ça se voyait. Comme sur le tas de bois, il rajeunissait.

Combien de fois était-il monté dans cet arbre pour ne pas avoir eu une seconde d'hésitation ?

— Tu peux aller chercher de la ficelle dans le garage ? J'en ai mis de côté sur l'établi au cas où…

Là encore, je lui obéis, amusée par sa manière de prendre les choses en main, comme s'il n'avait jamais cessé de le faire. Son aide était loin d'être désagréable. Je trouvai ce qu'il m'avait demandé et revins en courant près de l'arbre. Je montai à nouveau l'échelle et lui tendis la ficelle. Il l'attrapa et me remercia d'un clin d'œil.

— Mais qu'est-ce que vous fabriquez là-haut tous les deux ? nous demanda Charly d'une voix paniquée. Vous êtes complètement fous !

— Même pas peur ! lui annonçai-je.

Il éclata de rire.

— J'ai mis les derniers clients au lit, et je vais en faire autant ! Ne vous plaignez pas si vous êtes crevés demain !

Je lui envoyai un baiser, Vassily un signe de la main. Il nous regarda un grand sourire aux lèvres, dodelina de la tête, amusé, et partit vers sa voiture. Je me concentrai sur notre problème de guirlande. Elle ne pendait plus dans le vide, mais était solidement attachée à la branche.

— Alors ? me demanda Vassily.

— C'est parfait !

— Je coupe la corde, et on n'en parle plus.

Je descendis sans attendre. Vassily resta encore un moment, il admirait le paysage. Et même si, au-delà de La Datcha, on ne voyait rien dans la nuit noire, il savait ce qu'il cherchait ; le Ventoux, puis le village de Goult, de l'autre côté, la direction de Lacoste, et le

Luberon. Il respira profondément comme pour absorber cette Provence qu'il avait quittée depuis si longtemps, comme pour se régénérer. Quand il finit par me rejoindre, il inspecta son installation d'en bas, et partit dans ses pensées.

— Quand j'étais petit, la veille de la grande fête de l'été, une fois que tout était prêt, même si nous dormions debout, mon père nous faisait asseoir, ma sœur et moi, sur les marches du perron, et il allait tout allumer. Ma mère nous rejoignait, et ils se remémoraient tous les deux la nuit où ils avaient décidé de créer La Datcha.

Ses yeux brillaient, son sourire était bouleversant. Je me tus pour ne surtout pas briser la magie de ce qu'il revivait. Combien donnerais-je pour avoir de tels souvenirs de mon enfance ? Après de longues secondes, il me fixa intensément, mais toujours un peu ailleurs.

— Tu boirais un dernier verre avec moi sur le perron ?

Sa proposition me chavira, il m'invitait dans ses souvenirs.

Quelques minutes plus tard, je l'attendais sur les marches, et toute la cour s'illumina. Je souris comme une enfant devant un feu d'artifice. Les lumières jaunes dans le feuillage vert ressemblaient à des lucioles, le blanc et le rose des lauriers de Macha donnaient une touche de fantaisie délicate, le silence simplement entrecoupé par le bruit des insectes de la nuit – ceux-là mêmes que j'avais appris à ne plus craindre –, cette douceur de la température qui flirtait avec la peau, la cour majestueuse qui n'était qu'à nous, et pourtant tellement habitée par tous les sourires, tous les rires qu'elle avait accueillis et entendus, tout l'amour qu'elle y avait vu. La Datcha était féerique ce soir. Un vrai décor de film. Elle me faisait rêver, voyager, retomber dans une enfance que je n'avais pas eue. Des larmes de joie montèrent. J'enroulai mes bras autour de mes jambes, submergée par la beauté des lieux. La Datcha m'avait toujours semblé magnifique, mais jamais à ce point.

J'étais au paradis. Un paradis de lumières, de douceur, de nostalgie bienfaitrice. Et dire que j'étais assise à l'endroit même où Jo et Macha avaient décidé de créer leur hôtel. Je n'y avais jamais pensé jusque-là. Il avait fallu que ce soit Vassily qui m'invite à le faire. Pourquoi ? Il arriva dans mon dos depuis la réception, j'essuyai discrètement le coin de mes yeux. Il me tendit un verre de vin et s'assit à côté de moi. Il me dévisagea longuement, un sourire lointain aux lèvres, je ne bougeai pas. Quand bien même je l'aurais souhaité, j'en étais incapable. Je me noyais dans son regard, je croyais qu'il avait le même que sa mère. Il était bien du même vert-doré, mais il était plus dur, plus intense. J'avais l'impression qu'il voulait me parler, mais qu'il n'y arrivait pas, qu'il ne pouvait pas. Il brisa le charme et reprit sa respiration, comme s'il cherchait à se réveiller. Sans dire un mot, il admira à son tour la cour.

— La Datcha est toujours aussi belle… je ne pensais pas qu'elle aurait la même emprise qu'avant.

— Elle ne te manquait pas ?

Son regard partit au loin.

— C'est une question que je préfère ne pas me poser.

— Pourquoi ? murmurai-je.

Il parut ennuyé.

— Je n'aime pas les pourquoi, Hermine. Je ne sais pas y répondre. Je ne veux pas y répondre.

Il se leva soudainement et marcha de long en large devant le perron, en proie à une nervosité croissante.

— Ne crois pas que je fuis… c'est juste que… ce séjour ici est perturbant, beaucoup plus que je ne l'imaginais. Je crois que je suis heureux d'être à La Datcha… Mais je ne veux pas que des pourquoi gâchent la journée de demain, ni la grande fête de l'été.

Il s'arrêta devant moi, je levai le visage vers lui, et il plongea à nouveau ses yeux dans les miens, mon cœur battit plus vite.

— Tu n'as aucune raison d'accepter, mais laisse-moi profiter encore quelques heures… après, j'essaierai de répondre à tes pourquoi. Même si je ne suis pas certain d'en être capable.

J'inclinai légèrement la tête, je respecterais son souhait, sans démêler la raison pour laquelle j'avais cédé si facilement. Je ne voulais pas non plus gâcher les heures de joie qui nous attendaient. Pas uniquement pour La Datcha, les clients. Mais aussi parce que j'aimais le lien qui se créait entre nous, cette distance complice et attirante, nourrie de regards, de sourires dérobés, qui me rappelait étonnamment celui que nous étions en train de créer avant son départ. J'aimais aussi le voir détendu et heureux d'être à La Datcha. Je voulais d'autant plus savourer qu'il venait de me faire comprendre que cela ne durerait pas. Il reprit sa déambulation. Cherchant par tous les moyens à se donner une contenance après s'être ouvert comme jamais à moi, il fouilla dans ses poches pour occuper ses mains.

Je le rejoignis d'un pas lent et mesuré, lorsque je le vis manipuler un Opinel avec la même dextérité que Jo. Je m'approchai de lui, et l'attrapai par le bras pour qu'il arrête de bouger. Il se laissa faire.

— C'est l'Opinel de ton père que tu as ?

Il soupira, dépité, et me le tendit sans un mot. Je le caressai. Aucun doute, c'était celui de Jo. Les entailles dans le bois du manche, la rouille incrustée à jamais dans le mécanisme. Le J écrit au stylo Bic. Ma gorge se noua.

— Je suis soulagée, Macha l'avait bien récupéré. Quand j'ai rangé la bibliothèque après l'enterrement, il avait disparu. J'ai préféré ne pas lui en parler pour ne pas la perturber. J'aurais dû me douter qu'elle l'avait pris pour toi.

Je lui souris, les yeux embués. Son visage se décomposa.

— Tu te trompes, elle ne me l'a pas donné. C'est moi qui suis venu le chercher.

Je ne comprenais plus rien. Il passa une main fébrile dans ses cheveux.

— Tu m'écoutes ? Et pas de pourquoi ?

— Je vais prendre sur moi, lui répondis-je, un léger sourire aux lèvres, en lui rendant l'Opinel de Jo.

Vassily était venu quelques heures à La Datcha la nuit qui avait précédé l'enterrement de Jo. Sa mère lui avait bien dit de ne pas venir. Même si ça l'arrangeait – il me précisa « pas de pourquoi » –, il n'avait pu se résoudre à ne pas dire au revoir à son père. Il avait senti comme un appel. Il était monté dans un avion, avait traversé la moitié du monde, loué une voiture, conduit jusqu'ici. Il s'était garé sur la route bien plus haut et avait attendu des heures que la nuit tombe. Puis il avait marché jusqu'au chemin de La Datcha. L'une après l'autre, il avait vu toutes les lumières s'éteindre, se cachant dans l'obscurité quand des voitures remontaient l'allée. D'où il était, il apercevait les fenêtres de la bibliothèque. Enfin, il avait vu qu'il ne restait plus qu'une légère lueur dans la pièce. Alors il s'était approché, il avait deviné une silhouette traverser la cour dans la nuit vers le moulin. Sans en être sûr, il s'était douté que c'était moi qui étais restée avec Jo jusque tard. Quand il avait été certain que j'étais bien chez moi, il était passé par la fenêtre entrouverte de la bibliothèque. Il avait veillé son père jusqu'à 5 h 30, heure à laquelle le réveil de Macha sonnait. Il était reparti avec l'Opinel de Jo dans sa poche, en repassant par la fenêtre qu'il avait refermée derrière lui. Il ne s'était pas retourné une seule fois pour regarder La Datcha à la lumière du jour qui se levait. Il avait été incapable de l'affronter. Il avait récupéré sa voiture et était reparti prendre son avion. Il avait fini par avouer sa venue à sa mère, et elle était morte quelques heures plus tard.

Malgré tous les pourquoi qui résonnaient dans ma tête, les derniers et légers résidus de colère qui m'habitaient encore s'estompèrent totalement. Une larme roula sur ma joue. Vassily l'essuya avec son pouce, et sa main s'attarda sur ma peau. Nos yeux ne se lâchaient pas. Mon cœur battait trop vite. J'avais la sensation d'étouffer, et pourtant c'était agréable. J'étais bouleversée par cette révélation, par sa main qui caressait ma joue, par la joie immense ressentie ce soir. Toutes ces émotions me faisaient m'envoler, perdre pied, ne plus savoir ce que je voulais, ce que je ne voulais pas.

— Merci, chuchotai-je. Merci d'être venu voir ton père et de me l'avoir dit.

— Ce n'était pas prévu que tu l'apprennes, mais je ne regrette pas.

Nous restâmes sans bouger encore quelques minutes, je me retins de lui dire qu'il m'avait manqué. Pourquoi le lui aurais-je dit ? Je ne comprenais pas ce sentiment. Et puis je finis par m'éloigner, à contre-cœur, de lui.

— Il va être temps que je rentre au moulin, m'assurer que les enfants dorment.

Il me sourit, avec douceur. Il était calme, libéré de tous ses soucis.

— Dors bien.

Rien n'aurait pu m'empêcher de déposer un baiser sur sa joue, sa main se posa une fraction de seconde dans mon dos. Ce fut si rapide que je doutai de la réalité de son geste.

— À demain, murmurai-je.

— Oui, à demain.

– 13 –

La Datcha brillait. La Datcha vivait. Tout était prêt, nous y étions. Le soleil rasant tapait sur la façade, les rayons filtraient à travers les feuilles de micocouliers. Le mistral ne s'était pas invité, à notre plus grand soulagement. Les tables avec leur nappe blanche étaient dressées. Les bougies prêtes à être allumées, tout comme les guirlandes. Les musiciens terminaient les balances en riant. Mon cœur pleurait. Un an auparavant, Jo et Macha étaient là, vivants et heureux. Aujourd'hui, bien plus que d'habitude, ils me manquaient, mais leur présence planerait au-dessus de nous, ils veilleraient sur nous. Ils auraient été si heureux de voir Vassily parmi nous.

En me réveillant après une merveilleuse nuit d'un sommeil apaisé, j'avais craint une gêne entre lui et moi. Je me trompais totalement. Nous passâmes la journée côte à côte à finir les derniers préparatifs, je taisais mes pourquoi pour nous permettre de profiter de chaque instant. Il devait s'en douter, car il me lançait régulièrement des regards de gratitude. Et pourtant, dans certains de ses sourires, la tristesse et la mélancolie ressurgissaient. Je refusais de penser aux réponses qu'il me donnerait. Elles ne pouvaient concerner que notre avenir. Il se reprenait rapidement, et repartait dans le tourbillon de la journée. Sa bonne humeur retrouvée m'embarquait aussi.

Il était 18 heures, et comme chaque année le jour de la grande fête de l'été, les clients qui se prélassaient autour de la piscine désertèrent brusquement la terrasse, les autres rentrèrent de leur journée de balade plus tôt, et tous disparurent comme par enchantement dans leurs chambres. Je riais toute seule à la réception. C'était rassurant de voir que les traditions perduraient.

— C'est calme, tout d'un coup ! constata Vassily en arrivant au comptoir. C'est l'heure de la douche !

Je ris davantage encore, il s'en souvenait.

— Ça mettait toujours autant mon père en rogne ?

— L'année dernière, on a cru qu'il allait couper l'eau.

Il éclata de rire à son tour. Les clients se préparaient tous en même temps pour se faire beaux, et Jo craignait pour la résistance de la chaudière. Il exigeait le silence pour se concentrer sur les bruits de tuyauterie. Il n'y avait qu'une seule solution pour le détendre ; prendre la photo de la saison, qui compléterait la collection sur le mur des souvenirs.

— D'ailleurs, poursuivis-je, c'est l'heure de la séance photo. Tu m'aides à rassembler l'équipe ?

En quelques minutes, nous étions tous réunis sur le perron. Vassily chercha à y échapper, je ne lui laissai pas le choix, et je ne fus pas la seule, tout le monde réclama sa présence parmi nous. Je fus la seule à percevoir à quel point il était touché, trahi par sa main dans ses cheveux. Amélie le poussa vers moi, il me rejoignit en me fixant. Nous étions happés par un souvenir commun…

La veille de son départ, il y avait eu une fête – pas la grande de l'été, mais une fête tout de même – et Jo et Macha avaient tenu à ce que la photo de la saison soit prise ce soir-là. Après trois mois à La Datcha, j'avais fait de légers progrès, mais je restais sauvage, je m'étais faite toute petite pour qu'on m'oublie et ne surtout pas être sur la photo. Cela n'avait pas été du goût de Vassily qui était venu me chercher. Sans un mot, le regard dur, il m'avait attrapée par le bras et entraînée vers le perron. J'avais essayé de m'enfuir, il ne m'avait pas lâchée, et m'avait murmuré de sourire. Et ce soir, nous nous retrouvions à nouveau côte à côte, cette fois, c'était moi qui l'avais forcé à être sur la photo.

— Maintenant qu'on est tous en place, on se dépêche, on se dépêche, nous pressa Charly. Je n'ai pas que ça à faire !

La chanteuse du groupe, qui se chargeait d'immortaliser cette saison si particulière, nous demanda de nous rapprocher les uns des autres pour que l'on rentre tous dans le cadre. Je me retrouvai contre Vassily, le même frémissement que la veille quand il avait essuyé la larme sur ma joue me parcourut.

— Ça va ? murmura-t-il à mon oreille.

Je levai mon visage vers lui et le temps s'arrêta.

— Vassily ! Hermine ! On se concentre deux secondes !

Sans chercher à masquer notre gêne et notre trouble, nous échangeâmes un sourire, avant de nous adresser à l'objectif. À peine la photo prise, Charly siffla et rameuta ses troupes, ils seraient quatre ce soir en cuisine pour assurer le nombre de couverts. Toute l'équipe s'éparpilla à son poste. C'était parti. Les premières voitures se garaient sur le parking, les premiers clients sortaient de leurs chambres.

Une demi-heure plus tard, la fête battait déjà son plein. Les éclats de rire montaient de tous côtés. Gaby était arrivé et trônait à la terrasse du restaurant. Je virevoltais de groupe en groupe, je trinquais sans jamais boire plus d'une gorgée – conseil avisé de Macha – avec les habitués, je surveillais du coin de l'œil nos extras un peu déboussolés de découvrir une telle ambiance, avec des clients qui leur offraient à boire. J'étais particulièrement attentive aux hôtes qui participaient pour la première fois à une soirée de La Datcha. Il y avait de quoi être surpris ! Vassily accueillait les clients, comme Jo avant lui. Sa décontraction était déconcertante. La Datcha était son élément. Fatalement, il se faisait accaparer par les amis de ses parents, les voisins – certains l'avaient vu grandir. La nouvelle s'était répandue, et Gaby n'y était pas étranger… Tout le monde était là, Édith du Château de L'Ange, les bouchers de Bonnieux et de Goult, Léa qui tenait la fromagerie, le patron du Café de la Poste qui devait être bien calme ce soir, les artistes qui avaient leur atelier au village. Les uns lui disaient qu'il ressemblait de plus en plus à son père, les autres lui demandaient s'il était revenu pour de bon. Il éludait cette dernière question. Quant à sa ressemblance avec Jo, elle était flagrante, il riait aux éclats, blaguait, distribuait des tapes dans le dos, il traversait à grandes enjambées la cour, la terrasse, disparaissait quelques minutes en salle, ressortait avec une bouteille et allait servir, sourire aux lèvres, main sûre de son geste, sans jamais oublier de jeter des coups d'œil à droite et à gauche pour s'assurer que rien ne manquait nulle part. D'un bout à l'autre de la cour, nous nous cherchions fréquemment du regard, lorsque nous nous trouvions, nous nous souriions, et il me fallait toujours de longues secondes pour réintégrer la conversation à laquelle je participais.

Le service débuta. Les musiciens jouaient un jazz paisible. La nuit tombait et les lumières diffusaient une atmosphère chaleureuse, joyeuse. C'était un vrai ballet dans les cuisines, la salle du restaurant et le passage de l'abri à bois. Nous participions tous au service pour que tout le monde puisse dîner en même temps. Régulièrement, Amélie me donnait des nouvelles de nos progénitures respectives ; en réalité une grande tablée avec une vingtaine d'enfants, les siens, les miens, ceux des clients, les petits-enfants des amis de Jo et Macha. Et puis, il fallait s'y attendre, alors que je passais en cuisine avertir Charly que le dessert pouvait être lancé, Gaby débarqua pour distribuer – ou non – son bon point à un Charly épuisé. Son mentor lui envoya une bourrade, Charly lutta pour rester stoïque, mais afficha un grand sourire.

Le dîner touchait tranquillement à sa fin, le volume de la musique enflait, la voix de la chanteuse montait en puissance et invitait les couples à se former sur la piste improvisée. Ils ne se firent pas prier. Les enfants débarquèrent à leur tour telle une nuée d'insectes. Romy fit un détour, m'embrassa et repartit en poussant des cris de joie. Nous pouvions tous nous détendre. Pour preuve, Charly émergea du restaurant. Il me fit un signe de la main, je le rejoignis, il m'attrapa par les épaules, nous restâmes de longues secondes silencieux à admirer la fête qui se déroulait devant nous.

— Cette soirée est magique, Hermine.

— Je trouve aussi.

— Dis-moi que ce n'est pas la dernière…

— J'espère, Charly, j'espère…

Il observait Vassily, qui faisait le tour des tables pour s'assurer que tout le monde allait bien, avait ce qu'il lui fallait.

— Je ne peux pas imaginer qu'il nous prépare un sale coup… non, mais regarde-le, reprit mon meilleur ami.

Je ne fais que ça…

— Je ne veux pas y penser ce soir.

Il me serra un peu plus fort contre lui.

— Tu as raison. Profitons de la fête !

— La P'tite, viens ici !

— On dirait que je suis attendue !

Charly rit, et me souhaita bien du courage. Je déposai une bise sur sa joue et répondis à l'appel de Gaby. Il tapota la chaise à côté de lui, me servit un verre de vin qu'il me tendit. Il attendit que je boive plusieurs gorgées. Je me l'autorisai, tout se déroulait merveilleusement bien, comme je le rêvais. Les sourires sur les visages des invités, les habitués rassurés ; La Datcha pouvait toujours les combler de joie et de fête.

— Comment vas-tu, la P'tite ? Tu as meilleure mine que l'autre jour !

— Bien, Gaby.

Il fronça les sourcils.

— Il t'a parlé ?

Pas bien difficile de comprendre de qui il parlait. Mon silence équivalut à une réponse. Il hocha la tête, soucieux. Il interpella un serveur pour avoir une nouvelle bouteille. Il nous resservit. Je ne voulais pas le contrarier, mais je n'avais pas comme lui l'estomac plein, encore moins sa corpulence. Il trinqua avec moi et, de sa main libre, agrippa mon bras et me fit signe de boire.

— Il va avoir besoin de toi.

Pas de pourquoi... pas de pourquoi...

Il fallait au plus vite le distraire et qu'on change de sujet. En particulier pour la survie de mon moral.

— Je n'ai pas oublié ma promesse de danser avec toi, Gaby ! J'espère que tu es prêt !

Il rit aux éclats.

— Si j'avais eu trente ans de moins... Je suis trop vieux pour toi, la P'tite.

— C'est avec moi qu'Hermine va danser.

D'un large sourire, Gaby donna son consentement à Vassily. Je tournai le visage vers lui. Le regard pénétrant avec lequel il me dévisageait ne tolérait aucun refus. Il me tendit la main, je lui donnai la mienne. D'une impulsion, il m'aida à me lever. Vassily m'entraîna derrière lui, je fixai son dos, envahie par des images vieilles de vingt ans. Ma première soirée à La Datcha, la dernière pour lui.

Je me sentais gauche, mal à l'aise dans ma tenue. Macha m'avait offert une robe longue, colorée, vaporeuse. Quand elle me l'avait tendue, j'avais refusé, je ne voulais pas de sa pitié, je n'avais que deux jeans et trois tee-shirts pour toute garde-robe, et cela me convenait. Elle avait bataillé, déroulant ses arguments l'un après l'autre. Elle voulait que je sois à la hauteur de la soirée, elle voulait que je me sente jolie. J'avais cédé, m'étonnant d'avoir envie de lui faire plaisir. J'avais accepté la robe, je ne m'étais pas reconnue une fois que je m'étais vue dedans. Lorsque le service avait été terminé, j'étais restée dans mon coin, stupéfaite par la fête à laquelle j'assistais et qui semblait tout droit sortie d'un film d'une autre époque. Jamais, de toute ma vie, je n'avais vu une ambiance pareille. J'observais les gens boire, danser, chanter, pleurer pour certains, sur des rythmes envoûtants, langoureusement mélancoliques. Et puis Vassily s'était matérialisé devant moi. Nous nous étions regardés longuement, intensément. Si je fermais les yeux, je pouvais encore entendre mon cœur tambouriner dans ma poitrine. Il m'avait tendu la main sans dire un mot et m'avait entraînée sur la piste. Je n'avais dansé qu'avec lui, il n'avait dansé qu'avec moi. À l'époque, j'avais eu peur de m'avouer ce que je ressentais, ce que mon corps ressentait. J'étais trop sur la défensive, j'étais trop blessée, hermétique, et pourtant j'avais compris ce qui m'arrivait. J'étais amoureuse de lui. Ce qui ne m'était jamais arrivé avant. Mais il partait le lendemain. Il allait m'abandonner. Et il n'avait pas le choix, m'avait-il murmuré à l'oreille.

Alors que je m'accrochais à nouveau à sa main, au milieu des danseurs, je réalisai à quel point j'avais lutté contre ce souvenir ces dernières années, je l'enfouissais au plus profond de mon être à chaque fête. Ces souvenirs auraient tout détruit. Voilà pourquoi je ne demandais de ses nouvelles que distraitement quand Jo et Macha rentraient de chez lui. Je comprenais mieux ma colère quand il n'était pas venu pour Jo. Au fond de moi, même si j'en avais peur, je rêvais de le revoir. Macha me l'avait rappelé le soir de l'enterrement de Jo, en faisant une allusion à ma première soirée à La Datcha. Je l'entendais dans ma tête me dire : « Va, *Goloubka*. Va, et danse. » Aurait-elle souhaité que je danse avec son fils ? Et pas avec Samuel ? Elle nous avait vus danser ensemble tous les deux, vingt ans plus tôt. Tout le monde nous avait vus.

Vassily me serra contre lui, une main possessive dans mon dos, et riva son regard au mien.

— La dernière fois que j'ai dansé, c'était avec toi, m'apprit-il.

— Tu te souviens ?

Son sourire fut d'une tristesse renversante.

— Si je me souviens ? Comment peux-tu imaginer le contraire ?

Avant que je puisse réagir, il me fit tourner dans ses bras, et nous entraîna dans la danse. Il dirigeait, il menait. Il dansait toujours aussi bien, avec une sensualité brute, qui ne souffrait aucune résistance. Ses gestes n'étaient pas timides, il ne m'effleurait pas, il me touchait franchement, il me plaquait contre lui. Le tissu de ma robe caressait mes jambes quand il me faisait tournoyer. Vassily prenait le pouvoir sur mon corps, sur mon cœur. J'étais perdue, je m'abandonnais, et j'aimais ça.

La musique se fit plus calme, plus langoureuse aussi. Nos corps ne faisaient plus qu'un, Vassily nous berçait en rythme, je me laissais complètement aller à lui.

— Voilà pourquoi je t'ai demandé de me laisser encore un peu de temps, je voulais t'avoir tout à moi l'espace de quelques minutes, comme il y a vingt ans, me dit-il à l'oreille.

Nos responsabilités nous rattrapèrent à cet instant. La Datcha et les clients nous réclamaient. La fête se terminait. Comment était-ce possible ?

Vassily escorta jusqu'aux voitures les amis de ses parents, les commerçants, les voisins, je m'occupai des clients sur le perron, leur souhaitant bonne nuit, redonnant leurs clés à ceux qui avaient préféré ne pas les perdre sur la piste. Même si La Datcha allait, le lendemain, se réveiller plus tard qu'à l'accoutumée, elle ne serait pas endormie pour la journée. Elle n'aurait que peu de repos. Dans la cour, nos extras s'activaient à démonter les tables, empiler les chaises. Les musiciens rangeaient leur matériel. Charly et ses commis remettaient les cuisines en ordre. Vassily, après le départ des derniers invités, se mit au travail de son côté.

Alors que la cour reprenait une allure acceptable, Charly et Amélie arrivèrent vers moi, leurs enfants dans les bras.

— On y va et on ramène Gaby, m'annoncèrent-ils.

— Il est encore là ? m'étonnai-je.

Mon meilleur ami rit, fatigué, et me confirma de la tête. Gaby était avec Vassily, ils échangeaient une accolade.

— Il nous a donné un coup de main en cuisine, je te laisse imaginer le carnage.

— Alex et Romy t'attendent à la réception, m'annonça Amélie. Je leur ai proposé de les amener au moulin, mais ils ont voulu t'attendre.

— Merci. Rentrez bien, à demain.

Charly partit récupérer un Gaby tout ému, qui tint à faire un détour pour me dire au revoir.

— La P'tite, Jo et Macha seraient fiers de vous voir prendre la relève, Vassily et toi.

D'un regard, je fis comprendre à mon meilleur ami que notre ancien chef divaguait.

— Tu reviens vite ?

Il me sourit, les larmes aux yeux et se laissa guider par Charly. Vassily annonça aux extras qu'ils pouvaient rentrer chez eux, il fit comme Jo l'aurait fait, il leur glissa un billet dans les mains. Je retournai à la réception vérifier que tout était en ordre et trouvai mes enfants affalés sur un canapé. Romy était déjà dans les bras de Morphée, Alexandre ne tarderait pas à la rejoindre.

Lorsque je revins à la réception après m'être assurée que la cuisine était bien prête pour le lendemain matin, les lumières étaient éteintes à l'exception de la veilleuse de Macha qui diffusait une atmosphère douce et paisible. Vassily était à côté des enfants, il les observait, visiblement absorbé par ses pensées. Qu'était-il en train de nous arriver ? Les soubresauts de mon cœur, mon corps qui vibrait contre le sien à nouveau, comme si deux longues décennies n'avaient pas passé. Et lui ? Nos sentiments avortés ressurgissaient-ils chez lui comme ils ressurgissaient chez moi depuis qu'il était revenu à La Datcha ?

— Il n'y a plus que nous, me dit-il alors que j'approchais de lui.

— Je vais aller les coucher, il est temps.

Je secouai gentiment Alex pour qu'il se lève. Il s'exécuta en ronchonnant. En revanche, Romy dormait trop profondément, il fallait que je la porte.

— Je vais t'aider, se proposa Vassily.

Sans attendre ma réponse, il attrapa Romy dans ses bras, qui s'accrocha à son cou.

— Papa ? grogna-t-elle.

Je me tétanisai. Vassily ferma les yeux et reprit sa respiration comme s'il avait pris un coup de poing en plein ventre. J'aurais voulu, j'aurais dû dire quelque chose, n'importe quoi, tenter de faire oublier ce mot, ce nom si fort, si puissant, si terriblement faux. J'en étais strictement incapable. Après de longues secondes interminables de temps figé, il lui murmura quelques mots russes à l'oreille. Ma fille sourit dans son sommeil, soupira « *Vassia* », et se laissa totalement aller, en nichant son visage dans son cou. Il l'étreignit un peu plus fort. Il portait ma fille avec tant de délicatesse et tant de force, d'une manière naturelle, comme si c'était la sienne. Alexandre s'accrochait à ma main, la tête abandonnée contre mon bras. Sans dire un mot, nous prîmes tous les quatre la direction du moulin. Ce chez-moi qui avait été son chez-lui. Ce moulin qu'il habitait avant son départ et où j'avais pris sa place. Dans la cour, les guirlandes scintillaient encore, mais leur lumière me parut triste. La fête était finie. La parenthèse irréelle se refermait. Si j'avais voulu la prolonger, j'aurais imaginé que nous rentrions tous les quatre chez nous. Vassily n'aurait pas de secret, il ne serait pas parti, il m'aurait guérie de tous mes maux, il n'y aurait pas eu d'autre homme que lui, et Alexandre et Romy seraient ses enfants. Le « papa » de Romy aurait été juste, et n'aurait pas déclenché un tel malaise. La réalité était tout autre. Elle prit toute la place après que j'eus ouvert la baie vitrée. Alex partit se coucher en titubant, il réussit malgré tout à nous souhaiter une bonne nuit. Je me tournai vers Vassily, qui faisait en sorte de ne surtout pas regarder à l'intérieur du moulin.

— Donne-la-moi, lui dis-je.

— C'est mieux, je préfère ne pas rentrer.

Mes yeux accrochèrent les siens. Il me faisait comprendre qui rien n'allait se passer comme dans un rêve. L'illusion qu'il m'avait demandée la veille au soir prenait fin. Et malgré ce que nos corps s'étaient dit en dansant, la nuit ne nous offrirait aucune magie supplémentaire. J'attrapai ma fille par la taille, mais Romy lutta pour ne pas quitter la chaleur de ses bras. Nous étions collés tous les trois, seul le petit corps de ma fille me séparait de lui. Sans me quitter du regard, il lui parla à nouveau en russe, je crus distinguer le mot « maman », elle céda, enfin, et accepta de basculer vers moi. Je partis la coucher, me contentant de lui enlever sa jupe et de la glisser sous son drap. Je m'apprêtais à la laisser au pays des rêves quand elle me retint. Je me penchai sur elle, et caressai ses cheveux. Mes enfants, je ne devais pas oublier qu'ils étaient ma plus belle réussite, mon plus grand bonheur, le reste importait peu. Qui était leur père, qui ne l'était pas. Qui aimais-je. Qui désirais-je. La vie en avait décidé autrement, et je n'y pouvais rien.

— Maman, t'étais belle quand tu dansais avec *Vassia*, on aurait dit une princesse.

Son sourire plein de sommeil faillit me faire flancher. Je caressai délicatement ses cheveux.

— Merci, ma poupée.

Elle se rendormit en quelques secondes. Et je priai pour qu'elle oublie de m'avoir vue avec lui.

De retour sur la terrasse, Vassily avait disparu, j'enroulai mes bras autour de moi, j'étais désemparée, il était parti sans un mot.

— Je suis là.

Je sursautai. Il m'attendait sur le chemin de La Datcha, comme si rester près du moulin lui était insupportable. J'avançai timidement vers lui.

— Merci pour Romy.

Il franchit la distance qui nous séparait.

— Hermine… je suis désolé… je voudrais…

Il serra le poing, en proie à une rage qu'il avait bien du mal à contenir. Et comme s'il ne tenait plus, il caressa ma joue en soupirant de soulagement, puis mes lèvres du bout des doigts. Je fermai les yeux pour profiter de la sensation. La chaleur de sa peau sur la mienne me faisait frémir et me faisait peur, tout à la fois. Ce que je ressentais me semblait trop fort, trop envahissant. Et pourtant, je ne voulais plus l'étouffer, je ne voulais pas me passer de cette impression d'être en équilibre sur un fil, avec lui.

— Comment as-tu pu croire que j'avais oublié ? reprit-il. Tu me hantes depuis vingt ans.

J'ouvris les paupières. Il était désarmé. Nous en étions donc au même point.

— C'est toi qui devrais avoir oublié, me sermonna-t-il. Ce serait tellement plus facile…

Sans réfléchir, simplement parce qu'il fallait que je sache enfin, je me lovai contre lui. Il referma ses bras autour de moi. J'étais à ma place, à cette place que j'avais toujours attendue, que j'avais cherchée auprès de Samuel, sans véritablement la trouver. Samuel m'avait guérie, il m'avait donné des enfants que je pensais ne jamais avoir. Mais il avait échoué à me faire sentir à ma place dans ses bras. Un vide qui n'avait jamais pu être comblé. La présence inconsciente de Vassily dans mon cœur était-elle responsable d'une partie de l'échec de notre couple ? Je n'avais jamais évoqué Vassily avec Samuel. Je n'avais rien à dire, rien à avouer qui aurait pu changer quoi que ce soit entre nous. Il n'y avait eu que des regards, une danse, des promesses silencieuses. Comparé à ce que j'avais vécu avant… ce n'était rien. Rien qui aurait pu entraver ma relation avec le père de mes enfants.

— J'ai essayé, j'ai cru que j'avais réussi, finis-je par lui dire. Et puis, chaque jour depuis ton retour, ça revient, ça remonte, et c'est incontrôlable.

Ses mains se firent plus pressantes, je m'agrippai à lui, je ne voulais pas qu'il m'échappe à nouveau. Je levai le visage vers lui, le sien était tout près, sa respiration caressait ma peau, mes lèvres. Il était fort, sûr de lui, et pourtant si accablé. Pourquoi m'avouer ses sentiments déclenchait-il une telle souffrance ?

— Si je suis parti, il y a vingt ans, c'était pour une question de survie… et ce soir, je vais encore une fois renoncer à toi…

Le coup au cœur me coupa la respiration. J'avais mal, atrocement mal. Je touchais du bout des doigts le bonheur total, absolu, et on me le retirait avant même que j'aie pu y goûter. Vassily ne serait donc jamais à moi ? Et je ne serais jamais à lui ?

— À cause des pourquoi ? lui demandai-je d'une petite voix.

Il poussa un profond soupir, il était fatigué, fatigué de lutter, de se battre contre des démons que je ne connaissais pas.

— Il y a tant de choses que tu ne sais pas…

D'une manière ou d'une autre, elles me concernaient. Ce qui me semblait impossible. Ce qu'il me cachait, ce dont il avait peur de me parler datait d'avant mon arrivée. Ce n'était pourtant pas moi qui l'avais empêché de revenir à La Datcha, de retrouver ses parents, de me retrouver. Nos bouches se frôlaient sans se toucher. Devoir lutter contre mon désir, contre notre désir était intolérable. J'étais engloutie par une déferlante, une révélation. J'étais prête à m'offrir à lui, sans crainte, sans peur. Il n'aurait pas eu besoin de prendre mille précautions pour ne pas m'effrayer. Je voulais être femme avec lui, je sentais un abandon total naître en moi. Vassily ferma douloureusement les yeux et s'arracha à moi. Il recula de quelques pas. Je tremblais, j'avais froid subitement.

— Pardonne-moi.

— Ai-je le choix, Vassily ? Comment te pardonner pour quelque chose que je ne comprends pas, qui m'échappe ?

— Te faire souffrir m'est insupportable, je détruis tout encore une fois… Et pourtant, je n'arrive pas à regretter d'être revenu, je t'ai retrouvée… je suis affreusement égoïste, mais c'est ce qui va m'aider à tenir quand je vais repartir. Je te promets que tout ira bien pour toi, ici, à La Datcha.

La peur de son départ tout proche relégua ses derniers mots au néant. Paniquée, désespérée, je revins contre lui, je m'arrimai à son corps pour qu'il ne disparaisse pas.

— Tu ne pars pas demain matin, en catimini ? Pas déjà ? Pas comme ça, s'il te plaît.

Il m'étreignit à nouveau fortement.

— Non, je te le promets, je serai là encore quelques jours.

Le soulagement – certes infime – me fit franchir une limite, je nouai mes bras autour de son cou, me hissai sur la pointe de pieds, et enfouis mon visage contre sa peau, je m'autorisai un baiser au creux de sa nuque, il arrêta de respirer quelques secondes. Puis ses mains se baladèrent dans mon dos, s'attardèrent sur ma peau dénudée, j'aurais voulu me fondre en lui, que le temps s'arrête pour toujours. Mes enfants dormaient paisiblement, La Datcha n'avait jamais été aussi belle, j'étais dans les bras de l'homme que j'attendais depuis toujours. Pour la première fois de ma vie, je n'avais pas besoin qu'on me dise l'amour, je savais qu'il m'aimait, je le sentais.

— Rentre au moulin, m'ordonna-t-il d'une voix contenue, sinon je n'aurai pas le courage de te laisser. Je ne peux pas rester. Pour toi. Pour moi. Il ne faut pas.

Nos visages s'effleurèrent une dernière fois, on se respira longuement, profondément. Impossible de nous autoriser davantage à moins de souhaiter souffrir encore plus, d'après ce qu'il me disait. Et puis je fis ce qu'il me demandait. Même si tout m'échappait, je ne voulais pas rendre plus difficile encore notre situation.

– 14 –

Je n'entendis pas le réveil sonner. Romy se chargea de me réveiller en se glissant sous les draps à côté de moi. Elle se blottit dans mes bras et m'annonça que son grand frère nous préparait le petit déjeuner. Mes enfants étaient paisibles, insouciants et inconscients des problèmes d'adultes. J'avais au moins réussi à leur offrir l'enfance que je n'avais pas eue. Ils ne connaissaient que les tracas de leur âge, je leur permettais de ne pas grandir trop vite.

— C'est beau, maman, me dit-elle d'une voix ensommeillée.

Je me décidai à enfin ouvrir les yeux. Elle avait raison, c'était beau, le vert des oliviers en contraste avec le bleu vif et la lumière crue du soleil.

— Elle était belle la fête, hier soir, continua-t-elle.

— C'est vrai, lui répondis-je sincèrement.

J'étais remplie d'une sérénité déchirante. Sérénité parce que j'aurais pu crier au monde que j'aimais Vassily, que Vassily m'aimait. Mais pour une raison inconnue, je ne pouvais vivre cet amour, il m'était interdit, on me le volait, sans explication.

— Je vais pouvoir parler russe avec Vassia aujourd'hui ?

Pourquoi avait-il fallu qu'elle s'attache à lui ?

— Je ne sais pas, il va falloir lui demander, mais je crois qu'il va bientôt repartir.

— Il ne va pas rester avec nous à La Datcha pour toujours ?

— Non... ce n'est pas prévu. Romy, ne l'embête pas avec ça. Tu me le promets ?

— Si tu veux, râla-t-elle.

Après le petit déjeuner où je fis en sorte d'être la plus normale, la plus gaie possible, je pris la direction de La Datcha, en laissant mes enfants traîner au moulin. Les derniers vestiges de la grande fête de l'été étaient en train de disparaître. On aurait presque pu croire qu'il ne s'était rien passé. J'allais moi aussi essayer de faire comme si... Ne serait-ce que parce que j'avais du travail, mon rôle à tenir. Je franchis le seuil de la réception d'un pas sûr et me rendis immédiatement à la terrasse de la piscine, sans chercher à trouver Vassily. Je saluai les clients, riant avec eux de leurs petits yeux, ils traînaient avec leur café du matin, profitant de leurs vacances qui avaient pris un tour festif. Ils me remercièrent, me félicitèrent pour la veille. « C'est une soirée dont on se souviendra longtemps », me disaient-ils. Pour ma part, je ne l'oublierais jamais.

Sans surprise, je trouvai Vassily dans le bureau. Il était debout devant la fenêtre ouverte, perdu dans ses pensées. Je m'approchai sans faire de bruit.

— Bonjour, murmurai-je.

Il se retourna, un sourire se dessina sur ses lèvres. Ce que ses yeux me disaient me prouvait que rien n'avait changé dans la nuit. Que je n'avais pas fait un merveilleux rêve qui laisse malgré tout un goût amer. Il avait visiblement très mal dormi, ses traits étaient marqués, ses cernes prononcés.

— Tu vas bien ? me demanda-t-il, inquiet.

Je haussai les épaules et déambulai au hasard dans la pièce, incapable de rester en place.

— Oui et non. Choisis ce qui t'arrange.

Ma non-réponse allégea l'atmosphère. Même s'il était triste, notre rire partagé nous détendit.

— Je prends le oui…

Il reprit vite, trop vite, son sérieux.

— Aurais-tu du temps à m'accorder ce matin ? On ne peut plus éviter le sujet de l'avenir de La Datcha.

Les sentiments devaient s'effacer face à la réalité. C'était violent. C'était brutal. C'était inévitable.

— Tu as pris ta décision ?

— J'ai plusieurs rendez-vous cet après-midi.

— Tu ne peux pas m'en dire davantage, j'imagine…

Il se mit à arpenter le bureau d'un air absorbé. Il se glissait dans son autre peau, il n'était plus le Vassily de La Datcha. J'avais aperçu cette expression quand il travaillait ces derniers jours. Il devenait imperméable à son environnement, il avait un objectif, des ordres à donner. Le reste ne comptait plus. J'étais déroutée, sans parler de mon inquiétude grandissante à l'idée de ce qui m'attendait. *Nous*, pour ce qu'il existait, n'entrait plus en ligne de compte, à partir de maintenant. J'inspirai et expirai lentement, le plus discrètement possible pour réussir, moi aussi, à endosser mon rôle de gérante par intérim de La Datcha, et décocher mes arguments si nécessaire.

— J'aurais besoin que tu me fasses un point sur l'ensemble. Comment tu travailles. Comment tu gères l'hôtel, le restaurant, les équipes, tout. Tes objectifs pour la prochaine saison. Tes projets, si tu en as. Les investissements…

Comment aurais-je pu, après les mots de la nuit dernière, imaginer vivre ce matin la crainte qui avait précédé son arrivée ? J'étais autrement plus solide à ce moment-là. J'eus peur tout à coup. Était-ce voulu de sa part ? Jouait-il ? Mon cœur tambourinait si fort que j'avais l'impression de l'entendre, et qu'il finirait par sortir de ma poitrine. Mon manque de réaction l'interpella. Il arrêta de faire les cent pas, sembla se souvenir de ma présence, ses épaules s'affaissèrent.

— Hermine, excuse-moi. Je me défends comme je peux, je suis comme ça dans le boulot, cash et pas toujours attentif aux répercussions de mes paroles. Je suis désolé… Je ne te fais pas passer un examen. Je n'ai aucun doute sur ton professionnalisme, et la qualité de ton travail, c'est plutôt tout le contraire… J'ai simplement besoin d'avoir tous les éléments entre les mains pour préparer au mieux la suite pour toi et les autres…

Je hochai la tête. Je détournai mes yeux, les sentant se remplir de larmes. Moi qui me croyais sereine, j'en étais très loin finalement.

— Regarde-moi, s'il te plaît.

Je lui obéis. Je luttais, et pourtant je me noyais dans son regard.

— Je t'ai promis que tout irait bien ici pour toi. Fais-moi confiance.

Je ne pouvais pas remettre sa sincérité en doute. J'acquiesçai, toujours incapable de prononcer un mot. Il soupira, l'énervement se mêlait à la tristesse.

— Si je précipite les choses, c'est parce que c'est préférable pour nous deux, sinon ça va devenir intenable… J'ai conscience de t'en demander beaucoup… mais tu me crois ?

Avais-je le choix ? Absolument pas. Et je ne souhaitais surtout pas entrer en conflit avec lui, ce serait du plus ridicule.

— On s'y met ?

Un quart d'heure plus tard, j'avais fait un saut au moulin pour expliquer à Alex et Romy que je devais travailler avec Vassily et qu'ils allaient devoir se débrouiller, je leur expliquai où ils pourraient me trouver, ce qu'ils pouvaient faire, ne pas faire. Ensuite, Vassily et moi, nous prîmes nos quartiers sur une table à l'écart sur la terrasse de la piscine. J'étalai mes dossiers, j'ouvris mon ordinateur, lui le sien, le téléphone portable de la réception entre nous deux. Nous étions prêts, ou presque… Vassily, à peine assis en face de moi, s'absenta quelques minutes. Il revint armé d'une cafetière pleine et de deux tasses, il nous servit, sans dire un mot.

— Tu as peur de t'endormir ? lui lançai-je gentiment moqueuse.

Il eut un sourire au coin des lèvres.

— Aucun risque.

Je détournai le regard, charmée, séduite, saisie d'une soudaine légèreté. Elle était éphémère, j'en avais parfaitement conscience. Mais pourquoi ne pourrais-je pas la savourer ? N'avais-je pas le droit de me fabriquer de nouveaux souvenirs que je pourrais chérir à l'infini ? Vassily m'avait dégagée de mes craintes, même si je ne savais toujours pas quel avenir m'était réservé à La Datcha, et j'allais vivre quelque chose dont je rêvais secrètement depuis des années. Travailler avec lui, partager avec lui mon implication dans l'hôtel de ses parents, lui prouver que moi aussi j'avais l'hôtellerie dans les veines, avec certes moins d'intensité que lui, mais qu'elle était bien ancrée en moi. Jo et Macha m'avaient offert ma vocation.

Les sujets s'enchaînaient les uns après les autres. J'étais sûre de moi, de mes propos, de mes chiffres. Il prenait des notes, m'interrompait pour que je développe, certains éléments pour moi étaient des broutilles, après son analyse, ils revêtaient toute leur importance. Il était doué, ce n'était pas qu'une légende racontée par ses parents… J'étais malgré tout rassurée sur mes compétences, et me reprenais toujours sans traîner, j'avais toujours les réponses à ses questions. Régulièrement, je faisais mouche. Dans ces cas-là, il s'interrompait, me fixait sans me voir et souriait d'un air de dire « elle m'a eu ». Il n'en prenait pas ombrage, loin de là. Au contraire, il attendait que je le renvoie dans ses cordes. J'adorais ces défis que nous nous lancions spontanément.

Il tournait le dos au reste de la terrasse, aussi ne vit-il pas, comme moi, Amélie, suivie par Charly, qui me lançaient des interrogations muettes à coups de grimaces plus ridicules les unes que les autres. Ils avaient bien saisi que la fête était finie et que les choses sérieuses commençaient. Je leur lançai des œillades éloquentes pour leur faire comprendre que ce n'était pas le moment, évidemment cela n'échappa pas à Vassily ; il se retourna, fixa Charly quelques secondes, qui se liquéfia sur place, comme lorsque Jo piquait des gueulantes, et recula dans la salle à manger. Son air penaud faillit me déclencher un fou rire. Le sourcil haussé de Vassily qui attendait que je poursuive m'en dissuada. Il ne tenait plus en place, il finit par se lever et marcher de long en large. Je restai étrangement calme et continuai mon exposé, sans me priver de l'observer. Il semblait en réflexion permanente, il passait d'une idée à l'autre, d'une contrainte à l'autre, sans jamais perdre le fil. Quand il se faisait rattraper par ses réflexes de dirigeant d'hôtels d'affaires, il faisait craquer son cou et replongeait dans l'univers de La Datcha. J'avais d'ailleurs l'impression qu'il n'avait jamais cessé de s'y intéresser. Cette séance de travail était passionnante, j'en aurais presque oublié qui il était, ce qu'il représentait. L'émulation entre nous était fulgurante, nous nous comprenions, nous nous complétions. C'était fabuleux. C'était déroutant. C'était affligeant de tristesse, car cela n'aurait pas de suite. J'étais en train de lui présenter ma gestion des réservations quand il fit le tour de la table, se plaça derrière moi, et se pencha par-dessus mon épaule en posant ses mains de chaque côté de mon corps. Il lut attentivement ce qui était sur l'écran de mon ordinateur, puis feuilleta mon cahier. Je perdis le fil de mon exposé, profitant de la sensation inattendue d'être contre lui.

— C'est quoi cette histoire ? Tu continues à remplir le cahier de mes parents ?

Son ton mi-moqueur, mi-halluciné me fit redescendre sur terre. Pour autant, je ne bougeai pas.

— Ce n'est pas compliqué, ils m'ont appris à gérer les réservations de cette manière. Après que j'ai installé le logiciel sur tous les ordinateurs de La Datcha, ils n'y comprenaient rien, ta mère était prête à faire des efforts, ton père absolument pas, il croyait à ses bonnes vieilles méthodes et n'en démordait pas. Tu le connais ! Alors tout en gérant par informatique, j'ai continué à remplir leurs cahiers, ce qui ne me prenait que quelques minutes par semaine. Ils étaient heureux, et ont toujours pu s'occuper des réservations. Qu'est-ce que tu veux… c'est rentré dans mes habitudes, et je continue…

Je rencontrai son regard ému, son sourire bouleversé. Il réalisa soudain notre proximité, mais il ne s'éloigna pas. Au contraire, il resserra davantage ses bras autour de moi, je disparaissais sous lui.

— Hermine… tu es… tu es…

Il abandonna son visage dans mes cheveux, instinctivement, j'enroulai mon bras autour de son cou pour l'attirer plus étroitement encore. Je voulais le garder contre moi, tout près. Il ronchonna et s'éloigna. Il disparut en une fraction de seconde. En revanche, je n'en eus pas une seule pour moi. Alex et Romy trouvèrent le moyen de débarquer à cet instant pour me demander s'ils pouvaient aller se baigner. Il n'y avait personne dans la piscine, l'hôtel était on ne peut plus calme, mais je n'avais pas le cœur, encore moins le courage, de leur refuser ce plaisir. Ils plongèrent la tête la première dans l'eau. Je m'approchai d'eux, les jambes fébriles. Vassily revint et se cala dans mon dos, une de ses mains enserra délicatement ma taille. Impossible de rester éloignés.

— Excuse-moi, murmura-t-il.

De quoi voulait-il que je l'excuse ? De ne pas résister ou de ne pas s'autoriser davantage ?

— Surtout pas…

Les enfants le remarquèrent, et lui firent de grands signes de la main, Vassily leur dit bonjour et leur demanda, en russe, comment ils allaient. Romy lui répondit dans sa langue.

— Ils sont proches tous les deux ?

— Oui, ils se chicanent pour des âneries, mais ne supportent pas d'être séparés.

— On était pareils avec ma sœur… Voir tes enfants ici fait remonter beaucoup de souvenirs…

Il était comme ses parents, la disparition d'Emma était un sujet tabou. On n'en parlait pas, parce que c'était trop douloureux. Le moindre mot la concernant était une confidence précieuse, la preuve d'une confiance, d'un laisser-aller.

— Et c'est difficile ?

— Oui, me répondit-il, un sourire nostalgique aux lèvres. Mais moins que ce que j'imaginais. La Datcha serait triste sans enfants. On y retourne.

D'un même mouvement, nous tournâmes les talons, Vassily posa sa main au creux de mes reins, comme pour me guider jusqu'à notre table.

Nous poursuivîmes notre séance de travail sérieusement, même si nous dûmes composer avec les intrusions de Romy qui vint à de nombreuses reprises rôder autour de nous. Vassily m'étonna par sa patience, il ne montra aucun signe d'agacement. Quand ma fille lui posait des questions sur ce qu'il faisait, ou ce qu'il lisait sur son ordinateur, il lui répondait invariablement en russe, ce qui la contentait de bonheur, et moi m'énervait parce que je ne comprenais rien. D'autorité, Charly fit servir à déjeuner. Tout en gardant un œil sur les enfants, je mangeais et travaillais à la fois. De temps à autre, je m'extrayais de mon corps pour observer la scène que nous offrions tous les quatre. Alex et Romy qui dévoraient leur repas avec nous. Et je retournais dans ce monde d'illusion, ce monde éphémère qui ne durerait que très peu de temps. Je priais pour que ce souvenir me tienne chaud quand tout serait terminé. Ce qui n'allait pas tarder à arriver.

— Tu dois y aller ? lui demandai-je en le voyant regarder sa montre.

Il fixa la balancelle de Macha au loin, soupira profondément. C'était sa réponse. Je proposai aux enfants d'aller au moulin, leur promettant qu'ils pourraient revenir plus tard se baigner. Ils acceptèrent sans rechigner. Romy déposa un baiser sur la joue de Vassily, j'enviai ma fille pour sa spontanéité.

— Tu as tout ce qu'il te faut ? m'inquiétai-je.

— J'en ai dix fois plus que nécessaire… on aurait pu arrêter au bout de cinq minutes…

— J'ai le droit à un pourquoi ?

Il rit franchement.

— Là tu peux… je rêve d'un moment comme celui-ci depuis si longtemps…

Il poussa un nouveau soupir pour se donner du courage et se leva, en récupérant son ordinateur.

— Ça risque d'être long…

Je ne pouvais plus le regarder. La peur m'envahissait. Je le sentis s'approcher, il s'accroupit devant moi et franchit une des limites imposées, il attrapa mes mains dans les siennes.

— Hermine, aie confiance en moi.

— D'accord…

Il caressa ma joue, se remit debout et partit sans se retourner.

J'aurais dû aller à la réception, reprendre le cours de mon emploi du temps, j'en étais incapable pour le moment. Je me perdais dans la contemplation du jardin, terrassé par le soleil de début d'après-midi, il cognait dur, fort, tout-puissant. Les clients cherchaient l'ombre, les parasols se déplaçaient comme par magie. J'avais toujours aimé observer les gens qui tentaient envers et contre tout de bronzer, mais qui se liquéfiaient de chaleur et finissaient par s'asseoir sur les marches de la piscine pour se rafraîchir.

Mon regard fut attiré par la balancelle de Macha. Je n'avais que très peu pris le temps de l'admirer ces derniers jours. Que dirait-elle ? Que penserait-elle de ce qui se passait, de ce qui était dit, déclaré ? Je n'avais jamais parlé de Vassily avec elle, par pudeur, par crainte, et aussi parce que je faisais tout pour ne pas penser à lui, ne pas me souvenir de ce qu'il avait déclenché à une époque où je ne croyais pas en l'amour. Pourquoi serais-je revenue sur le passé ? Ce qui était fait était fait. J'avais construit une famille avec Samuel, Vassily vivait à l'autre bout du monde. Sans compter qu'il était question du fils de Macha… Je ne devais pas regretter de ne jamais lui avoir avoué que Samuel n'était pas le premier à avoir fait battre mon cœur… J'étais convaincue qu'elle le savait, et qu'elle avait décidé de respecter mon silence et mon jardin secret.

L'arrivée inopinée de Charly m'arracha à mes pensées. Il s'assit à côté de moi, et me tendit une citronnade de son cru.

— Tu vas finir par te déshydrater… bois !

Il n'avait pas tort, la chaleur m'engourdissait.

— Vassily s'est absenté ?

— Il avait des rendez-vous pour La Datcha. Je ne peux pas t'en dire plus, je ne sais pas ce qu'il prépare.

— On va être fixés sur notre sort… Pour être franc avec toi, je suis de moins en moins inquiet. Je doute qu'il nous mette à la porte.

— Je ne pense pas non plus, lui répondis-je en souriant.

— Bon, j'espère quand même qu'il ne va pas nous refourguer à un groupe. Tu nous imagines en uniforme ?

Impossible de contenir notre rire, malgré l'enjeu. N'ayant rien de concret à ce sujet, je me retins de lui annoncer que Vassily m'avait promis que tout irait bien. Cela ne voulait pas dire grand-chose.

— Pourquoi a-t-il attendu que la fête soit passée ?

— Ce n'est pas volontaire, je crois. Il doit bientôt rentrer à Singapour, donc il accélère le processus.

J'avais en partie raison.

— Oh… il repart… encore une fois…

Je détournai le regard. Il marmonna de longues secondes, comme s'il hésitait à parler. Et puis il se lança :

— Hier soir, j'ai eu l'impression de faire un bond dans le passé, et je crois que je ne suis pas le seul.

Il se courba et tendit son cou vers moi pour attirer mon attention, je lui fis un petit sourire gêné, presque timide.

— Je vais t'avouer un truc, Hermine, que je n'ai jamais osé te dire… Quand je suis arrivé ici, dans le genre coincé et innocent sur les histoires de cœur, il n'y avait pas meilleur que moi.

Je ris franchement. Je me souvenais comme si c'était hier de Charles avec ses airs d'aristo dégingandé et surtout tétanisé dès qu'il était question de s'adresser à une fille.

— Quand je vous ai vus danser tous les deux, la veille de son départ, j'ai compris ce qu'étaient l'amour et le désir. Vous irradiiez. J'étais convaincu qu'il ne partirait pas, qu'il resterait pour toi. Je me suis trompé, mais longtemps, j'ai cru qu'il reviendrait pour toi et que tu l'attendrais… Là encore, je me suis trompé… mais hier soir, on ne voyait que vous deux. Alors cette fois, j'espère être un peu plus perspicace, et qu'il restera auprès de toi.

Les confessions de mon meilleur ami me bouleversèrent, cela avait dû lui demander tellement d'efforts de prononcer ces paroles. Charly, malgré tout, restait un grand timide.

— Je suis navrée de te décevoir, mon Charly, mais malgré ce que tu as vu, ce que tu as compris, malgré ce que Vassily et moi ressentons l'un pour l'autre, tu vois juste depuis le début, il va quand même repartir. Ne me demande pas pourquoi, je n'en sais rien. Et je ne suis pas certaine que je le saurai un jour.

À mon air sérieux et navré, il comprit que je ne plaisantais pas. Il m'attrapa contre lui.

— Je te proposerais bien de lui flanquer une raclée, mais je ne crois pas que ce serait très utile.

J'éclatai de rire. Heureusement que j'avais Charly, il restait mon phare dans la nuit.

L'après-midi passa sans que Vassily réapparaisse. Lorsque la relève arriva pour me remplacer à la réception, je récupérai les enfants à la piscine. Ils ne râlèrent pas, contents que l'on puisse se retrouver un peu tous les trois. La semaine avait été riche et intense, et ils partaient chez Samuel le lendemain soir. Avant de rentrer au moulin, je passai en cuisine souhaiter un bon service à Charly, d'un regard, je lui fis comprendre qu'il n'y avait rien de nouveau. En traversant la cour, je scrutai le chemin, espérant voir la voiture de Jo le descendre. J'eus beau marcher le plus lentement possible, le miracle ne se produisit pas. Je fermai brièvement les yeux, inspirai profondément et décidai de mettre de côté tout ce qui ne concernait pas Alex et Romy. J'avais moi aussi besoin de faire le plein d'eux. On mit de la musique dans le moulin, on ouvrit en grand la baie vitrée, et je décrétai un dîner de sandwichs sur la terrasse, ils adoraient et moi aussi. C'était notre petit secret qui ne devait jamais arriver aux oreilles de Charly. Le repas fut joyeux, avec de nombreux rires, mais il ne s'éternisa pas. Ils avaient besoin de récupérer de la fête de la veille, la nuit avait été courte pour tout le monde.

Une fois qu'ils furent couchés, je m'installai sur le canapé de la terrasse, il faisait déjà presque nuit. Je contemplai le ciel en feu, l'obscurité gagnant chaque seconde un peu plus de terrain. Dans quelques minutes, il ferait nuit noire. Je me souvenais de mes premières soirées au moulin après que je m'y étais installée. Je ne me lassais pas d'admirer, époustouflée par la rapidité avec laquelle le soleil disparaissait.

— La terrasse du moulin est le plus bel endroit pour profiter du coucher du soleil, on y est comme seul au monde.

Sans regarder Vassily qui venait de se matérialiser comme par magie, je souris.

— Jo me disait exactement la même chose.

Il s'approcha, je ne bougeai pas. Contrairement à la veille, il observa l'intérieur du moulin.

— Mon père m'avait vanté la rénovation que tu as faite, mais ce n'était pas à la hauteur de la réalité. C'est un paradis.

— Merci… J'ai toujours eu peur que tu m'en veuilles d'avoir accepté la proposition de Jo et Macha de venir m'installer ici.

Il leva les yeux au ciel, agacé par mes mots.

— Quand je pensais à toi, je t'imaginais ici, chez moi. Je ne vais pas te cacher que ça faisait mal, j'aurais voulu y être avec toi. Mais au moins, je savais où tu étais.

Il s'assit dans un fauteuil, ni trop loin ni trop près.

— D'une certaine manière, tu étais encore là, lui annonçai-je.

Il fronça les sourcils, dérouté.

— Tes affaires, celles que tu as laissées quand tu es parti… elles sont rangées ici, il n'y a que moi qui sache où elles se trouvent.

Il parut stupéfait par ma révélation.

— Tu ne les as pas jetées ?

— Non… je me suis dit que, si tu revenais un jour, tu serais peut-être heureux de les retrouver. Tu as la chance d'avoir des souvenirs…

Lorsque j'étais tombée sur ses affaires, sans fouiller, j'avais tout de même vu qu'il y avait des grigris, des photos, des courriers, des disques, des livres auxquels il devait nécessairement tenir, et sur le coup, je l'avais envié, moi qui n'avais rien. Rien pour me rappeler mon enfance et mon adolescence. Moi qui n'avais pas de parents. Moi qui n'avais pas de maison. Alors que lui les avait, et leur avait tourné le dos sans raison apparente. J'avais été à nouveau affreusement en colère contre lui, parce qu'il était parti. Jo et Macha ne parlaient que très peu de leur fils, je n'avais pas voulu les déranger, j'avais voulu les préserver, les protéger, et ne pas raviver une plaie qui restait profondément ouverte. Après deux ans d'absence, il ne reviendrait plus, c'était devenu une certitude pour tout le monde. Et pourtant, comme je partais du principe que les souvenirs étaient inestimables, j'avais décidé de les ranger dans des cartons, et de les mettre de côté au cas où... La plupart du temps, j'oubliais qu'ils étaient là, près de moi. Et puis parfois, mon inconscient devenait conscient, et leur présence se rappelait à moi. Chaque fois que c'était le cas, mon cœur se serrait. J'évacuais le plus vite possible, cela ne servait à rien d'y penser.

— Tu peux t'en débarrasser, me proposa-t-il.

— On ne met pas des souvenirs à la poubelle, Vassily, lui rétorquai-je d'une voix dure qui l'étonna.

Je me radoucis immédiatement.

— J'en suis incapable, de toute manière. Si tu veux qu'ils disparaissent, tu n'auras qu'à t'en charger.

Il se fendit de son sourire en coin, mais la réalité le rattrapa rapidement. Je décidai de l'aider à se lancer, malgré le nœud que je sentais se former dans ma gorge.

— J'imagine que tu n'es pas venu me voir à cette heure pour me parler du moulin et de tes affaires.

Les yeux clos, il passa une main fatiguée sur son visage.

— Effectivement… je préfère ne pas attendre pour t'expliquer… Je dois te raconter des détails de l'histoire de La Datcha pour commencer.

J'avalai mon pourquoi avant qu'il sorte de ma bouche.

— Je suis prête, je t'écoute.

Il se cala au fond de son fauteuil, instinctivement, je me recroquevillai. J'allais connaître mon avenir à La Datcha.

— Quand tes enfants sont arrivés vendredi, j'ai pris le relais à la réception, et figure-toi que ça tombait bien, un appel m'était destiné. Je m'en serais bien passé, mais finalement, il a eu son utilité, et c'est important que tu saches tout. Tu dois tout connaître, tout savoir. L'homme qui m'a téléphoné m'a fait une offre d'achat. Il m'a même offert très cher, il est prêt à tout pour prendre possession de La Datcha.

Je fis appel à toutes mes capacités de maîtrise pour ne pas exploser, hurler, crier à l'injustice, je m'accrochai aux accoudoirs du fauteuil. Le déchirement dans mon corps, dans mon cœur était atroce, on m'arrachait une part de moi, de ce qui m'avait construite. Tout irait bien, m'avait-il dit, il se foutait de moi. Un inconnu allait prendre possession de La Datcha. La vendre. La bazarder comme une vulgaire fripe. Je sentais la violence dans mes yeux tant ils me faisaient souffrir. Ils étaient assassins. Vassily ne baissait pas les siens, il assumait. Et pourtant, il était tout aussi furieux que moi, il se contenait de la même manière. Cette simple évocation semblait le mettre hors de lui.

— Tu le connais ? lui demandai-je, mâchoires serrées.

Il détourna le regard, l'expression de mépris sur son visage me choqua, tant cela lui était étranger.

— D'aussi loin que je m'en souvienne, il a toujours voulu La Datcha.

Cet homme était une figure dans la région. Sans pour autant l'avoir rencontré, je voyais très bien de qui il parlait, et je n'avais aucune idée qu'il pût avoir un quelconque lien avec La Datcha. Il était propriétaire de plusieurs hôtels de luxe, ses trois fils prenaient la relève, en attendant il était encore aux commandes, tel un patriarche, tel Jo avant lui. Voilà pourquoi il avait téléphoné en personne à Vassily. Cet homme – issu d'une lignée de propriétaires terriens – connaissait Jo depuis toujours ou presque. Sa famille avait eu des vues sur La Datcha, alors même qu'elle n'était encore qu'une ferme. Il n'avait jamais accepté que Jo soit devenu maître des lieux, à son sens pour « rien ». Il avait ensuite copié Jo et Macha en créant ses propres hôtels, et malgré les récompenses – dont ces derniers se moquaient éperdument et que lui avait obtenues –, il continuait à désirer ce que Jo et Macha avaient créé, et que lui n'obtiendrait jamais : la magie qui y régnait. Leur réussite avait fait plus d'un jaloux. La Datcha, avec sa position exceptionnelle entre Luberon et Ventoux, était connue, reconnue, il émanait d'elle une aura. Et malgré le temps qui passait et les difficultés du secteur hôtelier, elle tenait la barre, elle résistait envers et contre tout. La disparition du couple mythique avait fait le tour des villages aux alentours, et au-delà. Il en avait été de même du retour de Vassily sur ses terres natales.

— Mes parents recevaient régulièrement sa visite, pas toujours des plus agréables, pour leur mettre la pression. Il pensait et pense toujours que l'argent peut tout acheter. Je te laisse imaginer comment mon père le recevait.

Malgré mes inquiétudes et mes nombreuses interrogations, je ris, car je n'avais aucun mal à visualiser l'accueil peu aimable d'un Jo à qui on voulait arracher sa Datcha. J'aurais même voulu le voir, pour jubiler d'une telle scène.

— Je ne l'ai jamais vu. Tes parents n'ont jamais fait d'allusion à son sujet.

Il ne chercha pas à dissimuler sa satisfaction et poursuivit tout en ironie :

— Je ne suis pas étonné… La dernière fois, c'est nous, mon père et moi, qui sommes allés le voir pour qu'il arrête de nous harceler une bonne fois pour toutes. Il a profité de la mort d'Emma… Il a osé s'inviter à la veillée funèbre. J'étais trop soûl pour réagir, et ma mère a empêché mon père de faire un scandale, alors que tout le monde savait pourquoi il venait. Il faisait le tour du propriétaire, comme s'il était déjà chez lui. Il est revenu dès le lendemain de l'enterrement, et les jours qui ont suivi. Il était persuadé que mes parents craqueraient, qu'ils ne pourraient pas rester à La Datcha après la perte de ma sœur.

Il se leva brusquement et se mit à arpenter la terrasse.

— Mon père m'a proposé de l'accompagner pour lui rendre une petite visite. Ça a légèrement dégénéré…

Jo avait donc transmis à son fils ses méthodes vieille école pour régler les problèmes, entre hommes et avec les poings. Je ne quittais pas Vassily des yeux pendant qu'il parlait. Malgré le conflit intérieur que je pouvais lire sur son visage, il se tenait droit, fort, fier, peut-être même plus impressionnant que son père. Jo portait une violence brute en lui. Chez Vassily, elle était plus subtile, plus calculée, plus réfléchie, plus dangereuse peut-être. Comment et pourquoi avait-il pu tourner le dos à son éducation, à cette façon de voir la vie en devenant un homme d'affaires sage et propre sur lui à l'autre bout du monde ? Quand je le voyais tel qu'il était ce soir, et même depuis qu'il s'était laissé aller à son rôle de patron de La Datcha, j'avais de plus en plus de difficulté à l'imaginer dans son univers.

— Je ne devrais pas, mais j'en tire une certaine fierté.

L'expression arrogante qu'il arborait me prouvait à quel point il avait apprécié l'exercice.

— J'y ai laissé quelques côtes et l'arcade, mais j'ai surtout eu droit à la plus belle paire de claques de ma mère quand on est rentrés… Crois-moi, c'est ce qui a fait le plus mal. Elle avait déjà perdu sa fille, elle ne voulait pas perdre son fils…

Je n'avais aucun mal à me représenter Macha mettre la plus belle correction de sa vie à son fils de bientôt vingt-cinq ans.

— Grâce à toi, j'ai la confirmation que, depuis, ils ont fait profil bas… jusqu'il y a quelques jours.

— C'était ton rendez-vous aujourd'hui ?

— Un de mes rendez-vous. Je n'ai frappé personne, si c'est ce qui t'inquiète… j'ai vieilli, non pas que ça ne m'ait pas démangé, mais j'ai mûri…

Il me lança un regard amusé et non dénué de fierté. Après quelques secondes, il reprit son sérieux. La pause n'avait pas duré bien longtemps.

— Je tenais simplement à les avertir les yeux dans les yeux qu'ils devaient nous foutre la paix une bonne fois pour toutes.

Son humeur se métamorphosa brusquement. Une forme de gravité s'empara de lui. Une émotion que je ne saisissais pas le submergea. Il ferma les yeux, comme pour se recentrer, ou se donner du courage. Désarçonnée, le cœur battant à tout rompre, je le rejoignis, et posai ma main sur son bras. Il rouvrit ses paupières et me transperça de son regard intense. Je ne bougeai plus.

— Si je dois être tout à fait honnête avec toi, et il le faut, je leur ai expliqué que La Datcha avait déjà un nouveau propriétaire.

Je m'éloignai comme brûlée par ses mots.

— Oh… tu as vendu à quelqu'un d'autre.

Je parlai à toute vitesse, je ne pouvais laisser le vide s'installer, sinon j'allais craquer. Et je le refusais. J'étais plus forte que ça. Je devais l'être. Il me rattrapa et enveloppa mon visage entre ses mains.

— Hermine, c'est toi… Tu es la nouvelle propriétaire. C'est ce que je suis allé leur annoncer. Si je t'ai raconté cette histoire, c'est pour que tu ne sois pas étonnée si, un jour, ils débarquent ici. Je les ai prévenus que tu étais plus dangereuse que mon père et ma mère réunis et que tu défendrais avec acharnement La Datcha.

Je cherchai à me dégager de son emprise, rien à faire. Il se rapprocha davantage de moi. Je luttai contre les larmes et la colère qui me gagnaient, même si cela me demandait de puiser au fin fond de mes ressources.

— Tu n'aurais jamais dû leur annoncer ça ! Ce n'est pas possible, Vassily… si j'avais pu, tu te doutes que… mais je n'ai pas les moyens, même en m'endettant pour toute une vie, en endettant mes enfants et mes futurs petits-enfants, je ne pourrai jamais te la racheter.

Il me sourit doucement.

— Je me moque de l'argent, je n'en veux pas. J'ai mis le bon vieux notaire de mes parents sur le coup. On cherche des combines depuis plusieurs jours. J'ai pas mal traîné dans le bureau, j'ai mis la main sur tous tes papiers, administratifs, bancaires, j'espère que tu me pardonneras d'avoir fouillé. Je lui ai tout transmis. Il est en train de monter le dossier, pour que ça ne te coûte rien ou presque, en toute légalité, on va essayer au maximum d'éviter les méthodes de mon père. Mais s'il faut en passer par là, on le fera… Quand je repartirai, tu seras l'unique propriétaire de La Datcha. Et plus tard, tu pourras la léguer à Alexandre et Romy.

Les larmes débordèrent et roulèrent sur mes joues.

— La Datcha doit rester dans ta famille.

— Tu fais partie de la famille. Pour mes parents, pour moi, et – je sais que je peux parler en son nom – tu en aurais fait partie pour ma sœur. Elle aurait été d'accord avec ma décision, j'en suis convaincu au plus profond de mon être.

Il me sourit à nouveau, sûr de lui, de ce qu'il avançait. J'étais ballottée par un flot d'émotions, craignant de trop y croire. Étais-je dans la réalité ? Pourtant, ses mains sur ma peau, son parfum qui flottait autour de moi, les bruits de la nuit étaient tout ce qu'il y a de plus réel. Je vivais véritablement cet instant. J'existais. J'avais une famille, je faisais partie d'une famille. J'appartenais à une famille, à un clan. J'avais couru après toute ma vie. Et celle dont je rêvais m'acceptait comme une des leurs.

— Tu n'as pas l'air de réaliser que c'est toi qui tiens La Datcha à bout de bras depuis des années, plus encore que si tu y étais née. Elle est toi. Tu es elle. Je l'ai compris le matin de mon départ, il y a vingt ans. Quand je t'ai vue à la fenêtre… vous ne faisiez déjà qu'une, et pourtant tu étais arrivée depuis si peu de temps.

Je luttai encore pour ne pas m'exposer à une douleur à laquelle je ne résisterais pas. Croire un seul instant que j'étais chez moi à La Datcha, qu'elle était à moi et qu'on ne m'arracherait jamais à cet endroit et que tout s'effondre ensuite, serait dévastateur. Je ne m'en relèverais pas.

— Vassily, je ne suis pas sûre que tu réalises l'impact de tes mots.

— Crois-moi, je sais. Je ne joue pas. Tu es ici chez toi, Hermine. La Datcha, c'est chez toi. Elle est ta maison.

Ainsi, il connaissait tout de moi. Macha avait trahi mes secrets… mais je ne lui en voulais pas. Et dans le regard de Vassily, je ne lisais aucune pitié, je ne lisais que l'amour, la confiance. La petite fille tapie au fond de mon cœur était enfin en sécurité, mes enfants y étaient aussi jusqu'à la fin de leurs jours. Elle, eux, moi, nous avions des racines quelque part. Toutes mes défenses se relâchèrent, je m'écroulai contre lui, il me serra de toutes ses forces dans ses bras. Il me laissa pleurer tout mon soûl. Je pleurais de soulagement, de bonheur, de terreur face aux responsabilités, de sentiment d'exister, d'être quelqu'un, d'être une femme, une mère. Pourtant je sentais une tristesse diffuse, sourde, vicieuse, que je n'arrivais pas à maîtriser, à comprendre même. D'où venait-elle ? Quelle était sa véritable nature ? La fatigue, les émotions incontrôlables, violentes, terrassantes m'empêchaient d'analyser avec justesse ce qui m'agitait, ce qui m'envahissait, malgré l'accomplissement d'un rêve, du rêve de ma vie. Un élément m'échappait encore, à nouveau. Mais je n'avais plus de force. Une brume cotonneuse m'enveloppait peu à peu. Mes jambes me soutenaient à peine. Vassily me porta, ma tête retomba dans son cou, j'étais comme une poupée de chiffon entre ses bras, arrivant difficilement à garder les yeux ouverts.

— Il faut que tu dormes, tu es épuisée, murmura-t-il.

Il entra dans le moulin, s'arrêta quelques secondes sur le seuil, son regard parcourut la pièce.

— Ta chambre doit être là.

Il prit la bonne direction sans aucune hésitation. Il m'allongea sur mon lit, remonta le drap sur moi, et me regarda longuement sans prononcer un mot. J'aurais voulu lutter, l'attirer, exiger qu'il reste avec moi, un dernier sursaut me permit uniquement d'attraper sa main et d'entrelacer nos doigts.

— Dors. Tout ira bien, maintenant.

À l'instant où je sombrais définitivement, je crus sentir ses lèvres déposer un baiser sur les miennes.

– 15 –

Lorsque j'arrivai à La Datcha, le lendemain, je ne réalisais toujours pas. Vassily m'attendait assis sur les marches du perron, sourire aux lèvres, il semblait reposé par rapport à la veille. Était-il soulagé, délesté d'un poids ? Je m'installai à côté de lui, le plus près possible, me retenant de poser ma tête contre son épaule.

— Je me suis remise de mes émotions, lui annonçai-je.

Ce qui n'était pas totalement juste. Malgré mon bonheur – indéniable – à l'idée de ne pas être séparée de La Datcha, j'étais bouleversée par ma nouvelle réalité. Plus intimement, je peinais à me remettre du souvenir flou de ses lèvres sur les miennes.

— Tu aurais pu rester avec moi, cette nuit.

Il me lança un regard en biais.

— J'aurais aimé rester avec toi, cette nuit. Crois-moi, c'était une vraie torture que de te quitter.

Il s'approcha encore un peu plus de moi, nos visages sur le point de se toucher. Peu importait l'environnement, qui pouvait nous voir, nous surprendre, chaque instant passé l'un à côté de l'autre exacerbait notre désir. Sa main effleura ma joue, ma bouche.

— Comme c'en est une là, maintenant, tout de suite, de ne pas t'embrasser.

Il ferma les yeux, prit une profonde respiration pour se contenir, alors que la mienne s'emballait. Puis il se leva brusquement.

— On va changer de sujet, si tu veux bien, me demanda-t-il.

— C'est préférable, lui répondis-je d'une voix plus sèche que je ne l'aurais souhaité. Je ne suis pas loin de te demander pourquoi… C'est toujours interdit ?

Ce qu'il faisait pour La Datcha ne réglait en rien les zones d'ombre, je n'étais pas certaine de pouvoir me retenir encore longtemps d'exiger des réponses à mes questions. Il le faisait pour nous protéger disait-il, nous protéger de quoi ?

— De quoi voulais-tu me parler ? le relançai-je après quelques instants nécessaires pour que je me calme.

Il afficha un sourire ennuyé.

— J'espère que tu ne m'en voudras pas, mais j'ai abrégé les souffrances de Charles, je l'ai croisé quand il est arrivé tout à l'heure, il a presque eu peur de me dire bonjour. Je lui ai annoncé que tu devenais la propriétaire des lieux.

Je me levai à mon tour en dépit de mes jambes chancelantes.

— Oh… C'est vraiment vrai, alors ?

Son visage se détendit, pas loin d'être amusé.

— Oui ! Je retourne voir le notaire cet après-midi pour avancer.

— Déjà ?

— Je t'ai dit qu'il ne fallait pas faire traîner… je le pense toujours et même un peu plus chaque seconde, malgré ce que cela implique.

Inutile de mettre des mots. Mon merveilleux avenir à La Datcha était entaché, obscurci par son départ. Elle était là, la raison de ma tristesse, l'un et l'autre allaient de pair. Je refusais de m'abandonner à mes états d'âme, mes peines en plein milieu de la cour.

— Excuse-moi, je dois aller parler à Charly.

Je reculai de quelques pas, sans le quitter des yeux, il était désolé. Puis je tournai les talons et courus vers les cuisines. Il ne chercha pas à me rattraper.

Je poussai la lourde porte et pénétrai dans l'antre de mon meilleur ami.

— Dois-je t'appeler patronne, maintenant ? s'exclama Charly.

— Ne dis pas de bêtises !

— Je suis tellement heureux pour toi, tu le mérites. Mais je ne vais pas te cacher que je le suis aussi pour nous. Je ne crois pas que tu vas nous virer tout de suite !

— Je vais avoir besoin de toi et d'Amélie, vous serez là, toujours ? Vous ne partirez pas ?

— Bien sûr que non ! On est arrivés ensemble, Hermine, on en partira ensemble !

Je l'attrapai dans mes bras, émue.

— Merci, Charly.

Ma voix tremblante me trahit.

— Que se passe-t-il ?

— Ça fait beaucoup, tu sais… j'ai quand même un peu peur de ne pas y arriver… et…

— Il y a Vassily ? chuchota-t-il, comme s'il craignait ma réaction.

— Oui…

— Je suis certain que tout se finira bien avec lui.

Je le lâchai et trouvai la force de lui sourire. Je n'allais pas gâcher son bonheur – logique, naturel – que j'aurais dû pleinement partager avec lui. Cela ne rimait à rien.

— Tu as raison ! Au boulot !

— À tes ordres !

Je me forçai à rire et quittai rapidement les cuisines.

Je retrouvai Vassily près de la piscine, nous restâmes de longues secondes face à face, aussi meurtris l'un que l'autre. Puis nous nous mîmes au travail. Durant toute la matinée, nous eûmes du mal à nous parler. Nos bribes de conversation n'étaient que factuelles. Nous évitions les sujets sensibles. Son départ. Nous. Comme les jours qui avaient précédé la grande fête de l'été, il alternait entre son travail à Singapour dans le bureau et la gestion de La Datcha à mes côtés. J'avais envie de le brusquer, qu'il me dise tout ce qu'il avait sur le cœur, ce qu'il me cachait. J'avais beau lui en vouloir, j'étais incapable de renoncer à l'observer à la dérobée, je profitais de sa présence tant qu'il était là.

Il était heureux quand il s'occupait d'ici. Pourquoi avait-il pris la décision de se séparer de l'hôtel de ses parents ? Il me disait que je l'avais dans le sang, mais je n'étais pas la seule. Lui aussi. Je l'avais constaté, vu de mes yeux depuis qu'il était de retour. La Datcha le rendait aussi heureux que moi, il y était chez lui. Tout l'appelait à rester, à ne plus en partir. Focalisée sur l'impact de son annonce la veille au soir, je n'avais pas encore réfléchi à ce que me vendre La Datcha pouvait signifier pour lui, non pas le fait de me la céder à moi, mais le fait pour lui de s'en séparer. Cela signifiait qu'il allait perdre ce qui le rattachait à ses parents, à sa sœur, sa vie d'avant, son histoire. Pourquoi être si radical ? Même s'il repartait, je pouvais la gérer pour lui, je n'avais pas besoin d'en devenir propriétaire, il pouvait le rester. Il aurait conservé un lien avec sa terre, ses racines – lui qui avait la chance d'en avoir – mais non, il préférait rompre, briser ce qui le rattachait à cet endroit auquel il était resté viscéralement attaché, malgré son absence de plus de vingt ans.

Vers 13 heures, j'entendis les voix d'Alex et Romy dans la cour. Je leur avais donné rendez-vous à la terrasse du restaurant pour le déjeuner. Leur ponctualité – ou plutôt leurs estomacs qui criaient famine – me donna le sourire. J'attrapai le portable de la réception et les rejoignis. L'absence de Vassily à mes côtés n'était visiblement pas du goût de ma fille. Lorsqu'elle me vit seule, elle mit les mains sur ses hanches en fronçant les sourcils.

— Il ne mange pas avec nous, Vassia ?

— Je ne sais pas, va lui proposer si tu veux. Il est dans le bureau.

Elle disparut avant que j'aie le temps de changer d'avis. Quelques minutes plus tard, Romy revint triomphante, le tirant par la main.

— Ta fille ne m'a pas laissé le choix.

— Elle a eu raison.

Il dévala les marches du perron, Romy le lâcha et partit devant en courant, il cala sa main dans mon dos, et se pencha vers moi.

— Désolé de te faire souffrir.

— Savourons les moments volés.

Je n'ouvris pas la bouche du déjeuner, car il se déroula en russe. Je ne m'en offusquai pas, car même Alex dépassa sa méfiance vis-à-vis de Vassily et parla la langue de Macha avec brio au vu des félicitations qu'il recevait. Je me délectais d'écouter cette langue que, sans la parler, j'avais appris à aimer ; cet accent, ces sonorités qui me rappelaient Macha et qui étaient désormais et pour toujours associées à Vassily. Je les regardais tous les trois, je les dévorais des yeux même. Je gravais cette image dans ma mémoire, dans mon cœur. Le lien que mes enfants avaient développé avec Jo et Macha s'était déjà étendu avec facilité à Vassily, comme si, pour mes enfants, il était une partie d'eux – ce qui était vrai. Ma gorge se nouait régulièrement. Vassily, assis à côté de moi, devait s'en rendre compte. À plusieurs reprises, il transgressa les limites qu'il nous imposait et caressa ma cuisse sous la table, son geste était à la fois réconfortant et possessif. Je frémissais et j'avais mal en même temps.

Et puis on nous servit les cafés et Vassily réalisa qu'il était en retard.

— Je dois y aller, le notaire m'attend déjà depuis un bout de temps.

— Vas-y vite, dans ce cas.

— On se voit ce soir ? me demanda-t-il, presque timidement.

Je lui répondis d'un sourire. Le soulagement se lut sur son visage. Il quitta rapidement la table, et partit récupérer ses affaires dans le bureau. Au moment où il ressortait au pas de charge de La Datcha, je réalisai qu'il ne reverrait peut-être pas les enfants.

— Alex, Romy, il faut dire au revoir maintenant à Vassily. Il ne sera peut-être pas revenu quand vous serez partis.

Nous nous levâmes tous les trois à toute vitesse, et je l'appelai avant qu'il monte dans la voiture de Jo. Nous courûmes vers lui, il souriait, amusé par la scène que nous lui offrions. Et tout en la vivant pleinement dans une totale utopie, cette scène balafrait mon cœur.

— Ne pars pas tout de suite, lui dis-je. Les enfants veulent te dire au revoir.

Il fronça les sourcils, surpris.

— Bah oui, papa vient nous chercher tout à l'heure, compléta Romy.

Vassily eut un mouvement de recul, son visage se ferma. Comme s'il passait d'un bonheur total à une douleur terrible. Que lui arrivait-il ?

— Tu continueras à nous apprendre le russe quand on reviendra la semaine prochaine ? lui demanda ma fille.

Il déglutit avec difficulté, peinant à trouver ses mots.

— *Niet, Solnychko*, lui répondit-il en l'appelant par le même petit nom que Macha. Je serai certainement reparti quand vous reviendrez à La Datcha.

Déjà ?

— Pourquoi ? Tu ne restes pas ici ?

— Non… je rentre à Singapour, je t'ai déjà expliqué que je vivais là-bas.

— Maman, elle va être malheureuse, si t'es pas là. Mais tu reviendras ?

Il ne répondit pas à sa question. Elle se propulsa sur lui, et lui fit un immense câlin. Elle s'accrochait à lui de toutes ses forces, il caressa ses cheveux doucement.

Vassily prit bien garde de ne pas croiser mon regard et se concentra sur Alex.

— *Zabot'sia o mamie zachtchichtchay yeye ?*

Évidemment, je ne compris rien, mais à l'air sérieux de mon fils, je saisis que Vassily lui parlait de moi, je connaissais le mot *maman* en russe.

— *Obechtchayu, Vassia.*

Romy accepta à contrecœur de le lâcher. Il monta dans la voiture, baissa sa vitre après avoir chaussé ses lunettes de soleil. Il se barricadait à nouveau. Il leur envoya un dernier signe de la main, réussit à leur sourire et démarra. Romy lui fit de grands coucous jusqu'à ce qu'il disparaisse.

— Il va me manquer, me dit-elle, avec des trémolos dans la voix.

Elle se blottit contre moi.

— Je sais, ma poupée… à moi aussi. Alex, que t'a-t-il dit ?

— Il m'a demandé de bien m'occuper de toi, il veut que je te protège, maman.

— Tu le fais déjà, mon trésor.

J'attrapai mon fils dans mes bras, et m'accrochai à lui de toutes mes forces pour ne pas m'effondrer. Vassily n'avait pas répondu à la question de Romy, parce qu'il ne voulait pas lui faire de peine, mais j'avais compris. Je venais de comprendre l'ultime conséquence de la vente de La Datcha. Il me la vendait pour rompre tout lien avec elle. Il ne reviendrait pas. Plus rien ne le rattacherait ici. Il n'aurait plus aucune raison de revenir. Il se débarrassait une bonne fois pour toutes de ce qui le rongeait. Il s'en libérait. Car La Datcha devait nécessairement le ronger, le détruire d'une manière ou d'une autre pour qu'il ait pris une telle décision. Il allait lui dire adieu. Il allait me dire adieu. Quand il partirait dans quelques jours, je serais certaine de ne jamais le revoir.

Le travail me permit de ne pas trop ressasser durant l'après-midi. Pour un peu, j'en aurais presque oublié que nous étions au pic de la saison, le pont du 15 août se profilait. Je pouvais compter sur les clients pour me le rappeler, j'aurais dû les remercier de m'occuper l'esprit.

Samuel arriva vers 18 heures. Les enfants étaient avec moi à la réception pour l'attendre. Même s'il n'était pas en tenue de travail, il ne franchit pas le seuil. Je ne l'avais pas vu depuis deux semaines. Jamais nous n'étions restés si longtemps sans nous voir. Les enfants coururent vers lui, Romy lui sauta dans les bras en poussant des cris de joie. Je récupérai leurs sacs et m'approchai tranquillement. Samuel, tout en gardant Romy dans ses bras, redescendit immédiatement les marches du perron. À croire qu'il ne voulait plus mettre un pied dans La Datcha.

— Bonjour, finis-je par lui dire.

— Bonjour, Hermine.

Lui aussi dissimulait ses yeux derrière ses lunettes de soleil. Mais nos plus de quinze ans de vie commune me permettaient encore de lire ses traits. Et je sentais qu'il n'était pas tranquille. Il posa Romy au sol, leur demanda à tous les deux de me soulager de leurs affaires et de les déposer dans le pick-up.

— Comment s'est passée la semaine ?

Son ton était sec, pressé, faisant clairement comprendre qu'il ne comptait pas s'attarder.

— Très bien. En revanche, ils sont un peu fatigués. Ils se sont couchés tard à cause de la grande fête de l'été.

Son air indifférent devint mauvais.

— Il paraît qu'elle était particulièrement réussie, railla-t-il, mordant. Hier midi, au Café de la Poste, il n'était question que de ça.

Pourquoi cette agressivité ? Il n'y venait plus depuis notre séparation. J'avais encore moins de raisons de l'inviter cette année. Avait-il entendu parler de Vassily et de moi ? Pour ce qu'il y avait à dire… À la pensée de son départ prochain, je dus fermer les yeux pour dissimuler mon chagrin. Je me repris le plus vite possible.

— Les clients et les invités étaient ravis, c'est le principal. Nous avons réussi en dépit de l'absence de Jo et Macha.

— Mais leur fils est encore là.

C'était une affirmation. Je plantai mes yeux dans les siens.

— Pour quelques jours, oui. D'ailleurs, ne t'étonne pas si Romy parle russe. Elle a profité de la présence de Vassily pour continuer ses cours.

— Pardon ? s'énerva-t-il en haussant le ton.

Il semblait hors de lui.

— En quoi ça te dérange ?

Il soupira pour se canaliser.

— En rien. En rien du tout. Bon, si tu as fini le compte rendu, dis au revoir aux enfants, je dois filer.

Je le suivis jusqu'à sa voiture, sans chercher à décrypter son état d'esprit. J'embrassai longuement Alex et Romy, j'avais mal de les laisser, j'avais peur d'être sans eux. Ils me raccrochaient à la réalité, à ma vie, à ce pour quoi je me battais.

— À la semaine prochaine, finis-je par leur dire en m'éloignant.

Je n'étais pas certaine de ne pas verser quelques larmes, et je ne voulais surtout pas leur imposer cette fragilité qui me dépassait. Samuel les fit grimper en voiture. Ils me firent des grands signes à travers les vitres. Je leur souris du mieux que je pus. À l'instant où leur père s'apprêtait à ouvrir sa portière, il se figea et fixa le chemin de La Datcha. La voiture de Jo le descendait. Samuel comprit nécessairement que Vassily arrivait. Il attendit avant de s'installer derrière le volant. Depuis le temps qu'il entendait parler de lui, il devait être curieux de voir à quoi il ressemblait. Vassily se gara à l'opposé, il prit tout son temps pour sortir du 4 × 4, je restai à l'écart. Ils avancèrent de quelques pas l'un vers l'autre, comme s'ils allaient se saluer. Mais ils s'arrêtèrent à une certaine distance. C'était étrange. Ils se dévisagèrent de longues secondes qui me parurent être une éternité. C'était à celui qui craquerait le premier. Une tension inexplicable irradiait d'eux. Puis ils détournèrent les yeux au même instant. Vassily traversa la cour sans m'accorder la moindre attention, Samuel monta dans sa voiture et démarra. Que venait-il de se passer ? Pourquoi une telle animosité entre eux ?

Je rentrai sans traîner à La Datcha, bien décidée à tirer cette histoire au clair. Je trouvai Vassily les mains posées à plat sur le bureau, respirant avec difficulté, le visage tourmenté. J'avais le sentiment qu'il aurait pu démolir tout ce qu'il y avait autour de lui.

— Que t'arrive-t-il ?

Il tressaillit, ferma brièvement les yeux, puis m'affronta, avec une expression de calme travaillé.

— Tout va bien.

— Ne te moque pas de moi !

Ses mains glissèrent lentement sur le bois du bureau, il se redressa, et s'approcha à pas mesurés vers moi.

— Je te promets que ce n'est pas le cas. C'est juste que…

Il esquissa un sourire forcé.

— On signe lundi.

Je reculai, et oubliai instantanément Samuel.

— Lundi matin pour être précis, à la première heure, enchaîna-t-il. D'ailleurs, il faudrait que tu te fasses remplacer.

— Attends, ça va trop vite ! Pourquoi ?

Il inspira profondément pour se donner du courage. Mes jambes me portaient, mais mon cœur vacillait.

— Je dois être à Singapour mercredi, dernier délai. Je partirai directement pour Marseille après la signature, j'ai trouvé une correspondance à Paris que je ne peux pas me permettre de rater.

Il avait tout préparé. Tout organisé. Lundi. Il partait lundi. Dans moins de trois jours, je lui dirais adieu. Mais je serais propriétaire de La Datcha. Pourquoi l'aboutissement de ma vie s'accompagnait-il d'un chagrin dévorant ? Au fond de moi, j'espérais qu'il m'annonce qu'il avait changé d'avis et qu'il ne voulait plus repartir. Mais il avait sa vie, là-bas. Tout l'appelait à Singapour ou ailleurs dans quelques années. Il avait vécu une parenthèse, ravivé ses sentiments, et il allait tourner la page. Je n'avais définitivement pas le droit de tout avoir pour une fois dans ma vie. Vivre en paix sans crainte du lendemain à La Datcha, et avoir l'homme que j'aimais à mes côtés. En demandais-je trop ? À croire que oui. J'étais vouée à être abandonnée par toutes les personnes à qui j'offrais mon cœur. Ma mère. Samuel. Jo et Macha. Et maintenant Vassily. Je devais être maudite. Je fis volte-face, refusant qu'il voie mes larmes, incontrôlables. Il me rattrapa avant que je réussisse à m'enfuir, il enserra ma taille, se plaquant à mon dos, je rentrai la tête dans mes épaules, j'avais peur. Une peur profonde qui venait de très loin.

— Hermine, s'il te plaît. Pardonne-moi, je n'ai pas le choix.

Je ne voulais plus entendre cette phrase. Pas le choix. On a toujours le choix. Personne ne le forçait à me vendre presque de force La Datcha. Personne ne l'empêchait de m'aimer. Personne à part lui-même.

Il m'étreignit plus fort encore, il tremblait. Son visage se nicha dans mon cou. Je serrai les dents pour m'empêcher de hurler, mes yeux brusquement devenus secs, braqués droit devant moi.

— Vassily, lâche-moi, tout de suite. Maintenant. Je dois aller travailler. J'ai un hôtel à tenir.

Après de longues secondes, il finit par céder et se détacha de moi lentement.

La soirée se déroula à l'image de la matinée. Pourquoi s'acharnait-il à encore tenir un rôle à La Datcha ? Il n'avait plus besoin de faire semblant. Quand il fut l'heure pour moi de rentrer au moulin, ma décision était prise. Je refusais de le laisser partir sans qu'il m'ait expliqué ce qui le rongeait, ce qui nous éloignait l'un de l'autre. Seule solution pour le forcer à parler : lui mettre le couteau sous la gorge. L'hôtel était endormi,

Charly venait de fermer le restaurant et était parti. Je l'avais entendu dire au revoir à Vassily dans la cour. Nous étions seuls. J'allumai la veilleuse de Macha, récupérai mon sac avec ma lampe de poche, décidée à lui dire ce que je comptais faire et à aller me coucher ensuite. Il tournait comme un lion en cage. Il s'arrêta dès qu'il me vit descendre les marches du perron. J'avançai vers lui, il était déstabilisé par mon attitude. Je devais paraître forte, fière, alors qu'en réalité un vrai séisme m'ébranlait.

— Rien ne me force à aller chez le notaire lundi. Je n'en veux pas.

Il avait très bien compris, pourtant, il refusait l'évidence.

— Tu ne veux pas de quoi ?

Il ne me facilitait pas la vie.

Va au bout, Hermine. Prends le risque.

— Je ne veux pas de La Datcha. Garde-la. Je ne signerai pas.

Il chancela, lui, l'homme fort, qui dirigeait, à qui on ne devait rien refuser. J'avais mal de lui faire du mal. Tout en lui me criait à quel point je le faisais souffrir. Je ne faiblis pas, et avançai plus près encore, pour lui montrer que j'assumais, qu'il ne me faisait pas peur, je le frôlai, le tissu de sa chemise effleura mes mains.

— Pourquoi, Vassily ? Pourquoi ?

Ce *pourquoi*, je le lui crachai à la figure. J'ancrai mon regard dans le sien pour lui montrer à quel point rien ne me forcerait à céder à sa demande, à son exigence de le laisser s'enfuir, de ne pas prendre ses responsabilités. Après de longues secondes de silence où il tint bon, je secouai la tête de dépit et pris la direction du moulin, le cœur brisé. À peine avais-je fait dix mètres que Vassily me rattrapa par le bras.

— Tu veux savoir ? gueula-t-il. Tu veux vraiment savoir ?

C'était lui qui était en colère. Sans un mot et sans ménagement, il m'entraîna jusqu'à la bibliothèque. Il referma la porte derrière nous. D'un signe de tête, il m'invita à m'asseoir sur la méridienne. Son visage était dur, plein de rage contenue. Il ouvrit la fenêtre, respira profondément l'air lourd de la nuit. Finalement, il restait encore des bouteilles dans la réserve de Jo. Vassily se servit un verre qu'il avala d'un trait, comme s'il y puisait du courage.

— Tu es sûre de toi ?

J'étais terrifiée par ce que j'allais apprendre. Mais il n'était plus l'heure de regretter ou de m'enfuir.

— Oui.

Il aurait aimé que je renonce. Il ferma les yeux de longues secondes, il se concentrait, il se replongeait dans des souvenirs qu'il ne voulait pas partager.

— Il ne t'a vraiment jamais rien dit ?

— De qui parles-tu ?

Il me dévisagea, l'amour qu'il me portait, et dont je ne doutais pas, se disputait à la douleur, une douleur profonde, ancrée dans sa chair. Un dernier soupir de courage.

— Samuel.

— Samuel ? Que vient-il faire là ?

— La dernière fois que j'ai vu Samuel, jusqu'à aujourd'hui, c'était à l'enterrement d'Emma.

— Impossible !

J'avais l'impression qu'on m'étouffait.

— Hermine, je vais tout te raconter, m'annonça Vassily d'une voix calme, presque trop calme. De mon enfance jusqu'à il y a vingt ans. Je vais te parler d'Emma… Je ne vais rien édulcorer, je ne vais pas te mentir. Il y a eu beaucoup de bonheur, mais tellement de gâchis aussi… J'aurais tant aimé te protéger, t'épargner…

Je ne savais plus rien, j'étais perdue. Je m'apprêtais à plonger dans une histoire inconnue, mais où, d'une manière ou d'une autre, j'avais joué un rôle. Sans le savoir. L'histoire du père de mes enfants, l'histoire de Jo et Macha que j'aimais comme s'ils étaient mes parents, l'histoire d'Emma que je n'avais pas connue, mais qui hantait La Datcha, l'histoire de l'homme que j'aimais depuis vingt ans.

– 16 –

Son corps se relâcha, son visage s'apaisa, comme s'il se libérait de tout ce qu'il retenait depuis si longtemps. Il n'allait plus fuir, il allait parler. En lui imposant de me répondre, l'avais-je d'une quelconque façon autorisé à tout dire ? Dire tout ce qu'il cachait. À mon plus grand étonnement, Vassily sourit, largement. L'émotion se lisait sur ses traits. Son regard partit loin ; il dégageait la même mélancolie que Macha. Et la même nostalgie que Jo.

— Contrairement à toi, j'ai eu la chance et le bonheur d'avoir une enfance merveilleuse. Merveilleuse, mais peu conventionnelle. Imagine ce qu'étaient mes parents lorsqu'ils avaient trente-cinq, quarante ans.

Son regard s'anima davantage encore. Malgré mes incompréhensions, le choc que Samuel soit impliqué, je ne pus retenir un sourire en pensant à Jo et Macha, jeunes. Ils devaient être tellement beaux, tellement hors normes.

— La Datcha, les clients, les fêtes ont été mon quotidien, m'apprit Vassily. C'était la bohème ici, il y avait tout le temps du monde, même l'hiver, les horaires n'existaient pas en dehors de ceux qu'imposaient l'accueil des clients, l'entretien des chambres. Jamais la fatigue, les nuits blanches et les gueules de bois n'auraient empêché ma mère de faire son travail consciencieusement. Avoir un enfant n'a rien modifié à leur manière de vivre. Je suis né un soir de fête… Combien de nuits mes parents ont-ils oublié de me coucher ? Je dormais sur la terrasse, au restaurant, à la réception. Je passais de bras en bras, de table en table. Ils ont attendu le collège pour me mettre à l'école, avant je passais une partie de mes journées assis sur le comptoir à accueillir les gens, à apprendre le russe et le français en même temps. Quand je n'étais pas avec ma mère, je suivais mon père dans ses vadrouilles, dans ses travaux, c'est là que j'ai appris à compter. Sinon, je finissais dans les jambes de Gaby dans les cuisines. L'école de la vie était beaucoup plus importante que l'autre pour eux… Je me baladais aux quatre coins de La Datcha, j'étais libre, ils savaient toujours où j'étais, mais ils me laissaient me débrouiller. À condition que je ne fasse pas de bêtises, et j'évitais d'en faire pour ne pas m'attirer les foudres de mon père qui avait tout de même certains principes ! Ils voulaient m'apprendre l'indépendance, ils ont réussi. Ma mère me regardait parfois et me disait que je poussais comme un champignon. Je les admirais. Pour le petit garçon que j'étais, mes parents étaient magnifiques, extraordinaires, ils s'aimaient. C'était le paradis, c'était magique. J'ai très vite su que je voulais la même vie qu'eux. Ça s'est imprimé en moi, pour ne jamais disparaître.

Ses yeux brillaient tellement au souvenir de son enfance. Comme quelques jours plus tôt dans la cour illuminée, il aurait tout donné pour y retourner.

— Ma sœur est née. Au début, j'étais trop petit pour me rendre compte de la gravité de la situation, de sa malformation cardiaque. Tout ce que je voyais, c'était elle, j'avais une petite sœur avec qui partager les joies de La Datcha. Elle est entrée dans mon univers. Mes parents se sont assagis, juste ce qu'il fallait pour ne pas la mettre en danger, mais ils ont surtout voulu lui offrir la même joie qu'à moi. Alors on a continué à vivre comme avant. Très vite, j'ai voulu les aider, ils ne pouvaient pas être partout, surveiller la santé d'Emma et La Datcha. Et je ne voulais sous aucun prétexte que notre vie change, je voulais toujours la fête, les clients, la musique, je voulais toujours voir mes parents danser jusqu'à épuisement. À dix ans, je savais quoi faire si Emma faisait un malaise, j'ai demandé qu'on m'apprenne à lui donner les médicaments dont elle avait besoin, lui faire une piqûre et même un massage cardiaque. J'ai eu à le faire à plusieurs reprises… et je m'en suis sorti, j'ai réussi…

Je n'avais jamais mesuré les conséquences de la maladie d'Emma sur l'enfance de Vassily. Je n'y avais même jamais pensé. En même temps, j'en savais si peu sur Emma et lui. Jo et Macha avaient tu cette partie de leur histoire… Quel poids sur les épaules d'un petit garçon ! Il était lui aussi devenu adulte avant l'heure. Pas pour les mêmes raisons que moi. Il avait des parents, mais quels parents… et il s'était fait un devoir de surveiller sa sœur pour préserver cette vie qu'il aimait tant.

— Alexandre et Romy me rappellent tellement Emma et moi. Ta fille lui ressemble d'une certaine manière, Emma parlait autant que Romy, et malgré son cœur fragile, elle courait partout, elle dansait, elle riait, elle souriait. Pour moi, ma sœur était une petite fée fragile que je devais protéger. Je n'avais qu'elle. Et cela me suffisait.

L'amour qu'il portait à sa sœur était palpable. Son visage n'était plus le même lorsqu'il parlait d'elle. Il était ouvert, et pourtant si triste.

— Mais il a bien fallu rentrer dans le rang. Mes parents n'ont plus eu le choix et ont dû m'envoyer au collège. Je ne voulais pas y aller. Le matin de la rentrée, mon père a dû venir me chercher sur le toit. J'y étais monté en passant par les combles. Il m'a traîné par la peau des fesses jusqu'au portail du collège et m'a laissé me débrouiller, en me disant d'être fier et de ne pas avoir peur. Tu ne peux pas imaginer comme les premières semaines m'ont semblé longues. Je m'ennuyais, je ne voyais pas l'utilité d'être là, assis sur une chaise, sans bouger, alors que j'aurais pu faire tant à La Datcha, être avec Emma, lui faire travailler son russe si ma mère ne pouvait pas, servir au bar de la piscine, m'occuper des chambres. Résultat, je n'écoutais rien, j'étais insolent avec les profs. J'ai commencé à être collé. J'ai enchaîné les heures, et j'ai rapidement eu un complice…

Il s'interrompit, et me regarda, navré. Pas pour lui. Pour moi, je le sentais.

— Samuel ? lui demandai-je d'une petite voix.

Il acquiesça.

— Samuel… mon seul et unique ami. Celui que j'ai fini par considérer comme mon frère. Je ne vais pas t'apprendre qui il est, ni comment il a été élevé.

À la dure, sans fantaisie. Je secouai la tête, incapable d'ouvrir la bouche.

— Pourtant, malgré nos différences flagrantes d'éducation et de mode de vie, on s'est immédiatement entendus. Il était drôle, toujours partant pour la connerie, joyeux. Il était content de tout, prenait avec philosophie les exigences de ses parents.

Il me raconta comment il avait ouvert les portes de La Datcha à Samuel, accueilli comme l'un des leurs par Macha et Jo qui le couvraient vis-à-vis de ses parents. Et Emma qui, malgré ses quatre ans de moins, les suivait partout. Jo et Macha laissaient faire, leur fille ne risquait pas grand-chose avec ces deux gaillards. Des images se formaient dans mon esprit, je n'avais qu'à penser à Alexandre qui était le portrait de Samuel à l'âge où ce dernier avait rencontré Vassily.

— On a fini de grandir ensemble. On a découvert la vie tous les deux ; les filles, la drague, les cuites, les bagarres. Tu ne nous voyais jamais l'un sans l'autre. On était des siamois. Sauf pendant la saison où je bossais comme un fou ici, et Samuel enchaînait les contrats de jardinier, c'était déjà sa passion. Mais même ça nous rapprochait. On savait que les autres s'amusaient pendant que nous, on travaillait. On se foutait d'eux, parce qu'on savait lui comme moi ce que nous voulions, on avait conscience l'un comme l'autre de le faire pour notre avenir. Qui était déjà tracé dans nos têtes. De ce point de vue-là, Samuel a eu ce qu'il voulait, je suis heureux pour lui. Il a réussi. Il a ses oliviers, son huile. Il pouvait m'en parler durant des heures…

Un sourire triste se dessina sur son visage, son regard se voila.

— Et toi ? lui demandai-je, en connaissant déjà la réponse.

— Moi… c'était La Datcha. Elle était à moi, pour moi. Je la reprendrais le jour où mes parents ne seraient plus de ce monde… Emma n'en a jamais voulu. Elle l'aimait bien sûr, mais combien de fois nous a-t-elle traités de fous, mes parents et moi, elle braillait qu'avec nous, on n'était jamais tranquilles. Cela n'avait rien à voir avec sa santé fragile, elle avait d'autres rêves. Très vite, elle nous a annoncé la couleur en nous disant qu'il ne fallait pas compter sur elle pour y travailler. Elle voulait du calme et une vie comme tout le monde, surtout pas comme nous.

Il rit quelques instants, perdu dans ses souvenirs. Pourquoi Jo et Macha ne me l'avaient-ils jamais raconté ? Incompréhensible. Je tremblais de plus en plus, je me recroquevillais comme pour me protéger de la suite que je ne devinais que trop bien. Pour autant, je ne pouvais toujours pas y croire. Le faux. Avais-je vécu ces vingt dernières années dans le faux ? La seule vérité était Vassily en face de moi. Vassily qui depuis qu'il parlait ne semblait plus vouloir s'arrêter. Il était absorbé par son histoire, l'histoire de sa famille. Je ne le quittais pas des yeux, il passait de la joie de ses souvenirs d'enfant, d'adolescent aux côtés de son meilleur ami, Samuel – je ne pouvais toujours pas l'intégrer –, à la déchirure à l'idée de ce qui restait à raconter. Du gâchis qui finirait par arriver.

— J'avais tellement d'ambition pour La Datcha, poursuivit-il, que j'ai passé les sélections pour rentrer à l'école hôtelière de Lausanne. J'ai visé haut pour que mon père soit fier de moi. Tu sais, il n'est jamais allé à l'école. Alors, avant de prendre la relève ici, je voulais lui offrir plus que mon bac. J'ai bossé comme un fou là-bas, je me suis amusé aussi. Mais j'ai surtout cherché à en apprendre le maximum pour emmener La Datcha le plus haut possible. Aujourd'hui, je réalise que c'était ridicule, qu'elle n'a besoin de rien de plus… Elle est parfaite telle quelle, et ce que tu fais d'elle est merveilleux… Dès que je pouvais, je rentrais, parce que La Datcha me manquait, que ma sœur, mes parents et Samuel me manquaient. Ils étaient ma vie. J'ai très vite compris que Samuel était tout le temps ici, même quand je n'y étais pas. Je lui avais demandé de surveiller Emma pendant mon absence, il a pris son rôle à cœur.

Vassily s'interrompit et me regarda droit dans les yeux. Il ne cherchait pas à ménager un quelconque suspense, il cherchait à me ménager. J'essuyai mes joues baignées de larmes silencieuses. Depuis qu'il me racontait son histoire, leur histoire à tous, mes derniers repères s'effondraient, et j'avais compris quel était le prochain. Pourquoi avais-je été exclue ? Pourquoi personne n'avait-il jugé bon de m'expliquer les liens qui les unissaient ? J'aurais dû poser davantage de questions. Pourquoi avais-je tant respecté le tabou qui entourait Emma ? Pourquoi n'avais-je jamais cherché à savoir d'où provenait cette distance respectueuse entre Samuel et Jo et Macha ? Avais-je senti quelque chose que je ne pouvais accepter ? Que je n'aurais pas supporté ? Mon instinct de survie m'avait-il protégée de mes questions ?

— Samuel est le grand amour d'Emma, le seul qu'elle ait jamais eu… J'ai toujours su que cela se terminerait de cette façon entre eux. Ils étaient faits l'un pour l'autre. Samuel a toujours été moins compliqué que moi dans ses aspirations, je sais bien que je le fatiguais parfois quand je m'emballais comme mon père… Il était celui qu'il fallait pour Emma. Il la connaissait, il connaissait sa fragilité, il n'avait pas peur de ses problèmes de santé, et je savais qu'il assumerait, qu'il la protégerait. Je les ai laissés mijoter. Je n'oublierai jamais le jour où Samuel a pris son courage à deux mains pour m'annoncer qu'Emma était la femme de sa vie, il était convaincu de se prendre mon poing dans la figure. J'étais heureux pour eux, même si je me sentais très loin de ce type d'engagement… Tout est allé très vite, ma sœur ne voulait pas perdre de temps sur la vie, elle avait trop conscience que la sienne pouvait s'arrêter plus rapidement que celle des autres… Ni mes parents ni moi n'avons songé un seul instant à la refréner sous prétexte qu'elle était encore jeune. Samuel faisait déjà partie de la famille… Ils comptaient se marier et fonder la leur si la santé d'Emma le permettait. Quand je suis rentré de Lausanne après avoir refusé toutes les propositions de postes, Samuel avait déjà acheté pour eux une maison à retaper…

— À Roussillon ? m'étranglai-je.

— Oui, Hermine, la maison de Roussillon…

Ils m'avaient tous trahie, avaient trahi ma confiance. J'avais lâché prise avec eux, et ils en avaient profité.

À se demander ce que je faisais encore là. Il me manquait la force pour m'enfuir, récupérer mes enfants, hurler à leur père qu'il n'était qu'un menteur, et partir, partir loin. Loin de La Datcha. Mais quitte à souffrir, je voulais tout savoir.

— Que s'est-il passé, ensuite ?

Vassily se servit un verre, qu'il but d'un trait comme le premier. Puis il se prit la tête entre les mains, cherchant du courage, il en avait besoin. Je savais comment tout ceci se terminait, on ne m'avait pas caché la mort d'Emma. Il releva un visage dévasté vers moi, je regrettais d'avoir mal au point de ne pas pouvoir le soutenir. J'aurais voulu le prendre dans mes bras, lui dire d'oublier, lui promettre que cela allait passer.

— J'étais heureux, Hermine, tu ne peux pas imaginer à quel point… J'étais à La Datcha, mes parents étaient fiers de moi, Emma et Samuel nageaient dans le bonheur. Mais ma sœur s'inquiétait pour son grand frère.

Il étouffa un rire triste.

— Un jour, elle a débarqué ici, se plaignant qu'on se voyait encore moins que quand j'étais à Lausanne. Je n'ai pas eu le cœur de lui refuser sa balade à Oppède-le-Vieux, malgré l'interrogatoire en règle qu'elle allait me faire subir. On a pris la voiture de mon père, depuis qu'il m'avait laissé conduire, sans permis évidemment, on allait toujours régler nos comptes en haut du village à Notre-Dame-d'Alydon. C'était notre endroit. Pendant toute l'ascension, Emma n'a pas arrêté de parler. Elle était bien plus mature que moi, elle avait peur que je finisse tout seul dans mon hôtel, elle voulait que je rencontre une fille bien. Elle parlait à toute vitesse en russe : « Vassia ! Ça va te faire drôle quand ça va te tomber dessus. Je parie que tu es comme papa, il y en aura une et une seule ! » Elle avait raison, Hermine... Il n'y en a eu qu'une seule.

Je le voyais trouble à cause des larmes, des larmes de regret, des larmes de douleur pour lui. Des larmes de terreur de la suite...

— Quand on est arrivés là-haut, je l'ai trouvée pâle, je lui ai demandé de s'asseoir, regrettant de ne pas l'avoir obligée à ralentir la cadence de sa marche. Elle m'a d'abord ri au nez... et... d'un coup... son visage s'est décomposé, c'était comme si elle était devenue transparente. J'ai tout juste eu le temps de la rattraper avant qu'elle s'effondre par terre. J'ai fait les gestes que je connaissais par cœur pour l'aider à respirer. J'ai hurlé pour demander de l'aide, mais on n'avait pas croisé un chat. Quelle idée on a eue d'y aller en novembre... Emma me fixait, déjà un peu ailleurs, elle avait compris. Pas moi. Je ne pouvais pas. J'ai voulu partir en courant récupérer sa trousse de secours que j'avais oublié de prendre comme un con !

Envahi par des images insoutenables, il ferma les yeux, respira plus rapidement, les poings serrés. Je ne disais rien, tétanisée par ce que j'apprenais. Pourquoi Macha ne m'avait-elle rien dit ? Il lui fallut quelques secondes pour se reprendre et m'affronter à nouveau.

— Elle ne m'a pas laissé repartir à la voiture, elle ne voulait pas rester seule... Elle a cherché un dernier souffle pour me demander de veiller sur Samuel, de le soutenir, de l'aider à ce qu'il vive sa vie sans elle. J'ai promis. Et puis je l'ai portée pour la redescendre. L'adrénaline m'a aidé à y arriver sans tomber. Je n'arrêtais pas de lui parler, je lui ordonnais de rester avec moi. Mais c'était trop tard, en arrivant en bas, elle n'était plus là. Je me suis quand même acharné sur elle, je l'ai massée et encore massée, je voulais qu'elle revienne. Les pompiers ont dû m'arracher à Emma…

Il se leva, alla jusqu'à la fenêtre, respira profondément, et, sans me faire face, poursuivit. Il ne pouvait plus s'arrêter de parler. Il déchargeait le trop-plein. Il fallait qu'il aille au bout. Rien n'aurait pu l'arrêter et qu'aurais-je pu lui dire ? Quels mots pouvaient apaiser un tel drame, une telle douleur ?

— Mon monde s'est effondré… Après avoir perdu ma sœur, j'ai perdu Samuel, le frère que j'avais choisi. Pour lui, j'étais le responsable de la mort de l'amour de sa vie. Il m'a rayé de sa vie, son chagrin était épouvantable, dévastateur. Il a quitté la région dès le lendemain de l'enterrement, sans m'avoir adressé la parole. On ne s'était jamais revus jusqu'à aujourd'hui… Et moi, je me suis enfoncé. Je n'avais pas été capable de sauver ma sœur et j'avais détruit la vie de Samuel… Mes parents avaient beau me répéter que je n'y étais pour rien, que l'on savait qu'un jour ou l'autre Emma risquait de nous quitter, je ne voulais rien entendre. Tout ce que je buvais pour essayer de dormir la nuit et ne pas me laisser envahir par les cauchemars ne m'empêchait pas de voir la détresse de ma mère ni la colère de mon père, face au déchet que j'étais en train de devenir. Il savait que j'avais mal, il comprenait, lui souffrait tellement d'avoir perdu sa fille, mais il restait digne, et ce qu'il ne comprenait pas, c'était pourquoi son propre fils n'était pas capable de relever la tête, d'affronter la réalité. J'avais honte de moi, si tu savais comme j'avais honte, mais je n'arrivais pas à sortir de ce cercle infernal dans lequel j'étais entré. Alors, j'ai pris la seule décision qui s'imposait : partir. Je me suis promis de ne revenir que si je me sentais assez digne de me présenter devant eux sans les faire souffrir. En quelques coups de téléphone, mon problème a été réglé. J'ai trouvé un poste à l'autre bout du monde... Mes parents m'ont laissé partir...

Je ne voyais que son dos, mais je sentais à quel point il était exténué. L'épreuve qu'il avait traversée allait bien au-delà de tout ce que j'aurais pu imaginer. Il avait terriblement souffert, et il souffrait encore du passé. C'était comme s'il avait appris à vivre avec cette douleur enfouie au fond de lui. Lui qui n'avait pas construit de famille, qui n'avait rien d'autre que son travail et lui-même, avait pour compagne cette épreuve.

— Et puis, tu es arrivée, Hermine... Trois mois avant que je parte. Le soir de ton arrivée, je venais d'apprendre que j'étais pris pour le poste... Il s'en est fallu de peu que je reste, à cause de toi, pour toi...

Il se retourna, ses traits étaient profondément marqués.

— Pourquoi es-tu parti, alors ?

— Parce que j'étais trop en colère, j'étais en train de me détruire, et si je restais, j'allais tout détruire autour de moi. Je ne me maîtrisais plus. Souviens-toi du client qui t'a emmerdée.

Je souris, tristement.

— J'ai bien cru que tu allais le frapper.

— Je n'aurais pas été jusque-là... mais tu m'as fui les jours qui ont suivi. J'ai cru que je t'avais fait peur... Tu étais sur la défensive, tu ne te laissais pas facilement approcher. Tu te méfiais de tout le monde.

— J'étais simplement bouleversée parce que tu m'avais protégée, et que personne jusque-là n'avait jamais pris ma défense. Je te fuyais parce que je ne comprenais pas ce qui m'arrivait. J'étais appelée vers toi, je ne savais pas quoi en faire.

— On était trop blessés tous les deux… Mais ça ne changeait rien. Je ne te méritais pas.

Je secouai la tête de dépit, de gâchis, le mot si juste qu'il avait employé plus tôt.

— Pourquoi tu n'es jamais revenu ?

Il endossa un sourire désabusé.

— Là encore, il s'en est fallu de peu… après plus de deux ans loin de La Datcha, j'avais repris pied, je me sentais prêt à revenir. Tu étais encore là, tu avais, comme je l'avais pressenti, La Datcha dans la peau. Mes parents me parlaient si souvent de toi, je n'attendais bientôt que de tes nouvelles quand ils m'appelaient. Je priais pour que ce soit toi qui décroches quand j'appelais à la réception. Entendre le son de ta voix m'aidait à respirer… Si je m'en suis sorti, c'est pour mes parents, bien sûr. Mais c'était pour toi, aussi. Je m'accrochais à l'espoir qu'un jour nous tiendrions tous les deux La Datcha, que nous y serions chez nous.

Je hoquetai de douleur. À côté de quoi étions-nous passés ?

— Alors pourquoi tu n'es pas rentré ? insistai-je en contenant difficilement un sanglot.

Il me fuit du regard quelques secondes, se massa le front de fatigue et à la recherche du courage nécessaire pour poursuivre. Je n'avais que trop peur de découvrir enfin la raison de son absence si longue, je la devinais, et elle me semblait inacceptable. Il se mit à arpenter la bibliothèque.

— Samuel est revenu dans la région, s'est fait embaucher par un paysagiste sans savoir que c'était le nouveau qui s'occupait de La Datcha. Il a débarqué ici. Mes parents l'ont accueilli comme un revenant, les bras ouverts. Ce que je comprends. À leur manière, ils se sentaient un devoir de réparation vis-à-vis de lui. Et ce que personne n'avait jamais imaginé, c'est qu'il finirait par se guérir d'Emma avec toi.

Il s'assit sur la table basse tout près de moi et me dévisagea, désemparé.

— J'aurais dû t'attendre, murmurai-je.

— Je ne te l'ai pas demandé. Et rien ne te laissait entrevoir que je rentrerais un jour.

— C'est à cause de Samuel et moi que tu n'es jamais revenu ?

— Aux dires de mes parents, tu étais heureuse avec lui, c'était le principal. Je le connaissais assez pour savoir qu'il prendrait soin de toi. Et j'avais promis à ma sœur d'aider Samuel à vivre sa vie sans elle. Sa vie était désormais avec toi…

— Mais toi ?

Il haussa les épaules.

— Moi… ce n'est pas important.

Il s'était sacrifié pour Samuel, par culpabilité, par amitié, par amour. Qui était capable d'un tel acte ? Se priver des siens. Se priver de chez lui. Renoncer à la femme qu'il aimait.

— Je ne peux pas te laisser dire ça. As-tu une idée de ce que tu es pour moi ?

Il caressa ma joue, sourire doux aux lèvres.

— Je n'aurai pas tout perdu.

Je posai ma main sur la sienne.

— Aujourd'hui, tu pourrais rester. Je suis séparée de Samuel. Je suis tout à toi, rien qu'à toi.

— Non…

— Pourquoi ? m'énervai-je.

— C'est trop tard… Et je ne lui ferai pas ça. Je lui ai pris ma sœur.

— Non ! Arrête ! Tu n'y es pour rien.

— Peut-être pour toi, pour mes parents, mais pour lui, je n'ai pas réussi à la sauver. Je l'ai vu dans son regard aujourd'hui. Et même si vous êtes séparés, que vous ne vous aimez plus, tu es et tu resteras la mère de ses enfants, il ne supportera jamais que je sois là, que je vive avec toi, que je t'aime. Savoir son fils et sa fille ici avec moi sera intolérable pour lui. Ma simple présence lui rappellera qu'il n'a pas la vie qu'il aurait souhaitée. Je l'ai déjà trop fait souffrir.

— Il n'a pas le droit de te priver de ta vie…

— Hermine, tes enfants ne seront jamais les miens, ils seront pour toujours ceux de Samuel. Je les aime déjà, je les aime parce que ce sont les tiens, mais dès que je penserai à leur père, je penserai à Emma. Emma qui n'a pas pu avoir d'enfant de Samuel. Est-ce que tu vois le conflit dans lequel je suis ?

— Et moi ? Quelqu'un se préoccupe de moi ?

Je me dégageai de sa main et me levai.

— Je dois payer pour le pardon qu'il n'a jamais voulu t'accorder, et pour celui que tu ne veux pas t'accorder. Je n'y suis pour rien. Tout le monde m'a menti, tout le monde, Vassily ! Pourquoi ? Si j'avais su, nous n'en serions pas là cette nuit…

— Je ne peux pas te répondre à leur place… Samuel pourra le faire…

— Mais tes parents ne sont plus là, aujourd'hui. C'est ce qui fait le plus mal. Jo et Macha…

Ma voix se brisa, Vassily voulut s'approcher.

— Ne me touche pas ! Tu ne sais pas ce que c'est de ne pas avoir de parents. Jo et Macha, je les aimais comme si c'était les miens, j'aurais rêvé qu'ils le soient. Et en réalité, ils m'ont trahie, comme ma mère l'a fait en m'abandonnant.

— Hermine, je ne chercherai pas à les défendre, alors que je leur ai toujours demandé de te dire la vérité. Mais en toute sincérité, je suis convaincu que personne n'a voulu te faire de mal.

Il partit dans le fond de la bibliothèque et fouilla dans un tiroir. Il revint avec une enveloppe dans les mains, qu'il me tendit. *Goloubka* était écrit dessus.

— Ma mère m'a expliqué avoir laissé une lettre pour toi quelques heures avant de rejoindre mon père. Elle m'a demandé de te la remettre si tu venais à apprendre l'histoire de Samuel et d'Emma.

Je caressai l'écriture de Macha que j'avais appris à décrypter avec les années. Mes mains se mirent à trembler. Par cette lettre, par ses mots, Macha venait d'entrer dans la bibliothèque.

— J'ai fait ce que j'avais à faire, m'annonça tristement Vassily. Lundi, tout sera fini. Je vais te laisser avec elle, maintenant. L'amour entre ma mère et toi ne me concerne pas, c'est entre vous deux.

J'aurais dû le retenir auprès de moi, ne pas le laisser quitter sans bruit la pièce, pas après tout ce qu'il venait de me confier, et qui l'avait détruit. J'aurais dû, j'en étais incapable. Macha m'appelait. Je m'assis sur le canapé, j'étais à la même place lorsqu'elle m'avait proposé de rester à La Datcha, j'étais encore là lorsqu'elle m'avait annoncé son départ sans retour. J'étais en colère après elle, et pourtant, j'étais heureuse de savoir qu'elle avait pensé à moi, jusqu'à la fin. Je luttai contre mon impatience de lire ses mots, car après, ce serait vraiment fini.

Goloubka,

Je suis dans la bibliothèque, tu viens de rentrer au moulin. Depuis la fenêtre, je vous ai regardés, les enfants, Samuel et toi, traverser la cour. C'est ce qui m'a décidée à t'écrire pour te demander pardon. Je n'aurai pas le courage de le faire demain. Je ne reviendrai jamais à La Datcha, je la quitte à tout jamais, je crois qu'au fond de toi, tu le sais. Vassily n'aura pas le choix et rentrera à la maison. Je te connais assez, Goloubka, pour savoir que tu finiras par le faire parler. Tu es la seule personne à avoir du pouvoir sur lui. Tu dois être en colère, perdue, te sentir trahie, et mon fils doit terriblement souffrir. Je n'ai pas d'excuse pour ce que tu as découvert, je veux simplement t'expliquer comment la vie nous a piégés, et t'a mise dans cette situation intenable.

Samuel n'a jamais eu l'intention de revenir à La Datcha, c'est un hasard malheureux qui a fait que son patron de l'époque l'a envoyé en dépannage chez nous. Le pauvre garçon, quand il est arrivé et qu'il s'est retrouvé face à nous, Jo a bien cru qu'il allait s'effondrer. Il nous a proposé de repartir immédiatement, quitte à perdre son travail. Nous avons été incapables de le mettre dehors, nous tenions à Samuel, il rendait Emma tellement heureuse. En revenant, il nous la ramenait un peu, même s'il nous a demandé de ne pas parler d'elle, c'était trop douloureux, il essayait d'aller de l'avant. Nous avons respecté sa demande, et tu sais combien il nous était difficile de l'évoquer. Ce soir, je regrette tellement de ne pas t'avoir raconté qui était Emma. J'espère de tout cœur que Vassily s'en chargera. Vous vous seriez tant aimées toutes les deux.

Samuel a continué à venir travailler à La Datcha, sans que personne sache qui il était pour nous, notre bon et généreux Gaby ne l'aurait jamais trahi. Et puis, après quelque temps, il a posé les yeux sur toi. Nous avons vu la vie revenir en lui. Toi, tu l'as laissé t'apprivoiser. C'était beau et déchirant de voir ce qui vous arrivait. Samuel oubliait Emma, découvrait qu'il avait un avenir, nous ne nous lui en avons jamais voulu. C'est ce qu'Emma aurait souhaité. Toi, Goloubka, tu as arrêté d'attendre le retour de Vassily, car je sais que tu l'attendais, je ne t'en veux pas. Tu n'étais pas prête pour lui. Il se détestait trop à l'époque pour t'aimer comme tu le méritais… Avec Samuel, tu t'es apaisée, tu respirais le bonheur, la sérénité et la paix. Nous le connaissions pour savoir qu'il ne te bousculerait pas, qu'il ne te ferait jamais de mal. Mais nous savions qu'en laissant faire, nous allions perdre définitivement notre fils. J'ai tant hésité à tout te dire, je ne supportais pas de te mentir. Mais si je l'avais fait, nous aurions tué une seconde fois Samuel. Et j'étais terrifiée à l'idée de te perdre. Comment aurais-tu réagi si tu avais appris qui était Samuel pour nous, que celui dont tu tombais amoureuse était le grand et l'unique amour de notre fille ?

Goloubka, écoute ton cœur et réfléchis. Qu'aurais-tu fait ?

Je serais partie. J'aurais eu peur du poids sur mes épaules. Prendre la place d'une morte. Et j'aurais perdu le peu de confiance que j'avais. En moi et dans les autres.

J'avais déjà perdu ma fille, mon fils ne reviendrait jamais, c'était une certitude, peu importait notre décision, protéger Samuel ou te révéler la vérité. Parce que Vassily ne serait jamais revenu à La Datcha si tu en étais partie. Tu connais Jo, tu sais qu'il avait du mal à parler de ce genre de choses, mais il m'a prévenue. Il connaissait son fils, il avait compris qu'il était fait du même bois que lui, il avait vu dans ses yeux quand il te regardait le même amour absolu que celui qu'il éprouvait pour moi.

Alors, j'ai fait un choix. J'ai refusé de perdre mon dernier enfant. Goloubka, alors que je m'apprête à rejoindre bientôt Jo, je peux te le dire, tu es notre petite dernière, nous t'aimons comme si tu étais de notre sang. Tu n'as pas remplacé Emma dans notre cœur, tu es venue te rajouter, tu as pris ta place qui est unique, qui n'est qu'à toi. Tu as fait notre bonheur, notre fierté. Goloubka, demain, il va m'être difficile de quitter La Datcha, mais cela n'est rien face à mon immense chagrin de te laisser, de ne plus pouvoir te toucher, te voir sourire, rire, virevolter dans La Datcha.

J'espère que tu nous pardonneras à Jo et moi, mais nous n'avons été guidés que par l'amour et la peur de perdre tous nos enfants. Ne sois pas trop dure avec Samuel, s'il te plaît. Il ne le mérite pas. Il t'a aimée comme il a pu… N'oublie pas que tu as choisi La Datcha plutôt que lui.

Fais-moi plaisir, fais-nous plaisir, si Vassily vient un jour te chercher pour danser, va, Goloubka, va et danse avec lui. Nous serons les plus heureux, Jo et moi. Sois patiente avec lui…

Je t'aime, Goloubka.

Macha.

– 17 –

On caressait ma joue, j'enfonçai mon visage dans l'oreiller. La caresse comme une plume ne cessa pas, un sourire de bien-être naquit sur mes lèvres. Je papillonnai des yeux et rencontrai ceux de Vassily. J'étais allongée sur la méridienne dans la bibliothèque plongée dans l'obscurité, les rideaux avaient été tirés, le soleil filtrait timidement à travers. Un plaid léger me recouvrait. Et l'oreiller s'avéra être un simple coussin. J'avais dormi là. Le sommeil m'était tombé dessus sans que je m'en rende compte. La lettre de Macha était rangée dans son enveloppe, sur la table basse.

— Quelle heure est-il ? demandai-je d'une voix enrouée.

Il sourit tendrement.

— Tard, très tard…

— Les petits déjeuners !

Je commençai à me lever, il me repoussa délicatement, pour me forcer à rester allongée.

— Je viens de servir le dernier. Tout s'est bien passé. Personne ne s'est inquiété. Je leur ai expliqué que tu avais besoin de te reposer, ils n'ont pas été étonnés.

Je tendis la main vers lui, il l'attrapa sans attendre. Ma gorge se noua.

— Comment vas-tu ? m'inquiétai-je.

— Soulagé… j'espère que tu comprends mieux mes décisions, mes réactions…

— Je comprends, mais je n'accepte pas, lui répondis-je d'une voix douce.

Les mots de Macha m'avaient apaisée, réconciliée avec cette histoire dont je faisais partie malgré moi. Mais tout mon être continuait à crier à l'injustice face à l'impossibilité de notre histoire. Pour autant, je refusais de gâcher cet instant doux, précieux entre lui et moi, il était encore là, il caressait ma main, me regardait comme on ne m'avait jamais regardée. Je ne pensais pas qu'aimer à ce point serait si bon, et si douloureux à la fois. Alors même que j'avais très bien survécu vingt ans sans lui, l'idée même de son départ tout proche me déchirait de part en part.

— C'est mieux que rien…

Vassily était sage, contrairement à moi. À moins qu'il n'ait retenu certaines leçons et n'accepte de se contenter de si peu.

— Si seulement j'étais arrivée plus tôt ici… j'aurais connu Emma, j'aurais aimé la connaître, parler avec elle, qu'elle me parle de toi…

Il sourit, presque timide.

— Tu te serais peut-être enfuie en courant…

Je ris.

— Je ne crois pas… et toi, tu ne serais peut-être pas parti.

— C'est une certitude, en tout cas j'ose y croire…

— Mais Alex et Romy n'existeraient pas… Et ils sont ma plus belle réussite. Je ne pourrai jamais les regretter.

Nous restâmes de longues minutes sans rien dire, juste en nous regardant, nos deux mains entrelacées jouant l'une avec l'autre, naturellement, comme si elles s'appartenaient depuis toujours, qu'elles étaient vouées à être ensemble, à se retrouver.

— Je dois aller voir Samuel, annonçai-je soudainement.

Il ferma brièvement les yeux, serra un peu plus fort ma main, puis il me sourit, triste, mais sincère.

— Bien sûr… je m'occupe de La Datcha, prends tout le temps qu'il vous faut.

Samuel devait attendre mon appel, il décrocha à la première sonnerie et ne sembla pas étonné que je lui demande si je pouvais passer chez lui. Il me proposa de venir en début d'après-midi. Vassily et moi déjeunâmes en tête à tête à la terrasse du restaurant. Nous ne parlâmes pas, ou si peu. Je ne pouvais pas et lui non plus, apparemment. Nous voulions juste être ensemble, voler encore quelques minutes, quelques heures, côte à côte.

— Je ne serai pas là, ce soir. J'ai prévenu Gaby que je repartais lundi. Je vais passer la soirée chez lui.

— Pauvre Gaby, il va être bien triste…

— Il va me tirer les oreilles, comme quand j'étais môme.

Je réussis à sourire.

— Et tu laisseras faire, parce que c'est Gaby.

Son rire m'apaisa.

— Vas-y, maintenant, Samuel va t'attendre. Si c'est possible, embrasse pour moi Alexandre et Romy.

— Je te promets d'essayer.

Avant de le quitter, je m'arrêtai devant lui, posai ma main sur sa joue et embrassai doucement l'autre. J'essayais moi aussi de me contenter de ce à quoi j'avais droit. Même si c'était peu, je voulais le toucher tant que c'était possible. Il soupira mon prénom. Il ne me quitta pas des yeux pendant que je montais dans la Méhari.

Durant toute la route qui me conduisait vers Samuel, vers cette maison qu'il avait achetée pour Emma et qu'il m'avait fait habiter en me disant que c'était la nôtre, je mettais tout en œuvre pour conserver cette triste sérénité que la lettre de Macha m'avait apportée. Je n'y avais pas remis les pieds depuis que j'étais partie revivre à La Datcha. Je klaxonnai pour avertir de mon arrivée. Alex et Romy débarquèrent en maillot de bain devant la maison, je les serrai le plus fort possible contre moi, retenant mes larmes. Samuel toussota pour signaler sa présence.

— Salut, lui dis-je.

— Salut… On ne va pas rester là, viens.

Il rappela aux enfants qu'il les avait prévenus qu'on avait besoin d'être tranquilles tous les deux. Ils obtempérèrent, à mon plus grand étonnement. Je compris rapidement pourquoi et ne pus m'empêcher de rire.

— Tu as construit une piscine ?

Je n'en savais rien.

— Ils l'inaugurent ce week-end. Je l'ai faite dans leur dos, j'avais mis des palissades en leur racontant que j'entreprenais des travaux et, pour une fois, Romy n'a pas joué la curieuse.

Il fixait nos enfants avec tant d'amour que je dus détourner les yeux. J'avançai timidement dans le jardin. Cette maison et ce terrain étaient un écrin dans la forêt de pins typiques de Roussillon, avec une fenêtre de végétation où l'on apercevait Bonnieux, au loin. Samuel, en deux ans, avait fini tous les travaux, je jetai un furtif coup d'œil à l'intérieur, c'était magnifique. C'était chez lui – chez eux –, cela n'aurait jamais pu devenir chez moi. Je m'assis sous la pergola recouverte de plantes grimpantes, les insectes grouillaient au-dessus de ma tête. On resta de longues minutes sans rien dire, le regard fuyant. La tranquillité, le calme, le silence du jardin et de la maison me frappèrent, moi qui aimais vivre dans le remue-ménage de La Datcha.

— Emma aimait cette maison ? lui demandai-je doucement.

— Elle l'adorait, me répondit-il les yeux brillants.

— Tu m'as aimée, Samuel ?

— N'en doute jamais…

— Mais tu ne l'as jamais oubliée ?

Il baissa les yeux.

— Non, et je l'aimerai toute ma vie. J'ai cru mourir de chagrin quand elle est partie. Sans toi, je ne m'en serais pas sorti… Tu m'as aidé, sans le savoir. Tu avais besoin d'être protégée, ça m'a permis d'exister… mais ça ne pouvait durer qu'un temps… Je ne savais pas t'aimer autrement. Et à un moment, tu n'as plus eu besoin d'être protégée… J'ai voulu avec toi la vie dont je rêvais avec Emma.

— Sauf que je ne suis pas elle…

— Non, tu n'es pas Emma. Et c'est très bien. Tu es merveilleuse telle que tu es… J'étais quand même convaincu que j'arriverais à t'arracher à La Datcha. Mais tu veux autant y rester qu'elle voulait en partir.

Il rit, désolé.

— Pourquoi ne m'as-tu jamais parlé d'elle ?

— J'ai mis longtemps à relever la tête après sa mort. Quand je t'ai rencontrée, je n'étais pas encore très solide, j'ai préféré ne prendre aucun risque de rechute et me convaincre qu'elle faisait partie d'un rêve lointain. Je ne voulais pas mettre Jo et Macha dans l'embarras ni te priver d'eux, je voyais à quel point tu tenais à eux. Après il a été trop tard, je t'aimais, je ne voulais pas te perdre… Et si je t'avais parlé d'Emma, il aurait fallu que je te parle de lui…

Ce fut à mon tour de baisser la tête, mal à l'aise.

— Hermine, je le connais, en tout cas, je le connaissais par cœur. Vassily était mon double, mon jumeau… J'ai parfaitement conscience que malgré l'état dans lequel il était à l'époque, il n'a pu que te voir, il a su… Et toi… tu faisais en sorte de ne jamais parler de lui, mais je te voyais trembler les rares fois où Jo et Macha prononçaient son prénom devant nous. Imagines-tu un seul instant que durant les nombreuses années où nous avons vécu au moulin, je ne suis jamais tombé sur ses affaires ? J'ai préféré me taire, plutôt que de déclencher un cataclysme dans notre vie…

J'avais été bien naïve, il m'avait peut-être fait vivre chez Emma, mais je l'avais fait vivre chez Vassily durant si longtemps. Comme il avait dû souffrir et contenir sa rage… Je n'y étais pour rien, je ne savais rien à l'époque, mais la culpabilité m'envahit.

— Excuse-moi…

Il secoua la tête, blasé.

— Que s'est-il passé entre vous, il y a vingt ans ? Je suis en droit de savoir, maintenant…

— Rien, Samuel, rien qui change ce que tu as été pour moi, je te le promets. Mon cœur a battu plus vite pour lui, Vassily m'a réveillée, ou éveillée même peut-être, mais il est parti, et je n'étais pas prête. C'est toi qui m'as guérie et qui a guéri mon corps. Et nous avons fait nos enfants. Alex et Romy sont le plus beau cadeau qu'on m'ait jamais fait. Et c'est à toi et à toi seul que je le dois.

Le soulagement mêlé à l'émotion le submergea, ses yeux s'embuèrent. Les miens aussi.

— Je ne regrette rien, Samuel, je te le promets.

— Moi non plus…

On resta de longues minutes accrochés l'un à l'autre par le regard. J'étais sincère quand je lui disais que je ne regrettais rien. Malgré ce que Vassily représentait, malgré la certitude qu'il était l'homme de ma vie, je ne pouvais renier Samuel, mon amour pour lui, ce qu'il m'avait permis d'accomplir.

— Que fait-il de La Datcha ?

Je tournai le visage et me concentrai sur la vue, avec en bruit de fond les cris des enfants qui sautaient dans l'eau.

— Il me la laisse, elle est presque à moi… Encore faut-il que j'accepte.

— Pourquoi n'accepterais-tu pas ? C'est le rêve de ta vie, Hermine.

Je l'affrontai à nouveau, je refusais de lui cacher la vérité, j'assumais ce que je ressentais, ainsi que les conséquences.

— Pourquoi, Samuel ? Parce que si je signe lundi, il repart juste après et il ne reviendra plus jamais. Parce que lui et toi, vous êtes incapables de tirer un trait sur le passé.

Samuel resta de marbre, mon cœur s'effrita.

— Il est toujours aussi intègre, commenta-t-il pour lui-même. Tu mérites La Datcha, peu importe le reste. Prends-la. Tu as choisi cet endroit plus que tout. Plus que nous. Plus que toi-même. Si moi, j'ai été capable de l'accepter, je pense que tu devrais y arriver.

Je lui annonçai qu'il était temps que je rentre. Le travail m'attendait. Je transmis aux enfants le message de Vassily en leur disant au revoir, Samuel ne réagit pas. Il m'accompagna jusqu'à la Méhari. Il me restait une dernière question.

— Seras-tu un jour capable de lui pardonner pour qu'il se pardonne lui-même ?

Son visage se referma.

— Nous sommes en paix, toi et moi, je ne pensais pas qu'un jour ce serait possible. Cette famille m'a tout offert et m'a tout repris, et Vassily est au cœur de tout. Tant qu'il était à l'autre bout du monde, c'était comme s'il n'existait plus. Le revoir hier après tant d'années ravive mes souvenirs et la plaie. Je suis navré, Hermine, mais il va me falloir encore du temps. Du temps pour accepter qu'il puisse un jour être heureux, à La Datcha, avec toi, mes enfants, et moi vivre à côté de vous.

— Tu crois que tu y arriveras ?

— Je l'espère… pour toi.

Vassily était à la réception. Alors que j'approchais de lui, il me sonda du regard pour savoir comment cela s'était passé avec Samuel. Espérait-il de l'apaisement ? Une forme de paix entre eux ? Un voile de tristesse le traversa, et il hocha la tête d'un air de dire qu'il le connaissait bien. Et il avait raison. Les arguments de Samuel étaient bien ceux que Vassily avait anticipés. C'était déstabilisant de découvrir que les deux hommes de ma vie se connaissaient par cœur dans leurs défauts, leurs qualités.

— Alex et Romy t'embrassent eux aussi.

Il sourit.

— Tu as pu passer le message, alors ?

— Rien n'aurait pu m'en empêcher, j'ai encore le droit de dire ce que je veux à mes enfants. Ils n'ont pas à être mêlés à vos histoires et ont le droit d'être attachés à toi. Et si Samuel n'est pas content, tant pis pour lui. Toi comme lui vous n'avez pas votre mot à dire.

Nous ne nous quittâmes pas de l'après-midi, nous travaillions l'un à côté de l'autre, en silence, attendant, d'une certaine manière, que le temps passe. C'était terrible, mais je ne savais plus quoi lui dire, et à première vue, il était dans le même état d'esprit. Que pouvions-nous ajouter ? Rien. J'avais eu les réponses à mes pourquoi. Sa décision était prise, irrévocable, Samuel ne ferait pas un pas vers lui, il n'y avait plus rien à faire, à moins que je refuse de signer pour le contraindre à rester ou à revenir prochainement. À tout prendre, j'aurais préféré ne pas connaître le jour de son départ. J'aurais été plus naturelle, plus spontanée. Chaque minute, chaque heure qui passait nous éloignait l'un de l'autre, j'étais tétanisée. J'avais peur de me faire davantage de mal en profitant de sa présence jusqu'au bout, et j'avais peur de perdre de précieux instants. En partant chez Gaby, il déposa un baiser sur ma joue, sans un mot. Je le suivis jusqu'au perron, le regardai grimper dans la voiture de Jo et disparaître au bout du chemin. Ma soirée fut étrange, réminiscence de ma vie d'avant son retour. C'était d'ailleurs la première soirée que je passais sans lui. J'allais devoir reprendre mes habitudes. Je ne pourrais plus le chercher du regard, attendre son pas, sa voix.

Pour me distraire de mon cafard, je pris le temps d'aller faire le tour des tables au restaurant. Mes responsabilités me rappelaient à l'ordre. Elles étaient d'autant plus grandes, dorénavant, qu'elles ne reposeraient plus que sur moi. Je ne devais pas oublier d'être présente dans l'hôtel, de l'incarner, de me montrer, de séduire pour que La Datcha continue à briller, comme avant, comme du temps de Jo et Macha. Comme Vassily aurait souhaité que nous le fassions tous les deux. Et comme j'aimais qu'elle brille.

Je conclus mon tour du propriétaire par une petite visite en cuisine. Charly parut surpris de me voir débarquer.

— Tu aurais des ravioles qui traînent ?

— Pour toi, toujours.

Malgré la chaleur de four qui régnait, je m'installai à la table de Jo. Mon meilleur ami arriva quelques minutes plus tard avec son plat fétiche et deux verres de ventoux.

— J'espérais te voir, ce soir.

— Je suis de retour.

— Tu m'as manqué, mais je préférais quand je ne te voyais plus, je te savais heureuse et occupée avec Vassily. Il n'était pas très bavard, aujourd'hui.

Il semblait abattu, mais bizarrement serein. Un peu comme toi, d'ailleurs.

— C'est compliqué, Charly. Je sais désormais ce qu'il y a à savoir… Je t'expliquerai un jour, quand j'aurai digéré et accepté les conséquences.

— Rien ne presse.

Vassily n'était pas rentré de chez Gaby lorsque j'allumai la veilleuse de Macha sur le comptoir de la réception. Je me couchai sans l'avoir revu.

– 18 –

Le sommeil m'avait permis d'oublier. D'oublier qu'il ne nous restait que vingt-quatre heures. J'avais mal au cœur, au corps à l'idée qu'il s'en aille. Une part de moi souhaitait rester cachée dans mon lit, à l'abri de tout, à l'abri de la réalité. Et pourtant, je me dépêchai de me préparer, pour retenir chaque minute avec lui. Je me douchai et m'habillai en hâte, quittai précipitamment le moulin, rejoignis La Datcha en courant et entrai en trombe dans la cuisine de Jo et Macha. La cafetière m'attendait sur la table en bois, la porte-fenêtre était ouverte sur la terrasse, comme les premiers jours après son arrivée. Vassily arriva du jardin quelques minutes plus tard.

— Bonjour, me dit-il doucement.

J'écoutai la douleur de mon cœur et de mon corps, répondis à leur appel et courus me blottir contre lui, il m'accueillit et referma ses bras autour de moi. Il inspira profondément comme s'il cherchait à imprimer dans chaque fibre de son être la sensation d'être l'un contre l'autre.

— Tu avais peur que je ne me réveille pas, comme hier ? lui demandai-je.

— Un peu, répondit-il en riant. Mais j'espérais que tu viennes et qu'on s'occupe des petits déjeuners tous les deux. J'en ai envie.

Je pris sur moi, j'étouffai mon chagrin et levai un visage souriant vers lui, me convainquant que j'étais capable de me contenter de ce qu'il nous accordait. Vassily frôla la commissure de mes lèvres, et s'éloigna de moi.

Ce fut un moment suspendu qui me ferait du mal quand j'y repenserais. Comme chaque fois que nous avions travaillé ensemble depuis deux semaines, nous nous accordions parfaitement, sans nous marcher sur les pieds, nous comprenant d'un regard lorsqu'il manquait quelque chose sur le buffet, lorsque je montais les plateaux dans les chambres, il arrivait toujours comme par magie pour s'assurer que les portes étaient bien ouvertes. Nous trouvâmes le moyen de partager plusieurs cafés entre deux services, en les prenant sous un rayon de soleil. Mais très vite, trop vite, la réalité reprit l'ascendant. Après les départs du matin, dont il s'occupa en raccompagnant les clients qui nous quittaient, en les aidant à porter leurs valises, et le déjeuner que nous partageâmes en un tête-à-tête silencieux sur la terrasse, Vassily fit en sorte d'effacer toute trace de son passage. Il commença par vider le bureau de ses affaires. En moins d'une demi-heure, il ne restait plus rien, il alla jusqu'à vider la corbeille à papier. Quand il quitta la pièce, j'en fis le tour, c'était comme s'il n'était jamais venu y travailler. Puis il s'enferma dans l'aile de Jo et Macha une grande partie de l'après-midi. Je goûtais à son absence, et luttais contre l'angoisse qui montait, implacable. Quand il en ressortit, il atteignit le paroxysme de ses préparatifs de départ. En traversant la réception, il me lança un regard douloureux et sortit dans la cour. Rapidement, j'entendis le moteur du 4 × 4 de Jo ronfler, je me précipitai sur le perron. Vassily le remettait à sa place, à l'abri, à l'endroit même où il l'avait trouvé. Je restai stoïque, les yeux rivés en direction du garage ; une fois à l'intérieur, la voiture tourna longuement. Comme s'il voulait se souvenir du bruit de l'accélération. Comme s'il avait du mal à éteindre pour la dernière fois le 4 × 4 de son père. Et puis le silence s'abattit. Quelques minutes plus tard, la porte coulissa sur ses rails. Je n'oublierais jamais le bruit de cette porte qui se ferme définitivement. Qui l'ouvrirait désormais ? Vassily traversa la cour, les épaules basses, mais d'un pas déterminé, il venait de faire ses adieux à l'atelier de son père et ne se retourna pas une seule fois. Il me rejoignit sur le perron.

— Où veux-tu que je range les clés ? me demanda-t-il.

— Je ne sais pas… Dans le tiroir du bureau, si tu veux.

Il détourna les yeux et s'éloigna. Une heure plus tard, il ressortit. Une voiture de location venait d'être livrée sur le parking, la voiture qu'il utiliserait pour partir le lendemain. Il avait tout préparé méthodiquement. Rien n'était laissé au hasard.

En début de soirée, il vint me chercher à la réception.

— Charles nous attend. Tu viens ?

Il me suppliait d'accepter. Sans répondre, j'attrapai la main qu'il me tendait. Nous traversâmes le passage secret, non sans jeter un coup d'œil à l'abri à bois, cette soirée me semblait remonter à des années-lumière, tant de révélations, d'inquiétudes, de bonheur avaient eu lieu depuis. Vassily esquissa un sourire. Charly nous accueillit comme si de rien n'était, mais je sentais son regard inquiet se poser régulièrement sur moi. Il nous servit à la table de Jo comme les premiers soirs, picorant avec nous, sirotant son verre de ventoux. Nous prenions tous bien garde de ne parler que de sujets futiles. Comme par un fait exprès, je fus appelée tous les quarts d'heure, à croire que les clients s'étaient donné le mot. Mais plus je m'éloignais, plus je perdais pied.

— Il y a un problème ? s'inquiéta Vassily, alors que je revenais pour la énième fois.

Impossible de ne pas percevoir mon trouble. Je n'arrivais plus à feindre. Je ne me rassis pas à ma place, je sentais ses yeux sur moi, il m'appelait, je ne pouvais plus lui répondre. C'était trop dur.

— Je vais rentrer au moulin, annonçai-je. Je peux te demander de t'occuper des lumières et de la veilleuse ? Je te laisse le téléphone, je pense que tu devrais être tranquille, il reste une demi-heure de présence. Les clients sont tous rentrés et ceux qui sont encore au restaurant ont leur clé, j'ai vérifié.

Je déposai un peu violemment le téléphone sur la table. Vassily se leva, s'approcha de moi, je reculai instinctivement, luttant contre les larmes. Je le fuis du regard, alors qu'il cherchait à tout prix à accrocher le mien.

— Hermine ? m'appela Charly.

— C'est bon, tout va bien. Ne t'inquiète pas pour moi. On se voit demain, je ne devrais pas rentrer tard du rendez-vous. Ça va être rapide, je crois. En tout cas, c'est ce qui est prévu. Bonne nuit.

Je partis en courant.

Je ne vis rien de ma traversée de la cour, comme si la fontaine, les micocouliers où étaient toujours suspendues les dernières guirlandes guinguettes avaient disparu. J'arrivai au moulin essoufflée, brisée. J'étais fatiguée. Ne méritais-je pas d'être aimée, sans condition, sans rupture, sans séparation ? Ne méritais-je pas de vivre sans ce vide permanent au fond du ventre et du cœur ? Sans être seule à chaque instant, sans vivre avec la terreur que quelqu'un s'en aille ? J'avais mal tout le temps. Je ne me remettrais jamais de mon premier abandon. La petite fille et moi, nous aurions toujours peur, nous tremblerions toujours toutes les deux. Il n'y avait rien à faire. Dès que quelqu'un quittait ma vie, ça remontait, ça m'absorbait, ça me noyait. Je ne guérirais jamais de ma mère. Si même pour elle, je n'avais pas assez compté, comment pouvais-je imaginer que je compterais suffisamment pour quelqu'un d'autre ? Et je continuerais à me battre, à m'épuiser pour qu'on ne me laisse plus, même lorsque c'était peine perdue, même lorsque je savais que c'était inutile. Ma quête d'amour ne cesserait jamais. La douleur non plus.

— Hermine…

La voix de Vassily dans mon dos me fit tressaillir. Je me retournai, il m'avait suivie jusqu'au moulin. Il était désemparé, tout aussi perdu que moi. Nous restâmes à nous dévisager ce qui me sembla une éternité. Ma respiration s'emballa, j'étouffais de chagrin.

Je courus vers lui et me jetai dans ses bras. Je m'agrippai à lui de toutes mes forces, pour qu'il ne disparaisse pas, je m'accrochai à son cou, je caressai ses cheveux, je respirai sa peau, je me collai à lui pour me fondre en lui, pour qu'il m'emmène, pour ne plus être seule.

— Ne pars pas, s'il te plaît, ne pars pas.

Il m'étreignit plus fort, son corps m'enveloppait, il répondait à mon appel. Il me détacha de lui pour entourer mon visage de ses mains, et il ancra son regard au mien. Un regard détruit, rongé par la tristesse et la culpabilité.

— Si je reste, Hermine, mes démons vont remonter, mes fantômes vont nous détruire et vont plus te faire souffrir que te rendre heureuse. Bien sûr, je pourrais affronter Samuel, revendiquer ma vie, je le connais, il finirait par l'accepter, mais deux semaines ne peuvent pas effacer comme par magie vingt ans de colère, de manque, d'incompréhension.

J'essayai de me dégager, il ne me laissa pas faire, son bras entoura ma taille pour que je reste contre lui.

— Je ne te laisserai pas partir. Tu ne peux pas me demander de signer l'arrêt de mort de nous deux.

Il abandonna son visage contre le mien.

— Hermine, pour le moment, je ne peux pas t'aimer comme je le désire, mais laisse-moi t'offrir La Datcha, comme mon père l'a fait avec ma mère.

— Ton père n'a pas quitté ta mère. Il ne pouvait pas vivre sans elle. Ne te compare pas à lui alors que tu vas m'abandonner.

— S'il te plaît… pour moi, pour ma survie, pour nous… Pour nous, je t'en prie.

— Comment peux-tu penser que partir serait bon pour nous ?

Il me regarda à nouveau dans les yeux, sûr de lui.

— Parce que je veux croire que je reviendrai. J'ai besoin de rompre totalement avec La Datcha, d'en être totalement libéré. C'est un poids que je porte depuis si longtemps… Mon retour, celui que je viens de vivre, me terrifie depuis vingt ans. J'ai toujours su qu'un jour, je n'aurais pas le choix. Et c'est la vérité, je suis revenu parce que je n'avais pas le choix. Ma mère est morte à Singapour, il était hors de question de l'enterrer loin d'Emma et de mon père. Il fallait que je la ramène. Elle m'a tendu un piège, elle a voulu forcer les choses. Je ne lui en veux pas, elle l'a fait pour moi, pour toi, par amour pour nous. Mais la finalité est la même. On m'a forcé à revenir. Si mes parents étaient encore en vie, si ma mère était morte ici, s'ils avaient décidé de l'avenir de La Datcha en te la léguant, comme j'en rêvais, je ne serais jamais revenu. Jamais, Hermine. Nous ne nous serions jamais revus. Permets-moi de revenir un jour parce que c'est mon souhait le plus cher. Parce que je suis prêt à revenir pour la plus belle des raisons et rester pour de bon. Je reviendrai pour toi…

Il était tellement sûr de lui, de son retour un jour ou l'autre. Malgré la difficulté à me laisser, à être séparé de moi, il se sentait assez en sécurité pour prendre ce risque, traverser cette épreuve. Il me demandait de l'aider à la traverser, et à la traverser avec lui.

— Je voudrais tant croire que tu reviendras un jour, mais j'ai peur d'espérer pour rien. J'ai passé toute ma vie à attendre que quelqu'un revienne. Tout le monde me quitte, mais personne ne revient jamais.

Il posa son front sur le mien, plongea ses yeux dans les miens.

— Attends-moi. Hermine, attends-moi…

Des mots qu'il n'avait pu prononcer vingt ans plus tôt. Et qui auraient peut-être tout changé. Ils arrivaient maintenant, maintenant que j'étais capable de les entendre, de les intégrer.

— Aime-moi. Vassily, aime-moi.

Des mots que je n'aurais pas pu prononcer il y a vingt ans.

Nos lèvres se trouvèrent enfin. Sa bouche qui prenait possession de la mienne ravageait mon cœur et mes sens. Sa bouche, que j'avais attendue toute ma vie d'adulte, effaçait les souvenirs des autres, celles qui m'avaient fait du mal, celle de Samuel qui m'avait soignée. Ce baiser, notre premier baiser, n'avait pas de fin. Sitôt qu'on s'éloignait, il reprenait, plus avide, plus exigeant encore. Maintenant que nous avions cédé à notre amour refoulé, contenu depuis si longtemps, rien ne pouvait l'arrêter. Je voulais plus de lui, je voulais tout, je le voulais entièrement, je voulais être à lui. Je l'attirai à l'intérieur du moulin, il ne résista pas. Lorsque nous arrivâmes dans la chambre, je fis ce que je n'aurais jamais cru être capable de faire, je fis glisser ma robe sur le sol. Je m'offrais à lui, sans réserve, sans pudeur, comme je ne m'étais jamais offerte à aucun autre. Vassily ne prenait pas de précautions pour m'aimer, il m'aimait entièrement, passionnément. Ses caresses, ses baisers étaient impérieux. Les miens le dévoraient. Je n'avais jamais touché un corps comme le sien. Ses mains, ses lèvres me faisaient atteindre des sommets de plaisir inconnus. Je savais désormais ce qu'était l'amour absolu, où l'on se donne l'un à l'autre. J'avais le sentiment de me révéler, de n'être plus guidée par mes peurs enfouies, qui avaient toujours conservé une place dans mon intimité avec Samuel.

Et puis Vassily fut en moi, la plénitude m'envahit, je m'agrippai à ses épaules, je le laissai peser de tout son poids sur mon corps, j'en avais besoin, je le désirais. Je n'avais pas peur de disparaître, d'avoir mal, de ne rien ressentir, au contraire, je voulais le garder en moi le plus longtemps possible. Soudain, il cessa de bouger, j'avais l'impression qu'il voulait me parler, mais c'était comme s'il n'y arrivait pas. Je caressai son visage, l'embrassai délicatement, pour l'apaiser.

— Hermine, soupira-t-il. Je t'aime… Je reviendrai, je te le promets. Fais-moi confiance.

Ses yeux se remplirent de larmes à l'image des miens. Ces mots que je ne pouvais dire qu'à mes enfants et à personne d'autre, s'échappèrent de moi, incontrôlables.

— Je t'aime… Et je t'attendrai.

Nous volâmes chaque seconde de cette nuit qui n'était qu'à nous. Nos corps se réclamèrent, sans pouvoir se rassasier. L'amour se fit dans une douleur douce, sans urgence, avec la volonté de nous marquer, de ne pas nous oublier, de nous rappeler nos promesses de retour et d'attente.

Épilogue

Vassily était adossé à l'encadrement de la porte-fenêtre de la cuisine de ses parents, il fixait une dernière fois la balancelle de sa mère. J'enroulai mes bras autour de lui, nichai mon visage dans son dos. Je profitai de sa chaleur, de son parfum. Le temps s'arrêta encore un peu. Puis il fut l'heure. Je passai sur la terrasse vérifier que les petits déjeuners se déroulaient sans problème, et saluai les clients les plus matinaux. Vassily m'attendait à la réception, son sac de voyage sur l'épaule. Il me tendit la main, je m'y accrochai. Il marqua un temps d'arrêt sur le perron, ferma les yeux quelques secondes, respira profondément, emmagasinant l'odeur de La Datcha. Quand il revint sur terre, il m'embrassa comme la nuit dernière, comme si c'était une question de vie ou de mort. Nous restâmes nos visages l'un contre l'autre ; malgré les larmes qui roulaient sur mes joues, je souris contre sa bouche, j'étais complète, remplie de son amour. Il m'escorta jusqu'à la Méhari. Son regard enveloppa La Datcha dans mon dos, il nous imprimait dans son esprit.

— Vous êtes belles toutes les deux, vous êtes inséparables, je vous emmène avec moi.

Je déposai un baiser sur ses lèvres.

— Et nous te gardons avec nous, chuchotai-je.

Ce fut à son tour de sourire contre ma bouche. Il tourna les talons. Je pris ma place dans la voiture de Macha. Envahie par un flot de souvenirs heureux, je remontai le chemin de La Datcha sans me préoccuper de lui, je le laissai seul faire ses au revoir. Et pas un adieu, me répétai-je.

Le notaire nous reçut sans attendre. Il nous plaça chacun d'un côté de la table, nous séparant déjà. Plus rien ne pouvait arrêter le processus. Pendant que le brave homme lisait l'acte, sans réaliser ce qu'il signifiait pour Vassily, pour moi, pour nous, nous ne nous quittâmes pas du regard. C'était ce qu'il nous restait pour nous rappeler nos promesses, nos serments d'amour. Mon cœur rata un battement lorsqu'il tendit à Vassily un stylo. Tout allait très vite. Il signa sans hésitation, d'une écriture nette et précise. Il soupira discrètement. Il était soulagé, nostalgique, triste aussi. La Datcha n'était plus à lui, La Datcha n'était plus à Jo et Macha. La maison de ses parents, qui symbolisait leur merveilleux amour, quittait sa famille après plus de cinquante-cinq ans. Pour le moment, elle n'était plus à personne. Elle était seule, comme moi.

Vassily me tendit le stylo, je mis quelques secondes à le saisir. Le notaire fit glisser l'acte jusqu'à moi. Les lignes d'écriture étaient floues, mes mains tremblaient. Il manquait encore ma signature pour que Vassily soit libéré de ce poids familial, et pour qu'une nouvelle page de ma vie, de la sienne s'ouvre. Je devais le faire. Je levai les yeux vers lui, une nouvelle larme roula sur ma joue. Je lui demandai silencieusement si c'était toujours ce qu'il souhaitait. Il sourit tristement. Moi qui courais après l'amour, je devais m'éloigner du mien. La plus belle preuve d'amour que je pouvais lui offrir était de le laisser partir. Son départ ne changerait rien à ce qu'il ressentait pour moi. Vassily m'habitait depuis vingt ans, et il continuerait à m'habiter. Il pouvait partir parce qu'il était moi, il était une part de moi. J'étais forte de toutes les personnes aimantes qui avaient, à leur manière, cicatrisé l'abandon de ma mère dont je ne guérirais jamais. Mais désormais, je comprenais que Samuel, Jo et Macha n'étaient pas ma mère, ils ne m'avaient pas abandonnée, c'était simplement la vie qui nous avait séparés. Rien de plus. Ils avaient fait de moi la femme que j'étais aujourd'hui. Une femme assez forte pour laisser partir Vassily. Je fermai les yeux quelques secondes et signai à mon tour. En attendant qu'il me revienne, La Datcha me protégerait.

La Datcha était ma maison. Et celle de mes enfants.

Merci

Chères lectrices, chers lecteurs,

Plus d'une année sans nous voir, vous n'avez pourtant jamais quitté mes pensées. *La Datcha*, je l'ai certes écrite pour moi, mais je l'ai écrite en vous imaginant là-bas.

Je ne peux mettre le point final sans vous raconter que :

La Datcha n'existerait pas sans la confiance de Michel et Elsa ni l'affection entre nous.

Vous ne l'auriez pas découverte si Maïté ne m'accompagnait pas de roman en roman avec passion, compréhension et respect…

Elle ne serait pas en ce moment même entre vos mains sans le travail de toute l'équipe des éditions Michel Lafon.

Elle n'aurait pas cette sublime couverture si Pauline, Sess, Mathieu, Maïté et Laëtitia ne s'étaient pas tant investis, toujours sourire aux lèvres, ni sans l'accueil chaleureux d'Édith Mézard et de Marius.

Macha n'aurait pas son histoire russe, Vassily et elle n'auraient pas pu parler leur langue, si Natacha – Natalia Dobrobabenko, la traductrice de mes romans en Russie – n'avait pas répondu à mes questions avec gentillesse et générosité.

La Datcha n'aurait pas vu le jour sans l'homme de ma vie qui m'a murmuré d'écouter mon cœur pour écrire cette histoire.

La Datcha ne m'aurait pas ouvert ses portes si Hermine, Vassily, Jo et Macha, Samuel et Emma n'étaient pas venus me chercher en me proposant de venir sourire, pleurer, danser, m'apaiser à leurs côtés. Je les ai attendus longtemps, cela en valait la peine. Je leur dis au revoir les larmes aux yeux, mais habitée par le fol espoir qu'ils me réinvitent un jour…

Playlist

Puisque je n'écris qu'en musique, je partage avec vous la playlist de *La Datcha* ; elle suit la chronologie du roman. Premier morceau : première scène. Dernier morceau : dernière scène.

Ne vous étonnez pas d'y découvrir des doublons. Certains titres m'ont été indispensables à plusieurs reprises. Vous pouvez la retrouver sur Spotify et Deezer.

Je profite de ces quelques lignes pour remercier du plus profond de mon cœur tous ces grands artistes qui, sans le savoir, m'inspirent, nous soutiennent et nous accompagnent, mes personnages et moi.

« Kozmic Blues », Janis Joplin, *The Woodstock Experience*.
« El Búho », Blanco White, *Colder Heavens* EP.
« Broken Sword », The Talking Bugs, *Viewofanonsense*.
« I Don't Know Why », The Talking Bugs, *Viewofanonsense*.
« Djelem Djelem », Barcelona Gipsy Klezmer Orchestra, *Imbarca*.
« To The Dancers On The Ice », Émilie Simon, *La Marche de l'Empereur* (Bande originale de film).
« My Wounds », The Talking Bugs, *Viewofanonsense*.

« Blackbird », Shake Shake Go, *Homesick*.
« Empty Note (Acoustic) », Ghostly Kisses, *Alone Together*.
« Golden Star (A&A) », Auguste Plantevin, *Golden Star (A&A)*.
« The City Holds My Heart », Ghostly Kisses, *The City Holds My Heart*.
« Bang Bang (My Baby Shot Me Down) », Nancy Sinatra, *How Does That Grab You ?*
« Son Of A Preacher Man », Dusty Springfield, *Dusty In Memphis*.
« Lady D'Arbanville », Yusuf/Cat Stevens, *The Very Best Of Cat Stevens*.
« La belle vie », Sacha Distel, *Sacha Distel : Crooner*.
« O Children », Nick Cave & The Bad Seeds, *Abattoir Blues/ The Lyre of Orpheus*.
« Try », ÄTNA, *Made By Desire*.
« Mindless Town », Roman Lewis, *Mindless Town*.
« Candles », Daughter, *His Young Heart*.
« Bird Guhl », Antony and the Johnsons, *I Am A Bird Now*.
« Experience », Ludovico Einaudi, *In A Time Lapse*.
« Blackout », Freya Ridings, *Blackout*.
« The Winner is – From "Little Miss Sunshine" », DeVotchKa, *Fox Searchlight : 20th Anniversary Album*.
« By Night », Sophie Hutchings, *Night Sky*.
« Under Water », ÁVEC, *Heaven/Hell*.
« Sweet Disposition », The Temper Trap, *Conditions*.
« Slow Dancing – Acoustic », Adam French, *Slow Dancing – Acoustic*.
« Swedish Garden », Brice Davoli, *Filmic Piano 2*.
« The Pursuit of Happiness », Beyries, *Landing*.
« Waves – Acoustic », Dean Lewis, *Waves (Acoustic)*.

« Till Forever Runs Out », Alex Vargas, *Till Forever Runs Out*.
« Tie Up My Hands », Starsailor, *Love Is Here*.
« Savant », Vivii, *Vivii*.
« Left Behind », Lou Doillon, *Lay Low*.
« Marathon (In Roses) », Gem Club, *In Roses*.
« Splintered », Aisha Badru, *Pendulum*.
« Send Me Away », Steve Tyssen, *Send Me Away*.
« Never Quite Right », Kraków Loves Adana, *Call Yourself New*.
« Portrait », Robyn Sherwell, *Robyn Sherwell*.
« After Rain », Dermot Kennedy, *After Rain*.
« September Song », Agnes Obel, *Aventine* (Deluxe Version).
« This Bitter Earth/On The Nature Of Daylight », Clyde Otis, *The Blue Notebooks (15 Years)*.
« Dorian », Agnes Obel, *Aventine* (Deluxe Version).
« Try », ÄTNA, *Made By Desire*.
« Stone », Agnes Obel, *Citizen of Glass*.
« Do You Know Me By Heart », Cameron Avery, *Ripe Dreams, Pipe Dreams*.
« The Lovers », The Talking Bugs, *Viewofanonsense*.
« When the Night Is Over », Lord Huron, *Vide Noir*.
« Dreams », Caroline Glaser, *Caroline Glaser*.
« Seven Hours », Little May, *For The Company*.
« The Gypsy Faerie Queen », Marianne Faithfull, *Negative Capability*.
« In a Black Out », Hamilton Leithauser, *I Had a Dream That You Were Mine*.
« Mountains », Message To Bears, *Folding Leaves*.
« The Man I Love – Unplugged », Hindi Zahra, *Hand Made (New Version – Includes Bonus)*.
« Ederlezi », Barcelona Gipsy Klezmer Orchestra, *Imbarca*.
« Downtown », Lilla Vargen, *Hold On* EP.

« Landmarks », All The Luck In The World, *A Blind Arcade*.
« Fade Into You », The Moth & The Flame, *Fade Into You*.
« Wait By the River », Lord Huron, *Vide Noir*.
« Valse », Evgeny Grinko, *Ice for Aureliano Buendia* (Deluxe Edition).
« Beautiful Tango – Remastered Version », Hinda Zahra, *Handmade (New Version – Includes Bonus)*.
« L'amour, l'amour, l'amour », Bon Entendeur, *Aller-retour*.
« Cigani Ljubiat Pesnji », Barcelona Gipsy Klezmer Orchestra, *Imbarca*.
« Particles », Ólafur Arnalds, *Island Songs*.
« Field », Evgeny Grinko, *Silent Like Water*.
« Lullaby Love – Single Version », Roo Panes, *Lullaby Love*.
« Skydive », Astronauts, *Hollow Ponds*.
« Landfill », Daughter, *His Young Heart*.
« To Be Alone With You », Sufjan Stevens, *Seven Swans*.
« Owl », She Keeps Bees, *Eight Houses*.
« You », Keaton Henson, *Birthdays*.
« Exit », Black Atlass, *Haunted Paradise*.
« Ice for Aureliano Buendia », Evgeny Grinko, *Ice for Aureliano Buendia* (Deluxe Edition).
« Saturn », Sleeping At Last, *Atlas : I*.
« So Far », Ólafur Arnalds, *Broadchurch* (Music From The Original TV Series).
« Djelem Djelem », Barcelona Gipsy Klezmer Orchestra, *Balkan Reunion*.
« Ederlezi », Barcelona Gipsy Klezmer Orchestra, *Imbarca*.
« Echoes », Fragments, *Imaginary Seas*.
« Parthian Shot », Breton, *War Room Stories* (Deluxe Edition).

« I Found – Acoustic », Amber Run, *Pilot* EP.
« This Right Here », Markéta Irglová, *Muna*.
« Petrichor (feat. Ren Ford) », Keaton Henson, *Romantic Works*.
« Wait », M83, *Hurry Up, We're Dreaming*.
« Another Night In », Tindersticks, *Curtains*.
« Light a Fire », Mick Flannery, *Mick Flannery*.
« Bright Horses », Nick Caves & The Bad Seeds, *Ghosteen*.
« Happiness Does Not Wait », Ólafur Arnalds, *Erased Tapes Collection V*.
« True Love Waits – Live in Oslo », Radiohead, *I Might Be Wrong*.

Ouvrage composé par
PCA 44400 Rezé

Imprimé en France par CPI
en février 2022
N° d'impression : 3046970

Pocket – 92 avenue de France, 75013 PARIS

S32271/01